Das Buch

Das idyllische Münsterland, magnetischer Anziehungspunkt für Großstädter aus dem Ruhrgebiet. Optimistisch tritt Dieter Nannen seine Erbschaft an und verlässt Essen in Richtung eines kleinen Bauernhofes mitten im Nirgendwo. Bedingung des großzügigen Vermächtnisses: Er muss den Tierbestand des Hofes am Leben erhalten. Gar nicht so leicht für einen Exprokuristen, obwohl es sich nur um ein Schwein und mehrere Kaninchen handelt. Doch wie nur von den Erträgen leben? Dieter Nannen muss sich einer weiteren großen Herausforderung stellen und übernimmt einen Auftrag als Privatdetektiv. Er soll die Tochter des Arztes überwachen, die seit einiger Zeit der Schule fernbleibt. Als das Mädchen noch am selben Tag tot aufgefunden wird, ahnt Nannen, dass er sich übernommen hat …

Die Autoren

Michael Bresser, MBA, geboren 1971, wuchs im Ruhrgebiet auf. Seit seinem 13. Lebensjahr schlägt er sich als Hellseher, Stuntman und Chris-Isaak-Double durch und weitete nach einer NLP-Trainerausbildung sein Interessensgebiet auf Chaos-Magie, Huna und Schamanismus aus. Zudem singt Bresser unter verschiedenen Pseudonymen Coverversionen von 80er-Musikgrößen ein.

Martin Springenberg, Diplom-Betriebswirt, ist waschechter 68er. Als Teilnehmer zahlreicher Antiaggressionskurse und Vater von zwei Kindern weiß er, wovon er schreibt. Um trotz seines hohen Alters geistig und körperlich fit zu bleiben, spielt er leidenschaftlich Doppelkopf und malträtiert die Drums in diversen Punkbands.

Michael Bresser
Martin Springenberg

Schwein gehabt

Ein Münsterland-Krimi

Ullstein

Besuchen Sie uns im Internet:
www.ullstein-taschenbuch.de

Umwelthinweis:
Dieses Buch wurde auf chlor- und säurefreiem Papier gedruckt.

Originalausgabe im Ullstein Taschenbuch
1. Auflage August 2005

Umschlaggestaltung: Büro Hamburg
Titelabbildung: © Illustration von Michael Sowa
Satz: Pinkuin Satz und Datentechnik, Berlin
Druck und Bindearbeiten: Ebner & Spiegel, Ulm
Printed in Germany
ISBN-13: 978-3-548-26256-7
ISBN-10: 3-548-26256-2

I

»Guten Morgen. Hier spricht dein Wecker. Aufstehen.«

»Guten Morgen. Hier spricht dein Wecker. Aufstehen.«

Eine metallische Stimme fraß sich in meinen Gehörgang. Ich zog die Decke über den Kopf und drehte mich zur Seite.

»Guten Morgen. Hier spricht dein Wecker. Aufstehen.«

Es half alles nichts. Ich richtete mich auf. Als ich aus dem Fenster blickte, starrte mich gähnende Schwärze an.

Nachdem ich die Quelle der nächtlichen Ruhestörung abgeschaltet hatte, begann mein Verstand zu arbeiten. Wie heiße ich? Wo bin ich? Warum spricht mein Wecker? – Dieter Nannen. Weiß nicht. Weiß nicht.

Ich kroch aus dem Bett und versuchte den Lichtschalter zu finden. Fehlanzeige. Auf dem Tisch bekam ich eine Kerze und Streichhölzer zu fassen. Als sich im flackernden Kerzenlicht die ersten Konturen aus der Dunkelheit herauskristallisierten, fiel mir ein, was sich noch vor wenigen Minuten meinem Bewusstsein entzogen hatte.

Ich befand mich in einem Bauernhaus in Buldern und musste das Vieh füttern.

Was hatte ein achtundzwanzig Jahre alter Betriebswirt aus der Großstadt auf einem Gehöft in der Provinz zu suchen?

05. 04. 2004, 8.30 Uhr.
Anwaltskanzlei und Notariat Meuer in Münster.

»Mein herzliches Beileid, Herr Nannen.«

»Danke. Aber wofür?«

»Hatten wir das in unserem Brief nicht erwähnt? Hugo Simon ist vor sechs Wochen von uns gegangen und Sie sind sein Alleinerbe.«

Während Meuer eine halbe Stunde lang die menschlichen Qualitäten Simons rühmte, begann ich zu erahnen, von wem er redete. Ich kannte ihn nur als Onkel Hugo, aber genau genommen war er nicht mit mir verwandt. Bevor meine Mutter meinen Vater kennen lernte, hatte sie eine fünfjährige Liaison mit Simon gehabt. Diese endete, als sie sich in die blauen Augen des Bankiers Klaus Nannen verliebte, der bald darauf um ihre Hand anhielt. Nach der Heirat zog das Paar von Frankfurt nach Essen.

Hugo Simon aber gab sich nicht geschlagen. Er war so verliebt in Mom, dass er regelmäßig in unserer Villa am Baldeney-See auftauchte. Dabei machte er meiner Mutter schöne Augen und versorgte mich stets mit den neuesten Spiderman- und Phantomheftchen.

Da sie es mit der Treue nicht so genau nahm, war die Ehe inzwischen zerrüttet, doch daraus konnte Hugo leider keinen Vorteil ziehen. Weil sie sich an den Luxus des Schickerialebens gewöhnt hatte, rekrutierten sich ihre Liebhaber aus den Chefetagen der ortsansässigen Geschäftswelt. Der Oberkellner einer Frankfurter Bahnhofskneipe war ihr nicht mehr gut genug.

Als Hugo meine Mutter fragte, ob sie sich scheiden lassen und ihn heiraten wollte, lachte sie ihn nur aus. Danach war Schluss mit seinen Besuchen.

Seit zwanzig Jahren hatte ich ihn nicht mehr gesehen. Der Gute musste verdammt einsam gestorben sein; ansonsten konnte ich mir keinen Grund vorstellen, warum ausgerechnet ich sein Erbe sein sollte.

»Eine Frage. Was habe ich geerbt?«

Meuers Redefluss stoppte abrupt. »Oh, sagte ich das nicht? Sie dürfen sich als stolzer Eigentümer eines Bauernhofes in Buldern betrachten. Die Sache hat nur einen kleinen Haken.«

»Wo liegt Buldern und wo der kleine Haken?«

»Buldern ist ein reizendes Dorf im Münsterland. Idyllisch gelegen. Sie erben den Hof jedoch nur, wenn Sie ihn bewohnen und das Vieh versorgen. Nicht viel: ein Schwein und acht Kaninchen.«

Das war ja eine tolle Erbschaft. In der Ödnis sitzen und Ställe ausmisten. Und das mir, einem Stadtmenschen durch und durch.

»Sie haben drei Monate Zeit, sich zu entscheiden«, unterbrach der Notar meine Gedankengänge.

»Okay, ich werde mich melden. Vielen Dank.«

Auf dem Heimweg stellte ich mir mich als Landwirt vor, mit dem Erfolg, dass ich einen Lachkrampf erlitt. Das musste ich unbedingt gleich Bettina erzählen.

Wie üblich lief ich gegen zwölf in der Firma auf. Als Prokurist der August Klimke KG hatte ich einen Bombenjob. Wir stellten Präzisionswerkzeuge für die Autoindustrie her. Als Augusts Schwiegersohn in spe stand ich zudem als designierter Nachfolger fest und konnte tun und lassen, was ich wollte.

Nachdem ich wie jeden Morgen meine privaten Mails

gelesen hatte, trank ich einen Kaffee bei Sandy, der Chefsekretärin des Hauses. Blonde Dauerwelle, Charakter an den richtigen Körperstellen und wandelnder Verkaufsständer für Modeschmuck. August konnte mit Sandys Leistung und Einsatzbereitschaft mehr als zufrieden sein, und Tippen und Kaffeekochen konnte sie auch. Allerdings hatte der Alte kein Exklusivrecht, wie mir schnell klar wurde. Bereits am ersten Tag hatte Sandy vorgeschlagen, mir nach Dienstschluss die neuesten Powerpoint-Tricks beizubringen. Allerdings wurde schnell klar, dass sie eine wahre Computerexpertin war und zahlreiche solcher Kurse gab. Sie wechselte ihre Liebhaber so häufig wie die Unterwäsche, sodass ich mir auf ihre nach Schema F abgespulten Bonmots leider nichts einbilden konnte.

»Hab ich dich nicht im Tornado gesehen, als dort die American Dream Boys aufgetreten sind?«, flötete sie mir zu.

»Ich bin der German Dream Boy, habe es aber nicht nötig, in Diskotheken aufzutreten. Ich gebe nur noch Privatvorstellungen bei wohlhabenden älteren Damen.« Zum Glück hatte auch ich ein Schema F.

»So wie Bettina?«

»Bettina ist nur zwei Jahre älter als du. Außerdem macht Geld eine Frau jünger.«

»Manche Frauen sind aber von Natur aus schön«, gurrte Sandy und beugte sich zur Betonung des Gesagten über den Schreibtisch, sodass ich einen schönen Ausblick auf Silicon Valley hatte.

»Was hast du am Wochenende vor?«

Ich winkte ab. Schließlich saß Bettina nebenan.

Dies war mein nächster Anlaufpunkt. Ich ließ mir von Sandy die Kaffeetasse auffüllen und latschte in die Buchhaltung. Bettina war ein reizendes Mädchen. Ihre lockigen braunen Haare umrahmten ihre zarten Gesichtszüge wie bei einem dieser Gemäldeengel von ganz früher. Leider hätte sie mit ihrer Nase jemanden erstechen können, aber wer war schon perfekt.

»Hallo, Liebling. Wie war dein Vormittag?«, strahlte ich sie an.

»Bescheiden. Die aus Mannheim haben noch immer nicht gezahlt. Wenn in einer Woche das Geld nicht eintrifft, können wir die Löhne nicht auszahlen. Kümmerst du dich darum?«

Bettina war stets der ernsthafte Typ. Während ich mich auf die leichten Seiten des Lebens fokussierte, sah sie immer nur Probleme, Schwierigkeiten und Ärgernisse.

»Natürlich. Willst du nicht wissen, wie es in Münster gelaufen ist?«

»Stimmt, du warst ja in Münster.« Sie blickte nicht mal von ihren Kontoauszügen auf. »Und?«

»Ich habe einen Bauernhof geerbt und soll mich um Schweine und Kaninchen kümmern. Lass uns aufs Land ziehen«, grinste ich.

»*Du* willst dich um Tiere kümmern? Als ich mit dem Sportverein im Kanuurlaub war, ist Lotte dank deiner Fürsorge verhungert.« Zu ihrem ohnehin schon bissigen Kommentar rieb sie sich auch noch verärgert die lebensgefährliche Nase.

»Komm, die Geschichte mit dem Wellensittich ist drei Jahre her«, setzte ich zu meiner Verteidigung an. »Du weißt doch, dass ich Grippe hatte und sozusagen brachlag.« Noch nachträglich bekam ich Mitleid mit mir und hoffte, das würde sich positiv auf meinen flehentlichen Blick auswirken. Als sie trotzdem kein Mitgefühl zeigte, entschloss ich mich, die Taktik zu ändern.

»War doch nur Spaß. Glaubst du ernsthaft, ich würde

in ein Kaff ziehen, in dem die Bürgersteige auch tagsüber hochgeklappt sind, falls es überhaupt welche gibt?«, lachte ich.

»Aber wenn wir Kinder hätten, wäre eine ruhige Umgebung gar nicht schlecht. Sie könnten auf der Straße spielen, ohne dass ich mir Sorgen machen müsste.« Wie immer beim leidigen Nachwuchsthema blickte Tine verträumt in eine Richtung, in der sie unsere Zukunft sah. Das machte mir Angst, denn ich erblickte da nichts.

»Lass uns ein andermal darüber sprechen. Ich muss weiterarbeiten«, zog ich mich aus der Affäre.

»Vergiss nicht in Mannheim anzurufen. Das ist wirklich wichtig. Außerdem sind wir heute Abend bei meinen Eltern zum Essen eingeladen. Um acht. Sei pünktlich. Simone und Gisbert kommen auch.«

»Ja ja, steht in meinem Palm. Jetzt muss ich aber los, zu einem potenziellen Kunden nach Köln. Hab dich lieb.«

Manchmal zeigte sich das Leben von seiner unbarmherzigsten Seite. Bettinas Schwester Simone, eine Juristin, war verheiratet mit Dr. Gisbert Homberg, dem Country Manager der Chemical Reaction Inc. mit Sitz in Leipzig. Zusammen gaben sie in fünf Minuten mehr Weisheiten zum Besten als der Dalai-Lama in seinem ganzen Leben. Unser Verhältnis beruhte auf gegenseitiger Abneigung auf den ersten Blick. Doch während ich sie höflich ignorierte, machte Simone aus ihren Gefühlen mir gegenüber keinen Hehl. Schmarotzer, Nassauer und Erbschleicher waren nur ihre Kosenamen, ihre für mich reservierten Schimpfwörter hätten jeden Justizvollzugsbeamten zum Erröten gebracht. Gott sei Dank hatten meine Schwiegereltern durch Bettina ein solch gutes Bild von mir, dass Simones Hasstiraden kein Gehör fanden. Allerdings zählten Familientreffen mit der gesamten Klimkesippe nicht zu meinen fünftausend Lieblingsbeschäftigungen.

Ich verließ die Firma und fuhr ins ChaCha, mein Stammlokal im Essener Süden. Als ich den Laden betrat, spielte die Jukebox gerade *Clocks* von *Coldplay*, und das perlende Klavier zu Chris Martins schmeichelnd nörgelnder Stimme ließ mich augenblicklich jeden beruflichen und privaten Stress vergessen. Musikalisch lagen meine Vorlieben eindeutig bei Hardrock und Punk, was jedoch nicht bedeutete, dass ich gut gemachte Popmusik oder filigrane Indieklänge verachtete. Wenn schon keine harte Mucke, dann mussten die Songs zumindest Seele haben. Außerdem lebte ich gesund und Jazzgedudel, Hiphop und R&B erzeugten Ohrenkrebs.

Ich ließ mich an der Theke nieder. Der Eigentümer begrüßte mich freudestrahlend, wusste er doch, wie hoch mein Anteil am Umsatz war. Gerd Klatt hatte in den Glanzzeiten des Neuen Marktes ein Internet-Unternehmen erfolgreich an die Börse geführt und sich dann im hohen Alter von zweiunddreißig zur Ruhe gesetzt, um sich nur noch seinen Hobbies zu widmen.

Das ChaCha war eines davon. Das Lokal bestand aus zwei Hälften. Selbst passionierter Billardspieler – beim Dreiband konnten ihn nur die wenigsten schlagen –, hatte er in der rechten Räumlichkeit drei Billardtische aufgestellt. Daneben standen einige rustikale Holztische und -bänke, wo man sich nach den Queueschlachten seine Bierchen genehmigen und an kleinen Snacks laben konnte. Für Billardmuffel gab es noch den Kicker und den Dartautomaten.

Die ovale Theke trennte den Sportbereich von dem Part der Kneipe, an dessen lichtbestrahlten Stehtischen tagsüber Jugendliche ihre Alcopops konsumierten und abends ältere Herrschaften – also Leute meines Alters – über Gott und die Welt sinnierten. Regelmäßig suchten auch Fußballer von Rot Weiß Essen die Kneipe auf, um mit Klatti die diesjährigen Aufstiegschancen in die Zweite Bundesliga zu diskutieren. Gerd war ein fanatischer Anhänger und hatte noch nie ein Heimspiel seines Vereins verpasst.

»Schon Feierabend? Sonst kommst du doch erst eine Stunde später«, scherzte er.

»Es gibt was zu feiern. Ich habe geerbt.« Ich entzündete eine Camel und blies genüsslich einen Rauchkringel in die ohnehin verqualmte Luft.

»Ich schließe aus deiner überschäumenden Laune, dass es sich entweder um mehrere Millionen oder eine Goldader in Alaska handelt.«

»Noch besser. Ein Bauernhof in Buldern mit einer Menge Viehzeug, für das ich sorgen soll. Trink ein Pils mit. Heute geht alles auf meine Rechnung. Ich kann mich nicht entsinnen, wann ich mich das letzte Mal so amüsiert habe.«

»Wo zum Teufel liegt Buldern?«, fragte Gerd

»Irgendwo im Münsterland, wo sich Fuchs und Hase gute Nacht sagen. Du glaubst doch nicht im Ernst, dass ich da hinziehe? Eher würde ich auf einer Bohrinsel anheuern. Zum Wohl!«

Wir ließen die Gläser kräftig klirren.

»Ich habe schon öfter drüber nachgedacht, aufs Land zu ziehen«, meinte Gerd nachdenklich.

»Ach, hör auf.«

»Doch, im Ernst. Da lebst du nicht so anonym wie in Essen. Im Dorf kennt jeder jeden.« Ich war verblüfft. Normalerweise betätigte sich Gerd nicht als Verkäufer alter Hüte. Und dieser Hut – das Dorf als große Familie – war so alt, dass er schon zu Staub zerfallen sein musste. »Allerdings würde ich nur in die direkte Nähe einer Stadt ziehen. Die Auswahl an Geschäften und Freizeitangeboten möchte ich doch nicht missen. Aber du hast Recht. Für dich wär das nichts.«

Als er seinen Monolog beendet zu haben schien, prostete ich ihm erneut zu, als hätte er mich bereits erleuchtet. Mittlerweile füllte sich das ChaCha. Unter den Neuankömmlingen waren auch einige Bekannte, die den Feierabend einläuteten. Ich scharte sie alle um mich, und unsere Gesprächsthemen waren Buldern und meine Karriere als Landwirt. Alle hatten einen Heidenspaß, besonders die Jungs, da alle Striche auf meinem Deckel landeten.

Ich schilderte gerade meine Expansionspläne für die Kaninchenzucht, als mein Handy klingelte. Bettina.

»Wo bleibst du denn?«, tönte es vorwurfsvoll aus dem Telefon. »Es ist schon gleich neun und wir warten auf dich.«

Bei der angeregten Unterhaltung hatte ich doch glatt die Zeit vergessen.

»Ich bin noch beim Kunden.«

»Ist aber ganz schön laut, der Herr Kunde«, schaltete sich Simone ins Gespräch ein. Ich hasste Telefone, die sich auf Lautsprecher stellen ließen. Ohne Vorwarnung war man Opfer einer Grand Jury.

»Die Firma hat heute einen großen Abschluss getätigt. Das wird begossen«, schwindelte ich ebenso munter wie einfallslos weiter.

»Der lügt wie gedruckt, Bettina«, schaltete sich die Geschworene Simone ein. »Der ist in der Kneipe mit seinen Saufkumpanen.«

»Dieter, bist du bei einem Kunden oder im ChaCha?«, fragte die Richterin am anderen Ende der Leitung. Wenn

Bettina diesen betont ruhigen Ton aufsetzte, drohte Gefahr.

»Beim Kunden, ich schwör's dir.«

»Der lügt, Süße, der lügt«, wiederholte Simone kreischend. »Lass dir die Festnetznummer geben und kontrollier das.«

»Gib mir die Nummer. Ich will dich zurückrufen.« Ich saß in der Falle.

»Du, Schatz, mein Akku ist gleich leer, ich hör dich kaum noch. Ich mach mich jetzt auf den Weg.«

Ich beendete das Gespräch. Gerade noch hatte ich über Schweinescheiße referiert und jetzt saß ich mittendrin. Zum Glück war ich ein smartes Kerlchen, also würde mir auf dem Weg zu den Klimkes schon noch etwas einfallen.

Wenige Minuten später signalisierte ein Piepton, dass ich eine Kurzmitteilung erhalten hatte. »Es ist aus. Ich will dich nie mehr sehen.«

Ich trat aus dem Lokal, schaltete die Rufnummernanzeige aus und wählte Tinas Handynummer.

»Apparat Bettina Klimke, Simone Homberg«, zwitscherte Simones schriller Sopran.

»Dieter hier. Gib mir Tine.« Im Hintergrund weinte jemand bitterlich.

»Sie will nicht mit dir reden. Endlich tut sie das einzig Vernünftige. Sie schießt dich in den Wind«, frohlockte das grimmige Schwesterherz.

»Ich will mit ihr reden. Gib ihr das Telefon.«

»Tiiiiine, es ist Didi.«

»Dieter«, schluchzte es mir entgegen. »Es ist alles gesagt. Deine Sachen geb ich deinem Freund Grabowski. Sind ja eh nicht viele. Ansonsten such dir sofort eine neue Wohnung.«

»Ich versteh das nicht. Wir sind doch so glücklich«, stammelte ich. Himmel, aus welchem Film hatte ich das denn?

»Das meinst auch nur du. Ich hab ja schon lange an unserer Beziehung gezweifelt, aber heute hast du das Fass endgültig überlaufen lassen.«

»Ich bin wirklich beim Kunden.«

»Hör auf mich anzulügen. Ich hatte dich gebeten, die Mannheimer anzurufen. Das hast du auch nicht getan.«

»Ich hab's vergessen. Wegen der Sache mit dem Bauernhof und der Erbschaft und der Verantwortung für die Tiere.« Inzwischen war ich wortwahlmäßig offenbar in einer deutschen Vorabendserie gelandet. Bevor ich ganz zu Landarzt Dr. Sowieso mutierte, sagte ich nur knapp: »Morgen hole ich das als Erstes nach.«

»Das zeigt deine ganze Einstellung zur Firma, zu mir, zu meiner Familie.«

»Schatz, wir ...«

»Es gibt kein Wir mehr! Ich brauche jemanden, dem ich vertrauen kann, der zu mir steht. Du lügst, du baggerst Sandy an und tust bei der Arbeit nicht mal das Nötigste!« Sie ließ ihrem Frust freien Lauf: »Ich hätte schon eher auf Mone hören sollen. In der Firma brauchst du dich auch nicht mehr blicken zu lassen. Ich rationalisiere dich aus meinem Leben und der Firma weg. Ha.«

Im Hintergrund klatschte Simone Beifall.

Einer der Jungs kam aus dem Lokal geschlendert, legte den Arm um meine Schultern und brüllte: »Hey, Bauer. Solche Parties wirst du auf dem Land vermissen.«

Ich schüttelte ihn ab.

»Wie stellst du dir das vor? Wo soll ich schlafen?«

»Ist das mein Problem?«, giftete sie. »Deine Saufkumpane werden dir schon einen Platz anbieten. Den Wohnungsschlüssel kannst du behalten. Ich lass die Schlösser austauschen. Deine Vollmacht für mein Konto ziehe ich zurück. Den Dienstwagen kannst du vor die Wohnung stellen und den Schlüssel in den Briefkasten werfen. Ein schönes Leben noch.«

Bevor sie ganz aufgelegt hatte, hörte ich sie wieder schluchzen. Trotzdem bildete ich mir nicht ein, dass da noch was zu retten war. Na ja, wir hatten sowieso nicht so richtig zusammengepasst. Das Problem war nur, dass ich jetzt vor einer lebensentscheidenden Frage stand. Sie lautete: Was nun? Keine Wohnung, kein Geld, kein Job, keine Freundin. Letzteres würde ich verschmerzen, aber die anderen Punkte stellten ernsthafte Probleme dar. In der letzten Zeit hatte ich fast ausschließlich auf Bettinas Kosten gelebt. Meine eigenen Ersparnisse tendierten gegen null. Ich würde Gerd fragen, ob ich im Hinterzimmer der Kneipe schlafen durfte. Und am nächsten Tag?

Da fiel mir ein, dass ich ja eine Bleibe hatte. Leider lag diese in Buldern. Aber hatte ich eine Wahl? Morgen würde ich Meuer anrufen und die Erbschaft annehmen.

Vorher suchte ich aber noch einen Bankautomaten auf und hob Schmerzengsgeld in Höhe von fünfhundert Euro ab – mehr spuckte der Kasten nicht aus –, denn es bestand kein Zweifel, dass mir das Konto morgen nicht mehr zur Verfügung stehen würde. In finanziellen Dingen war Tina sehr fix.

2

Als die ersten Sonnenstrahlen meine Einsiedlerklause erhellten, löschte ich die Kerze, die einzige Lichtquelle im Haus. Leider hatte ich bei meiner Ankunft gestern Abend feststellen müssen, dass Onkel Hugo es nicht für nötig befunden hatte, Stromleitungen verlegen zu lassen. Bis zum Haus musste es der Strom aber geschafft haben, denn im Keller war eine Pumpe angesprungen, als ich den Wasserhahn aufgedreht hatte. Auch wenn der Kran nur kaltes Wasser spendete, musste ich meinen Körper zumindest nicht im angrenzenden Bach waschen.

Nachdem ich gestern alle Formalitäten in Münster erledigt hatte und mit Hilfe der Deutschen Bahn zum Bulderner Bahnhof gelangt war, hatte ich mir zur Feier des Tages ein Taxi gegönnt. Andernfalls hätte ich den Kastanienweg 45, meine neue Adresse, auch nicht gefunden. Der redselige Taxifahrer, ein ehemaliger Entwicklungshelfer, hatte mich mit wichtigen Informationen versorgt: Das nächste bewohnte Gehöft war zwei Kilometer entfernt. Dort wohnte angeblich eine Frau, die das Vieh bis zu meiner Ankunft versorgt hatte.

Ich trat aus dem Haus, das einsam in einem Meer von Feldern stand. Neben dem Wohngebäude umfasste mein Erbe einen baufälligen Schuppen und ein größeres Gebäude, in dem das Vieh untergebracht sein musste. Da es leicht nieselte, entschloss ich mich, zuerst das Hauptgebäude zu erkunden und die Außenanlagen später abzuschreiten.

Passierte man die Eingangstür, über der die Zahl 1284 ins Holz geritzt war, gelangte man direkt in einen rund neunzig Quadratmeter großen Raum, der durch eine Stufe in zwei Bereiche geteilt war. Zur Linken befand sich das Wohnzimmer und rechts die Küche. Das Wohnzimmer war gemütlich eingerichtet: Rustikale Eichensitzmöbel, die sicherlich keinen Innovationspreis gewinnen konnten, waren um einen schweren Couchtisch gruppiert, der aus einem Stück gefertigt war. In der Ecke war ein Kamin eingelassen, der deutliche Gebrauchsspuren aufwies. Kein Wunder, musste er doch als Heizung dienen. Neben dem Kamin war Zedernholz gestapelt, daneben waren Regalbretter an die Wand gedübelt und mit Büchern bestückt.

Ging man vom Wohnzimmer nach rechts die eine Stufe hinunter, fand man sich in der Küche wieder. Ein Kieferntisch mit zwei Stühlen lud zum Essenfassen ein. Die Küchenzeile war ebenfalls in Kiefer gehalten. Kein Kühlschrank, kein Herd, kein Backofen und keine Mikrowelle waren kunstvoll in den Küchenblock integriert, was angesichts der fehlenden Elektrizität nur logisch war. In der Ecke prunkte ein riesiger Kohleofen, den Hugo für die Zubereitung der Mahlzeiten genutzt, aber anschließend nicht immer konsequent gesäubert hatte. Mit einem Flammenwerfer ließ sich der Ofen aber bestimmt wieder sauber kriegen.

Von der Küche gelangte man in den hinteren Teil der Hütte. Das weiß geflieste Badezimmer war ebenfalls riesig; trotz einer Dusche, einer Wanne, eines großen rechteckigen Waschbeckens und der Toilette hätte man noch problemlos eine Kegelbahn und eine Minigolfanlage einbauen lassen können. Das Bad musste vor kurzem renoviert worden sein, denn Duschkabine, Klo und Waschbecken sahen aus wie neu. Nur der Spiegelschrank über dem Waschbecken versprühte den Charme der Biedermeierzeit.

Direkt neben der Keramikabteilung lag das Schlafgemach, das ebenfalls ausreichend dimensioniert war. Es beherbergte einen gigantischen weiß lackierten Kleiderschrank und ein zwei Meter breites Metallbett, das überaus bequem war, wie ich in der vergangenen Nacht hatte feststellen können. Die Nachtschränkchen, die es offensichtlich immer im Doppelpack gab, egal ob man allein oder zu zweit lebte, waren ebenfalls in Weiß gehalten. Auf dem rechten stand der Wecker, der mich vorhin so unsanft geweckt hatte.

In der Mitte des Nachbarzimmers thronte ein Monster von Schreibtisch; ansonsten war die Stube leer. Das letzte Zimmer hatte als einziges kein Fenster und diente offenbar als Rumpelkammer. Zahlreiche Kisten und Truhen sowie drei mit allem möglichen Plunder gefüllte Regale luden nicht zu längerem Verweilen ein.

Von diesem Raum führte eine Leiter nach oben. Ich testete die Qualität der Sprossen und warf einen Blick auf den Dachboden. Spinnweben, Staub und Schmutz waren von Onkel Hugo ordentlich konserviert worden. Bevor mich eine Hustenattacke von der Leiter fallen ließ, trat ich den Rückzug an. Wenn ich mal bei »Wer wird Millionär« gewinnen sollte, konnte ich sicherlich einen netten Loft daraus basteln.

Ebenfalls im hinteren Teil des Hauses führte eine Treppe in den Keller. Nach der Erfahrung mit dem Dachboden wollte ich mir diese Erkundigung jedoch für später aufheben.

Insgesamt musste man konstatieren, dass es mich schlimmer hätte treffen können. Nur der fehlende Strom stellte ein ernsthaftes Problem dar.

Da der Nieselregen mittlerweile aufgehört hatte, stiefelte ich zu den Ställen. Bei dem Gedanken, mich den zukünftigen Schutzbefohlenen vorzustellen, fühlte ich mich etwas unbehaglich, denn meine einzige Erfahrung mit Tieren beruhte auf der Pflege von Lotte, die ja dank meiner Hilfe ins Wellensittichnirwana eingegangen war.

Die Bedenken erwiesen sich als unbegründet, denn ein wohl genährtes Schwein grunzte mich erwartungsvoll an. So leicht schloss man auf dem Dorf Freundschaften.

Weil sich meine Kenntnisse in der Schweinezucht bisher lediglich auf den Verzehr des fertigen Produktes beschränkt hatten, beschloss ich, bei der Nachbarin vorbeizufahren, die bis jetzt die Tiere gefüttert hatte. Anrufen konnte ich nicht, da der Akku meines Handys leer und im Haus kein Telefon zu finden war.

Zum Glück hatte mir Onkel Hugo ein rostiges Hollandrad vererbt, das neben dem Schweinekoben stand. Voller Neid dachte ich an meine Essener Kollegen. Wer von ihnen musste sich am Sonntagmorgen um acht Uhr auf einem Gefährt, das die Bezeichnung Fahrrad nur entfernt verdiente, auf die Suche nach Schweinefutter begeben?

Nach fünf Minuten frischer Morgenluft erreichte ich einen Hof, der zwar nicht größer war als meiner, aber irgendwie wirtschaftlicher aussah. An der Hofeinfahrt hing ein Schild mit der Aufschrift »Karin Schumann – Biogemüse«.

Mein Klopfen an der Vordertür erntete keine Reaktion, aber die Tür war unverschlossen. Guten Willens betrat ich eine geräumige, mit alten Bauernmöbeln ausgestattete Diele. Als ich die Tür zum nächsten Raum öffnete, kam ich nicht dazu, das antik-rustikale Interieur zu bewundern.

»Wer sind Sie?«

Bäuerinnen waren korpulent, mittleren Alters und ihre Gesichter warfen Falten wie eine Ziehharmonika. Sie hatten klobige schwielige Hände, die niemand gerne schüttelte, aus Angst vor schmerzhaften Quetschungen. Da sie keine Zeit für Kosmetik und Haarwäsche fanden, verbargen sie den Großteil ihres Kopfes unter einem Tuch. Die Schlussfolgerung war eindeutig: Karin Schumann konnte keine Bäuerin sein! Von zierlicher Statur, reichte sie mir bis zum Kinn. Sie war höchstens neunundzwanzig, was ich für die Leitung eines Landgutes erstaunlich jung fand. Ihre angriffslustig funkelnden Augen verrieten mir, dass sie sich von niemandem die Butter vom Brot klauen ließ.

Ihre verzweifelten Bemühungen, gleichzeitig die langen pechschwarzen Haare zu kämmen und ihren Körper mit einem Handtuch zu bedecken, zauberten ein Grinsen auf mein Gesicht. Das war ganz großes Tennis, was mir hier geboten wurde. Vor allem, als das Handtuch ein Stück nach unten rutschte und einen Großteil der für ihren Körperbau erstaunlich großen Brüste enthüllte. Auf der rechten befand sich ein dunkelbraunes Muttermal.

Als sie meinen Blick bemerkte, ergriff sie das Handtuch, und vorbei war es mit dem kostenlosen Anschauungsunterricht über die Vorzüge des Münsterlands.

»Darf ich mich vorstellen? Dieter Nannen aus Essen und seit gestern Ihr neuer Nachbar«, versuchte ich etwas Normalität herzustellen. »Ich wäre gern später vorbeigekommen, aber ich habe ein kleines Problem.«

»Ihre Manieren haben Sie anscheinend zu Hause gelassen. Oder sind Sie Frauenarzt und untersuchen mich nebenbei auf Brustkrebs?« Anscheinend hatte ich mit meinem unschuldigen Ausblick auf die Natur ihre Sympathien verscherzt, bevor sie auch nur welche entwickeln konnte.

»Hören Sie, tut mir Leid, wenn ich Sie in Verlegenheit gebracht habe«, versuchte ich meinen Charme spielen zu lassen. »Ich bin, wie gesagt, neu hier und wohl noch etwas verwirrt. Aber im Grunde habe ich eine gute Kinderstube und meistens habe ich sie auch dabei.«

»Verwirrt, da haben Sie völlig Recht!«, tat sie kund, ohne näher auf meine ebenso rührende wie spritzige Entschuldigung einzugehen.

»Also, was wollen Sie?«

Allmählich fragte ich mich, ob mir eine unattraktive und nach Stall stinkende, dafür aber gutmütige Bäuerin nicht lieber gewesen wäre.

»Ich weiß nicht, womit ich das Schwein füttern soll.«

»Mit Essensresten, womit sonst? Wenn Sie keine Ahnung von Viehhaltung haben, sollten Sie in der Stadt bleiben.«

Leider war ich auf sie angewiesen. Andernfalls hätte ich ihre Anfeindungen mit einem flotten Spruch gekontert. So aber versuchte ich, sie mit dem sprichwörtlichen Nannen-Charme zu erschlagen.

»Schöne Frau, würden Sie vielleicht die Liebenswürdigkeit besitzen, mir Essensreste zu borgen? Ich würde mich auch erkenntlich zeigen, sobald ich besser eingerichtet bin.«

»Sparen Sie sich das Gesülze. Sie stehen sowieso in meiner Schuld, schließlich füttere ich die Tiere seit sechs Wochen, von der Ausmisterei ganz zu schweigen.« Sie machte eine Pause, in der sie mich von Kopf bis Fuß musterte. »Na schön, ich geb Ihnen was. Aber nur, weil mir die Sau Leid tut.«

Den Umgang mit Frauen hatte ich nicht verlernt. Zudem wusste ich nun, dass das lebende Schnitzel auf meinem Hof weiblich war. Nannen, der Casanova. Kaum in der neuen Heimat eingetroffen, scharten sich auch schon die Frauen um ihn.

»Wie wär's mit einer Telefonleitung? Pfarrer Wilpert

hat für Sie angerufen. Ich bin schließlich nicht Ihre Sekretärin.« Offenbar schien Schumann zu glauben, dass ich an ihrem gesamten verpfuschten Leben schuld war.

»Was kann ich dafür, dass der Pfarrer angerufen hat? Was will er?«

»Ihr Onkel war Organist, Pfarrer Wilpert sucht einen Nachfolger. Er erwartet Sie heute Nachmittag in der Kirche.«

Die Dorftrommeln schienen ausgezeichnet zu funktionieren.

»Was soll ich denn mit einem Organistenjob? Außerdem mache ich um Kirchen lieber einen großen Bogen.«

Karin zuckte genervt mit den Schultern.

»Ich habe jetzt wirklich keine Zeit und Lust, über Ihre religiöse Einstellung zu philosophieren. Ich geh das Schweinefutter holen.«

3

Gegen neun war ich gerade damit beschäftigt, Schwein und Kaninchen zu füttern, als ein ohrenbetäubender Hupton die Idylle zerstörte.

Das musste Gerd sein, der sich netterweise bereit erklärt hatte, meine Sachen nach Buldern zu transportieren. Meinen Dienstwagen hatte ich ja abgeben müssen, und für eine private Karre fehlte mir das Geld, nachdem ich zwei Autos bei Wettrennen zu Schrott gefahren hatte.

Klatti war bereits ausgestiegen, als ich aus dem Stall trat.

»Hallo, alte Zecke!«, begrüßte ich den Gastronom.

»Na, gerade Fütterungszeit?« Wir schüttelten uns die Hände.

Nachdem wir weitere Nettigkeiten ausgetauscht hatten, schleppten wir den Krempel ins Haus: Drei Koffer mit Kleidung, mein Bettzeug, eine kleine Kommode, die ich mir vom ersten Gehalt zugelegt hatte, Geschirr und vier Pappkartons mit Krimskrams.

»Das Keyboard, der Verstärker, der Fernseher und ein paar andere Sachen passten nicht mehr ins Auto. Sie sind noch bei Grabowski.«

»Ich hab sowieso keinen Strom.«

»Wie bitte?« Gerd blickte mich ungläubig an.

»Jawoll. Onkel Hugo hat sich dem Fortschritt seit dem Ersten Weltkrieg komplett verweigert.« Ich zuckte mit den Achseln.

»Arme Sau.«

»Im wahrsten Sinne des Wortes. Trinkst du noch was mit mir?«

»Nein, bin sofort wieder weg. In zwei Stunden muss ich die Kneipe aufmachen. Aber ich habe noch ein Willkommensgeschenk für dich.«

Klatti griff hinter den Fahrersitz und zog zwei Overalls und ein Paar Arbeitsstiefel hervor.

»Und wenn ich dich so anschaue, kannst du die auch gut gebrauchen. Aber halt sie in Ehren. Die Dinger sind aus der Zeit, als ich mir noch keine Handwerker leisten konnte und alles selbst gemacht habe. So, jetzt muss ich aber los.«

Ich bedankte mich bei Gerd sowohl für die Arbeitskluft und den Transport als auch für seine Gastfreundschaft während meiner einwöchigen Obdachlosigkeit.

»Nix für ungut, alter Schwede, und lass dich nicht unterkriegen.« Mit diesen Worten sprang er in seinen Wagen und verschwand.

In den nächsten zwei Stunden verstaute ich meine Besitztümer und machte anschließend ein kleines Nickerchen. Um drei schwang ich mich aufs Fahrrad und radelte Richtung Buldern.

Nach zwei Kilometern kam ich auf eine asphaltierte Straße – ein erstes Anzeichen von Zivilisation – und nach weiteren fünfhundert Pedaltritten sah ich das Dorf.

»Dorf« war übertrieben, denn hier wohnten weniger Leute, als am Wochenende in meiner Essener Stammkneipe ihre Deckel bezahlten. Ich hielt an. Nicht, weil ich die idyllische Aussicht genießen wollte, sondern weil die Fahrradkette abgesprungen war.

Nach zehn Minuten erfolgloser Reparaturarbeit waren die Klamotten versaut und meine sämtlichen Geduldsfäden gerissen.

»Hohoho, kann ich dir hilfe?«

Ich drehte mich um. Was sich da auf mich zubewegte, war nicht etwa Santa Claus auf Fremdsprachenreise, sondern ein bartloser Hüne mit den Händen in den Hosentaschen. Er trug grüne Gummistiefel, die Hose erinnerte an Schweizer Käse, der Hosenstall stand offen, das karierte Hemd war falsch geknöpft. Die Haare waren offenbar seit der Einschulung nicht mehr gewaschen worden und bei seiner Brille fehlte ein Glas. Das hatte er wohl herausgebrochen, um wenigstens auf einem Auge was zu sehen, denn das andere Glas war mit einer dicken Dreckkruste überzogen.

»Warte du ein Moment, ich tu festmachen!«

Er hockte so schnell neben dem Fahrrad, dass ich nur staunen konnte; noch mehr verblüfften mich die Hände, die er aus den Taschen holte, um die Kette zu richten.

Wenn normale Menschen mit Messer und Gabel aßen, musste er wahrscheinlich Sense und Forke nehmen.

»So, das war's! Übrigens, mein Name heißt Stefan, wer sein du?«

»Dieter.«

Ich hatte keine Lust auf Konversation. Daher bedankte ich mich, sprang aufs Fahrrad und radelte los.

Das musste der obligatorische Dorftrottel gewesen sein. Auf dem restlichen Weg zur Kirche hing ich nur einem Gedanken nach: Wie hatte er mit diesen Schaufeln die Kette reparieren können?

Ich stellte das Fahrrad auf dem leeren Kirchhof ab. Der Vorteil dieses Vehikels war, dass man es nicht abzuschließen brauchte, denn wer klaute schon fahrenden Rost?

Ich klopfte an das Kirchportal und trat ein.

»Guten Tag, sind Sie Nannen?«

Ich schaute nach vorne zum Altar und erkannte einen unsagbar fetten, kahlköpfigen Greis in Priesterkluft.

»Ja. Pfarrer Wilpert?«

»Sie sind eine Stunde zu spät; dass mir das nicht noch einmal vorkommt. Ich habe weiß Gott andere Dinge zu erledigen, als auf Sie zu warten.«

Frau Schumann hatte verschwiegen, dass ich schon um drei hätte an der Kirche sein sollen, aber das Warten hatte den Priester Gott sei Dank nicht umgebracht.

»Jetzt bin ich hier!«

»Das ist auch Ihr Glück. In fünf Minuten wäre ich nämlich weg gewesen.«

»Frau Schumann meinte, ich soll Simons Organistenposten übernehmen?«

Allmählich wurde ich es leid, mich aus fünfzehn Metern Entfernung zu unterhalten, und schritt Richtung Altarraum. Je mehr sich die Distanz verringerte, desto fetter wurde der Dorfgeistliche. War ich froh, dass ich nur das Schwein und nicht auch ihn versorgen musste.

»Wie sehen Sie denn aus!«, blökte er mich an. »Ein Organist muss gewaschen sein.«

Mir fiel ein, dass ich über und über mit Fahrradöl beschmiert war.

»Soll ich orgeln oder an einer Modenschau teilnehmen? Ich kann gerne die Tür von außen zumachen«, erwiderte ich, denn irgendwo hatte meine Freundlichkeit ihre Grenzen.

»Wenn wir nicht so dringend einen Organisten bräuchten, würde ich Sie hinauswerfen«, spie er mich mit hochrotem Kopf an, »kommen Sie, ich zeige Ihnen das Instrument.«

Wir marschierten auf die Empore; er voran. Auf den letzten Stufen schnaufte Wilpert dermaßen, dass ich jede Sekunde mit einem Herzinfarkt rechnete und mich schon unter dem Fleischberg begraben am Fuße der Treppe liegen sah.

Schließlich kamen wir doch lebend an. Er ließ sich auf eine Bank fallen, um den Blutdruck auf zweihundertfünfzig zu senken.

Das gesuchte Objekt war ein Koffer mit braunen und schwarzen Tasten. Wüsste ich es nicht besser, hätte ich vermutet, dass der vorherige Organist Stefan Dorfdepp hieß, denn an der Hälfte der Tasten waren Teile abgebrochen und die Orgelpfeifen sahen aus, als hätte Stefan sich nach jeder Messe dagegen gelehnt.

»Hierauf soll ich spielen?«

»Sie können auch etwas anderes benutzen. Bis nächsten Sonntag haben Sie Zeit, die Lieder einzustudieren.«

Er kramte einen Zettel aus der Tasche und reichte ihn

mir. Darauf waren in einer kaum zu entziffernden Handschrift mehrere Zahlenkombinationen notiert.

»Das Gesangbuch liegt dort auf dem Schemel. So, ich muss los, eine Krankensalbung. Bis nächsten Sonntag.«

Während er ächzend davonrollte, grübelte ich darüber nach, was ich ihn noch hatte fragen wollen.

»Was bekomme ich dafür, dass ich mir jeden Sonntag meine Finger an den Tasten aufreiße?«

»Einen Platz im Himmel!«

Die Kirchentür fiel ins Schloss.

4

Das Futter für die Sau – ich hatte sie Wilpert getauft – ging zur Neige. Die Kaninchen waren kein Problem, denn auf der Wiese hinter dem Haus wuchs genug Löwenzahn. Aber wegen des Schweins musste ich mir etwas einfallen lassen. Ich hatte a) kein Geld, b) keinen Job und c) keine Idee, wie ich a) und b) ins Gegenteil verkehren konnte.

Mir blieb nichts anderes übrig, als erneut Karin Schumann anzupumpen.

Ich schwang mich aufs Fahrrad, nachdem ich mich in Schale geschmissen hatte: Flanellhose, Blazer, Hemd, Krawatte und Lederschuhe.

Doch bei der Ankunft auf dem Biogemüsehof waren die Hosenbeine versaut. Ich stieg vom Rad, steckte mir eine Zigarette an und schlenderte über den Hof.

Karin stand mit einem etwa achtzehn Jahre alten Bübchen vor der Scheune und unterhielt sich angeregt. Ich lehnte mich gegen das Scheunentor, schnippte elegant die Asche von der Zigarette und studierte meine Nachbarin. Die Sachen, die sie trug, passten zur biologischen Ausrichtung ihres Hofes. Der Oberkörper wurde von einem senffarbenen Schlabberpulli bedeckt. Dazu trug sie einen rotbraun gestreiften Wickelrock, der leider nicht lang genug war, um die grauenhaften Schuhe zu bedecken. Eigentlich waren es auch keine Schuhe, sondern so was Ähnliches wie Pantoffeln. Nein, nicht etwas Ähnliches; es waren Pantoffeln.

»Ist was oder sind Sie nur hergekommen, um die Scheune in Brand zu stecken?«

Ich riss mich vom Anblick der Puschen los.

»Ich würde gerne mit Ihnen über eine geschäftliche Angelegenheit sprechen, Frau Schumann, oder darf ich Sie Karin nennen?«

»Nein, dürfen Sie nicht. Außerdem mache ich keine Geschäfte mit Leuten, die ihre Schulden nicht begleichen. Auf Wiedersehen.«

»Darum geht es; ich möchte bezahlen, aber …«

»Aber was, das ist ja noch schöner, zuerst …«

»Wenn ich kurz unterbrechen darf, ich gehe jetzt besser«, fiel ihr der Junge ins Wort und schlurfte breitbeinig zu einem alten Ford Granada.

Als er außer Hörweite war, fragte ich Karin nach dem Namen des Unbekannten.

»Er heißt Frank Stöffken, wohnt im Nachbarort, ist der Sohn des Kneipenbesitzers Hubert Stöffken und hat mir soeben mitgeteilt, dass ich keine Essensreste mehr bekomme, weil es jemanden gibt, der Bares dafür hinlegt. Reicht das?«

»Dann haben wir ein Problem«, sagte ich zu ihr.

»Nein, genau genommen haben wir, beziehungsweise ich, zwei Probleme. Zum einen muss ich ab heute teures Geld für Schweinefutter ausgeben, zum anderen einen Schmarotzer vom Hof werfen.«

»Wie viel schulde ich dir, Karin?«

»Ich habe Ihnen bereits klar gemacht, dass ich von Ihnen nicht geduzt werden will!«, giftete sie mich an. »Abgesehen von den Essensresten habe ich seit Simons Tod sechsundzwanzig Strohballen und drei Sack Schweinemehl vorgestreckt, denn Essensreste allein reichen nicht aus. Insgesamt schulden Sie mir hundertvierzig Euro plus zweihundert für den Rasenmäher, den Hugo ausgeliehen und völlig demoliert zurückgebracht hat.«

»Morgen Abend bringe ich das Geld vorbei. Ich muss nur nach Essen fahren und einige finanzielle Transaktionen tätigen. Leihen Sie mir Ihren Wagen?«

Der Blick, den ich für diese Frage erntete, hätte den gesamten Bauernverband ausgerottet, wenn Blicke die sprichwörtlichen Mörder wären.

»Der Zug nach Münster fährt jeden Morgen um sieben Uhr sechzehn; von dort bekommen Sie einen Anschluss nach Essen.«

Angesichts der überaus freundlichen Art, mit der sie diese Info übermittelte, musste ich mir einen großen Ruck geben, um die letzte Bitte vorzubringen: »Wissen Sie noch, dass Sie mich gestern gedrängt haben, eine Telefonleitung legen zu lassen?«

»Ja und?«

»Das dauert natürlich seine Zeit, aber ich habe ein Handy.« Dabei zog ich das Gerät aus der Jackentasche. »Leider gibt es bei mir keinen Strom und da wollte ich Sie fragen …«

»Sie wollen Ihren Akku bei mir aufladen?«

»Wenn es keine Umstände bereitet.«

Karin schnaufte, und ich wollte schon in Deckung gehen, als sie resigniert ihre Hand ausstreckte: »Geben Sie her, und jetzt verschwinden Sie, sonst lasse ich den Hund raus.«

Ich drückte ihr Handy und Ladekabel in die Hand und beschloss, ihrer Aufforderung unverzüglich Folge zu leisten.

5

Die Zugfahrt nach Münster verlief unspektakulär. Ich saß zwischen zwei Omas, die sich über die gesegnete Verdauung ihrer Enkel unterhielten. Die Hälfte der Bockwurst, die ich am Bahnhof gekauft hatte, wanderte in den Abfall. Ich wechselte das Abteil.

In Münster bekam ich sofort einen Anschluss nach Essen. Während der Fahrt saß ich die meiste Zeit allein im Abteil und dachte an das Bevorstehende. Bei meinem Kollegen Peter Grabowski, genannt Gurkennase, lagerten noch das Keyboard samt Verstärker, der Fernseher mit Videorekorder und meine CD-Sammlung nebst Anlage. Die konnte man bestimmt zu einem guten Preis verticken. Außerdem besaß ich Telekom-Aktien, die etwa dreihundert wert waren, und ein Sparbuch.

Bei der Ankunft entschied ich, zuerst zur Bank zu fahren und die Wertpapiere und das Ersparte flüssig zu machen.

Als ich die Bank verließ, drängelten sich knappe zweihundert Euro im Portemonnaie. Der Aktienkurs war natürlich noch weiter gefallen und auf dem Sparbuch hatten sich stolze einundfünfzig Euro versammelt. Ich machte mich auf den Weg zu Gurkennase.

Nach einem gut einstündigen Fußmarsch – ich hatte mich entschieden, das Fahrgeld für den Bus in eine Schachtel Zigaretten zu investieren – erreichte ich das Haus oder besser gesagt das Loch, in dem Grabowski vegetierte. Es war ein achtstöckiger Kasten, voll gepfropft mit Sozialwohnungen und den passenden Bewohnern. Gurkennase erfüllte die Anforderungen; er war chronisch arbeitslos.

Ich betete, dass er die Sachen nicht versetzt hatte, denn er steckte dauernd in der Klemme und brauchte Geld, um sich daraus zu befreien, nur um kurz darauf erneut in der Patsche zu sitzen. Für einen Arbeitslosen hatte er nämlich ein verhängnisvolles Laster: Er spielte.

Ich konnte nicht aufzählen, wie oft wir bei ihm einen zur Brust genommen und plötzlich zwei Schläger in der Tür gestanden hatten, die seine Schulden vom Roulette, Würfeln oder Pokern kassieren wollten. Bei der Hälfte dieser Begebenheiten konnte er bezahlen, in den anderen Fällen wurde sein Gesicht als Schuldschein missbraucht. Totschlagen durften sie ihn natürlich nicht, also dachten sie wohl, dass sie stattdessen *uns beide* halb totschlagen müssten.

Ich betrat den Fahrstuhl und drückte auf den achten Knopf. Nichts. Hätte mich auch gewundert, wenn dieses verdammte Ding funktioniert hätte. Bei allen bisherigen Besuchen bei Gurkennase hatte sich der Lift nur ein einziges Mal in Bewegung gesetzt. Der Aufzug und ich hatten es bis knapp vors sechste Stockwerk geschafft, bevor er wieder in die gewohnte Lethargie verfallen war. Nach fünf Stunden hatte man mich schließlich befreit.

Ich quälte mich die zweihundertsechsundfünfzig verfluchten Stufen hoch und klopfte an Grabowskis Tür.

»Moment, komm sofort!« Die Tür flog auf und Gurkennase stand in seiner ganzen Pracht vor mir.

Er war eine jämmerliche Erscheinung. Sein linkes Bein war vier Zentimeter kürzer als das rechte, weshalb er Schuhe mit unterschiedlich hohen Absätzen trug. Dazu Hosen mit enormem Schlag und Hemden, die bis zum Bauchnabel geöffnet waren.

Ich kannte ihn nur in diesen Klamotten, ausgenommen der Anzug, den er stets anzog, wenn er einige Scheine zu viel hatte und zum Roulettespielen in eine staatliche Spielbank ging.

Er war nie rasiert, was bei seinem unregelmäßigen Bartwuchs sein Erscheinungsbild nicht zum Positiven wendete. Die halblangen Haare klebten fettig am Schädel, doch die Krönung war die Nase, der sein Spitzname bestenfalls annähernd gerecht wurde.

»Was machst du hier? Ich dachte, du würdest in einem Bauernkaff Schweine melken. Schon die Schnauze voll?«

»Nee, ich brauche nur etwas Startkapital und …«

»Komm erst mal rein, was willst du trinken?«

»Bier. Wenn's geht, kalt.«

»Hau dich hin, ich hol zwei Pullen.«

Ich haute mich hin.

Peters Wohnung war eine Mischung aus Müllhalde, Kleiderkammer der Caritas und Brauereikeller. Vom schmalen Gang, der im Mietvertrag wohl als Flur bezeichnet wurde, ging rechts das Badezimmer ab, großzügig angelegt mit seinen drei Quadratmetern. Die Toilette und das Waschbecken waren so versifft, dass als Putzmittel nur noch Sprengstoff in Frage kam. Toilettenpapier fehlte völlig, aber schließlich gab es ja Reklameprospekte. Grabowskis Briefkasten war wohl der einzige in Deutschland, auf dem »Bitte Werbung einwerfen« stand. Der wenige Freiraum wurde als Sammelstelle für Bierkästen genutzt. Ich hatte Gurkennase schon mehrfach vorgeschlagen, das Leergut zurückzubringen und sich vom Pfandgeld ein Appartement an der Düsseldorfer Kö zu kaufen, aber der Aufwand war ihm wohl zu groß.

Hatte man das Badezimmer unfallfrei verlassen, konnte man gegenüber die Küche bewundern. Auf einem wackligen Plastiktisch stand eine alte Kochplatte, die so aussah, als würden die Mahlzeiten ohne Töpfe oder Pfannen zubereitet. Die Spüle ließ sich unter dem Berg von Geschirr bestenfalls erahnen. Der Kühlschrank, mit Sicherheit Peters wichtigstes Möbelstück, brummte so laut, dass schon mehrfach die Polizei wegen nächtlicher Ruhestörung angerückt war. In der Mitte des Raumes lud ein mit Brandlöchern übersäter Holztisch, der vorher in Grabowskis Lieblingskneipe gestanden hatte, zum gepflegten Dinieren ein. Komplettiert wurde die Zimmereinrichtung auch hier durch leere Bierkästen.

Schaffte man es, auch diesen Ort ohne Herpesattacken zu verlassen, konnte man ins Wohn-/Schlafzimmer gelangen, das am Ende der Diele lag und dreimal so groß war wie das Badezimmer. Dieser Raum fiel durch seine üppige Ausstattung auf. Die abgewetzte Couch, auf der ich mich niedergelassen hatte, wurde auch als Bett verwendet. Unter dem einzigen Fenster der Wohnung stand ein alter Tisch mit zwei Stühlen, die Peter sich beim Sperrmüll besorgt hatte. Beim Kleiderschrank fehlte eine Tür, sodass man einen wunderschönen Blick auf durchlöcherte Socken und verschlissene Unterhosen werfen konnte. Rechts neben dem Schrank entdeckte ich Keyboard, Verstärker und meine CDs. Die Stereoanlage musste auch irgendwo sein, denn *Hendrix* fragte gerade, was Joe mit der Waffe in seiner Hand vorhatte.

»Wo stehen Fernseher und Videorekorder?«, rief ich zur Küche hinüber, in der Grabowski Kronkorken unter die Decke knallen ließ. Er war zwar zu doof, einen Eimer Wasser umzukippen, aber die tausend verschiedenen Arten, eine Bierflasche zu öffnen, beherrschte er perfekt.

»Den hab ich vertickt. Ich brauchte schließlich 'ne Kanone.«

»Was?«, schrie ich, »du hast meine Sachen verscherbelt?«

Peter tauchte in der Tür auf, in jeder Flosse ein Bier, im Mund eine Selbstgedrehte, und sah alles andere als schuldbewusst aus. Er drückte mir eine Flasche in die Hand und pflanzte sich neben mich.

»Was war es diesmal? Pferderennen, Black Jack, Spielautomaten oder die Nutte im dritten Stock?«

»Ich hab dir doch gesagt, dass ich mir eine Knarre besorgen musste. Hast du eine Vorstellung, was die kostet?«

»Ganz langsam, Grabowski, wozu brauchst du eine Waffe? Willst du die Geldeintreiber demnächst erschießen oder ist es dir zu langweilig geworden, zum Nasebohren den Finger zu nehmen?«

»Tja, das ist eine lange Geschichte.«

»Ich habe keine Zeit für lange Geschichten. In fünfzig Minuten geht mein Zug, also fass dich kurz. Vergiss nur nicht den Teil, in dem du mir erklärst, wie ich jetzt an Geld kommen soll.«

»Wenn alles so weitergeht, wie es angelaufen ist, wirst du die dreihundert Schleifen, die ich für deine Klamotten bekommen habe, in der nächsten Woche in den Händen halten. Dann kannst du die erste Rate für die Schweinemelkmaschine bezahlen. Außerdem hab ich dich noch nie hängen lassen und ...«

»Kurz fassen, Grabowski, kurz fassen!«

»Dann lehn dich zurück, denn was jetzt kommt, wird dich umhauen: Du kennst doch Erwin, den Rausschmeißer vom Glaspalast. Den hab ich vor sechs Tagen in der Kneipe getroffen, und da hat er mit Scheinen nur so rumgewedelt. Hat eine Lokalrunde nach der anderen geschmissen und ...«

»Kurz fassen, hab ich gesagt.«

»Also, seit Anfang des Jahres verdient er seine Bierchen als Schnüffler. Als er mir verraten hat, dass er pro Woche um die ein bis zwei großen Lappen einsackt, bin ich fast vom Barhocker gefallen. Am nächsten Morgen bin ich zur Zeitung gerannt und hab eine Anzeige aufgegeben: Private Ermittlungen, Detektei P. Grabowski; Diskretion und schnelle Ergebnisse garantiert. Und, was soll ich dir sagen: Zwei Tage später steht eine verdammt gut aussehende Schlampe im Büro.«

»Was für ein Büro?«

»Ich hab drüben in der Josephinenstraße ein kleines Zimmer gemietet. Hätte ich die Kunden etwa hier empfangen sollen? Der Rest ging für die Waffe drauf, denn was ist ein Privatdetektiv ohne Ballermann? Walker, Marlowe, Spenser, Spade, alle haben sie Kanonen.

Auf jeden Fall, die Mutti gibt mir den Auftrag, ihren Mann zu überwachen. Angeblich soll er eine Geliebte haben, in die er seine Überstunden steckt.«

»Und wie viel zahlt sie dafür, dass du durch Schlüssellöcher linst?«

»Das ist das Beste an der Sache. Ich hatte keine Ahnung, was man als Schnüffler verlangen kann. Bevor ich in die Verlegenheit kam, einen Preis zu nennen, erzählte sie mir, dass sie bereits bei einem anderen Detektiv gewesen ist, der ihr zu teuer war. Er wollte zweihundert Flöhe pro Tag plus Spesen, dabei kann sie höchstens hundert berappen. Sie hat sich richtig bei mir ausgeweint. Weil ihr Mann nicht genug Haushaltsgeld rüberschiebt, muss sie jeden Abend für einen Hungerlohn für irgendwelche reichen Scheißer die Villa putzen und sich, wenn die Damen des Hauses nicht da sind, von den alten Knackern an den Arsch packen lassen und …«

»Grabowski, wenn du noch ein Mal abschweifst, gibt's was aufs Maul.«

»'tschuldigung. Also weiter im Text. Wir kamen schließlich ins Geschäft. Ich kriege für mindestens eine Woche hundert pro Tag plus Spesen. Der Clou an der Sache aber ist, dass ich ihren Seitenstecher schon am ersten Tag in nicht jugendfreier Stellung auf Film gebannt habe. Natürlich hab ich ihr das nicht brühwarm erzählt. Wenn die Woche um ist, werde ich einen oder zwei zusätzliche Tage rausschlagen und ihr dann die hübschen Fotos auf einem Silbertablett servieren. So leicht hab ich noch nie einen großen Schein verdient. Was sagst du jetzt?«

»Das war eine schöne Geschichte, aber davon kann ich meine Schulden nicht bezahlen. Hast du wenigstens ein paar Kröten hier, quasi als Anzahlung?«

»Tut mir Leid, der Vorschuss ist für die Kamera draufgegangen, aber nächste Woche schick ich dir die dreihundert Piepen zu. Und damit du in deinem Bauernkaff nicht vertrocknest, werde ich gratis einige Fotos dazulegen, die ich geschossen habe.«

»Ich wusste gleich, dass es Zeitverschwendung war, hier hierher zu kommen. Dann fahr mich wenigstens zum Bahnhof, oder hast du deine alte Kiste verkauft und fährst nur noch Taxi?«

»Nein, die steht unten. Ich fahr dich nachher hin.«

»Nicht nachher, sofort. Mein Zug geht in fünfundzwanzig Minuten. Das Keyboard und den Verstärker nehme ich mit. Nachher kommst du noch auf die Idee, dass du als Schnüffler unbedingt eine Pump-Gun und Tellerminen brauchst. Und wag's ja nicht, die CDs zu verscherbeln. Jetzt aber los!«

Die acht Stockwerke nach unten schwiegen wir. Ich, weil ich darüber nachdenken musste, wie ich Karin Schumann die Verzögerung erklären sollte, und Gurkennase, weil er nicht reden, sondern nur schnaufen und keuchen konnte. Unfair von mir, ihn alles allein schleppen zu lassen.

Während der Fahrt erzählte er dafür umso mehr. Wenn das Geschäft so weiterlaufen würde, hätte er bald eine Sekretärin, die seine Berichte mit den Brüsten statt mit den Fingern schreiben würde.

Auf dem Bahnhof war endlich Ruhe, denn Grabowski traf einen Bekannten, dem er sofort seine Superdetektivgeschichte erzählen musste. Ich packte die günstige Gelegenheit beim Schopf und verdrückte mich. Am Bahnsteig erwischte mich Gurkennase aber doch noch, da der Zug Verspätung hatte. Er verabschiedete sich mit einem »Tschüs, Schweinebauer«, ich ahmte mit meinen Fingern eine Pistole nach, zielte auf ihn und sagte: »Schick mir die Kohle oder verrecke!« Dann drückte ich ab.

Auf der Rückfahrt war der Zug noch leerer. Ich hatte fast einen kompletten Wagen für mich. Es hatte zu regnen begonnen. Ich wusste nicht, ob es an der Ruhe im Abteil lag oder an den Regentropfen, die an der Scheibe herunterperlten, oder ob es mit der einsetzenden Dämmerung zusammenhing; auf jeden Fall kam mir eine wahnwitzige Idee:

Ich werde Privatdetektiv!

Was hatte ich zu verlieren? Gegen einen Tagesverdienst von hundert Euro gab es nichts einzuwenden. Ein weiterer Vorteil war das geringe Startkapital, das man für den Einstieg ins Schnüfflertum benötigte. Im Gegensatz zu Gurkennase brauchte ich keinen Büroraum anzumieten, da ich mindestens ein leer stehendes Zimmer hatte, das sich mit wenig Aufwand in ein respektables Büro verwandeln ließ. Außerdem war ich körperlich gut in Form. Mit ein wenig Training würde ich jede Auseinandersetzung, die der Beruf des Schnüfflers mit sich brachte, als Sieger verlassen. Wenn Grabowski es schaffte, dann dürfte ich überhaupt keine Probleme haben.

Als der Zug um Viertel vor fünf in Münster eintraf, packte ich meinen Krempel in ein Schließfach und begab ich mich auf direktem Weg zum Westfälischen Anzeiger, der in einem grauen Betonklotz residierte. Nur einige bunte Graffitis von DJ Choma und Sprayercool brachten etwas Farbe in die Tristesse. Münster als europäischer Trabant der Bronx. Ich gönnte mir ein Grinsen.

Die Anzeigenannahme lag im fünften Stock. Der Aufzug funktionierte reibungslos, und so stand ich wenig später in einem Großraumbüro, das jegliche Bestimmungen der EU-Richtlinien zur Massentierhaltung verletzte. Rund hundert Leute waren auf knapp fünfzig Quadratmetern zusammengepfercht. Schreibtisch an Schreibtisch. Diese bedauernswerten Kreaturen aßen mit Sicherheit keine Eier aus Legebatterien, denn wer verspeiste schon die eigenen Kinder?

Da es auf Redaktionsschluss zuging, herrschte hektische Betriebsamkeit. Entweder hackten sie auf ihre Computertastaturen ein, als wollten sie sie zerstören, oder sie wuselten aufgeregt durch die schmalen Gänge wie Rinder vor der Schlachtung.

Ich fragte mich zur Anzeigenberaterin für gewerbliche Kleinanzeigen durch. Laut Namensschild hieß sie Cordula Funke und laut Gesichtsausdruck war sie freundlich. Ihre Kulleraugen wurden durch dicke, pink umrandete Brillengläser noch betont. Ihr Schreibtisch sah aus, als ob sie in der Redaktion leben würde. Neben diversen Zettelhaufen standen ein halb leerer Teller mit Spaghetti, zwei Packungen Kartoffelchips und eine Dose Cola light. Ich hegte so meine Zweifel, dass die Diätvariante des Erfrischungsgetränks in dieser Kombination große Chancen hatte, ihre Wirkung zu entfalten. Fotos ihrer Liebsten gaben dem halben Quadratmeter einen Hauch Individualität: die Kelly Family und Daniel Küblböck grinsten verstrahlt in die Kamera.

»Guten Tag, ich möchte eine Anzeige aufgeben.«

»Wo wohnen Sie und wie wollen Sie die Anzeige bezahlen?«, fragte sie mit piepsiger Stimme.

Ich entschied mich für Barzahlung.

»Kleinanzeige oder Topbusinessformat im Hauptteil?«

Mal sehen, was ich für mein Geld bekomme.

»Wie viel kostet Topbusiness?«

»Wir haben da ein Sonderangebot. Sie sind Neukunde, nicht wahr? Wollen Sie die Anzeige von einem unserer Grafiker gestalten lassen? Dann erhalten Sie Einführungs-, Neukunden- und den Saisonalrabatt sowie bei Barzahlung noch Skonto.« Sie tippte wild irgendwelche Zahlen in ihren Taschenrechner und strahlte mich dann an.

»Für eine Viertelseite wären wir dann bei unvergleichlich günstigen sechstausendzweihundertfünfzig Euro.«

Das Thema hatte sich erledigt.

»Ich habe es mir überlegt. Kleine regelmäßig geschaltete Anzeigen erscheinen mir erfolgversprechender. Wo liegt da der Preis?« Die Enttäuschung war ihr deutlich anzusehen. Entweder erhielt sie eine üppige Verkaufsprovision oder sie arbeitete für einen Hungerlohn und wertete jedes ausgeschlagene Angebot als persönliche Niederlage. Ich tippte auf Letzteres.

»Denken Sie an die Möglichkeiten für Ihr Geschäft. Werbung ist der Antriebsmotor der Wirtschaft.«

»Den Kleinanzeigenpreis bitte«, gab ich den Kurzangebundenen.

Diesmal bemühte sie nicht den Taschenrechner. Achtzig Euro; ohne irgendwelche Rabatte oder Sammelpunkte, die ich gegen Bälle, Handtaschen oder Jogginganzüge eintauschen konnte. Dennoch erteilte ich dem Angebot den Zuschlag.

»Wie lautet der Text?« Sie klang immer noch beleidigt.

Ich überlegte kurz. »Privatdetektiv führt Ermittlungen jeder Art durch. Schnell, unkompliziert, diskret: Dieter Nannen. Kastanienweg 45, 48249 Buldern, Tel.: 0177-7873945.«

Langsam lenkte Cordula ihre Augen vom Bildschirm auf mich. Voller Bewunderung blickte sie mich an und nahm einen Schluck Cola. Sie stieß leicht auf, was der Szene eine erotische Note verlieh.

»Sie sind ein echter Detektiv? So wie Magnum oder Kojak?«

»Kojak ist Bulle. Magnum passt da schon besser.«

Frau Funke schüttelte ungläubig den Kopf.

»Was Sie alles wissen.« Plötzlich jedoch verfinsterte sich ihre Miene. »Aber Sie gehören doch wohl nicht zu denen, die in der schmutzigen Wäsche anderer Leute wühlen? Das finde ich ekelhaft.«

Ich hatte noch nicht mit der Arbeit angefangen und schon durfte ich mich rechtfertigen.

»Ein Arzt würde auch lieber nur gesunde Menschen sehen. Aber der Beruf zwingt einen manchmal zu Maßnahmen, die man als Privatperson nicht gutheißen würde.«

»Zum Beispiel?«

Sie ging mir auf die Nerven. Was wusste denn ich?

»Darüber kann ich nicht sprechen«, sagte ich knapp. »Mandantenschutz. Bitte geben Sie mir eine Quittung.«

Ich steckte den Zettel ein und ergriff die Flucht, bevor Funkenmariechen auf die Idee kam, ihren majestätischen Hintern vom Stuhl hochzuhieven und nachzuschauen, ob ich wie Rockford eine Waffe trug.

Danach machte ich mich auf, zum letzten Mal an diesem Tag die Deutsche Bahn zu bereichern.

6

Am nächsten Morgen bereitete ich Wilpert und den Kaninchen ein königliches Frühstück. Mit Hilfe von Stefan, den ich in der Dorfkneipe Zum Fröhlichen Landmann traf, transportierte ich auf einem Treckeranhänger Schweinemehl, das ich für fünfzig Euro erworben hatte. Unterwegs machten wir einen Abstecher zum Bahnhof und holten Keyboard und Verstärker ab, denn gestern hatte ich keine Lust mehr gehabt, die Teile auch noch nach Hause zu schleppen.

Was ich mit dem Krempel wollte, war mir eigentlich unklar. Ohne Saft stellten die hochwertigen Produkte der japanischen Unterhaltungselektronik nur totes Kapital dar.

Stefan erwies sich als patenter Kerl. Zwar lag sein Intelligenzquotient kaum höher als fünf, aber er war hilfsbereit und hatte immer gute Laune. Bauer Steinmann beschäftigte ihn als Knecht, denn selbst hier war es schwierig, Arbeiter zu finden, die einen Fünfzehnstundentag für den Bruchteil des Mindestlohns auf sich nahmen.

»Du tun mit Wilpert reden?«, fragte er mich.

Wir hatten Wilperts Gehege ausgemistet und saßen bei einer Tasse Instantkaffee und einer Zigarette am Küchentisch. Zwecks Kaffeezubereitung hatte ich den Kohleofen angeschmissen, nachdem ich im Keller ausreichend Anmachholz und Kohlen für die nächsten zwei Dekaden gefunden hatte.

»Stefan, grundsätzlich bin ich ein kommunikativer Typ. Das hat jedoch seine Grenzen. Wenn ich anfangen würde, mit einer Sau zu reden, könnte ich gleich meinen Verstand gegen Stroh eintauschen.«

»Wenn du lieb sein tust zu Wilpert, du bekommst schön lecker Fleisch.«

»Ich will und darf die Sau gar nicht schlachten.«

Ich inhalierte den Rauch der Camel. So weit war es nach drei Tagen Güllegestank gekommen; ich unterhielt mich mit einem Riesenbaby auf der Entwicklungsstufe eines Dreijährigen über den Nutzen davon, mit einem noch dümmeren Schwein zu reden.

»Oh, da haben sich zwei gesucht und gefunden.«

Karin Schumann stand grinsend im Türrahmen.

»Was sagt Ihnen die Zahl dreihundertvierzig? Sind das die dreihundertvierzig Minuten, die Sie hier überflüssig sind, oder sind das die dreihundertvierzig Grashalme, die Sie bis jetzt gezählt haben, um der Monotonie der Arbeitslosigkeit zu entrinnen?«

»Könnten Sie sich noch etwas gedulden? Ich erwarte in Kürze einen monetären Transfer«, bat ich um Aufschub, doch innerlich dachte ich: ›Nein, das sind die dreihundertvierzig Cent, die Ihre komplette Garderobe gekostet haben muss, oder die dreihundertvierzig Klagen, die wegen Erregung öffentlichen Ärgernisses gegen Sie eingereicht werden.‹ Tatsächlich toppte die Kombination aus grüner Strickjacke und blauer Cordhose so ziemlich alles, was ich bisher an Geschmacksverirrung gesehen hatte. Zum Glück wusste ich, was druntersteckte.

»Ich gebe Ihnen eine Woche. Wahrscheinlich kann ich das Geld sowieso in den Wind schreiben. Ach, noch etwas: Dr. Rudolph aus Brücken hat angerufen. Sie sollen im Laufe des Tages bei ihm vorbeikommen, er hätte eventuell Arbeit für Sie. Bestimmt Rasenmähen oder Abflüsse reinigen«, grinste sie hämisch.

Meine Gesichtszüge erhellten sich augenblicklich. »Na, das ist ja mal eine erfreuliche Neuigkeit. Habe ich es nicht gesagt? Sie können der örtlichen Sparkasse schon mal mitteilen, dass in den nächsten Tagen eine Kontobewegung stattfinden wird.«

Karin setzte ein gequältes Lächeln auf.

»Was will Dr. Rudolph von Ihnen?«

»Zunächst möchte ich mich bei Ihnen bedanken, dass Sie mein Handy aufgeladen haben. Anders kann ich es mir nämlich nicht erklären, dass Sie einen Anruf auf meinem Handy entgegengenommen haben.«

Dass Karin einfach an mein Mobiltelefon gegangen war, war ihr merklich peinlich. Endlich hatte ich sie mal in der Defensive.

Sie griff in ihre Tasche und legte Telefon und Kabel auf den Tisch. »Bitte schön. Frisch gewaschen und voll getankt. Sagen Sie mir jetzt, was Sie mit Dr. Rudolph zu tun haben?«

»Sie sagten es bereits: Rasenmähen.«

»Warum arbeiten Sie nicht als Knecht bei mir? Ich

könnte gut jemanden gebrauchen, der anpacken kann. Ich weiß, das trifft auf Sie nicht zu. Aber spätestens in einem Jahr haben selbst Sie Ihre Schulden abgearbeitet.«

»Der Gentleman lehnt dankend ab. Auf Wiedersehen.«

Ich merkte, dass Karin vor Neugier fast platzte, aber sie biss sich auf die schönen Lippen. Nach einigen Sekunden der Unschlüssigkeit verließ sie uns zögerlich, aber ohne ein weiteres Wort zu verlieren.

Währenddessen spielte Stefan völlig fasziniert am Keyboard herum und wartete vergeblich auf den Geist aus der Steckdose, der dem Keyboard Musik und ihm Verstand schenken würde.

7

Nachdem ich Stefan losgeworden war, machte ich mich auf die Suche nach Kleidungsstücken, in denen ich nicht wie ein Automechaniker, sondern wie ein Privatdetektiv aussah. Dies erwies sich als schwieriges Unterfangen, da mein Fahrrad bereits zwei Hosen und ein Hemd auf dem Gewissen hatte. Zum Glück fand ich eine schwarze Stoffhose, ein weißes Hemd und eine rote Krawatte mit gelben Punkten; Relikte meiner Betriebswirttätigkeit, die lange nicht in den Genuss eines Bügeleisens gekommen waren. Na schön, Dr. Rudolph hatte in dieser Einöde keine so große Auswahl an Detektiven, dass er sich übertrieben hohe Ansprüche bezüglich der Garderobe erlauben konnte.

Ich kleidete mich an, kramte aus einer alten Holzkiste einen Haufen vergilbter Landkarten hervor und setzte mich auf einen Melkschemel, um mich dem Studium der Geografie des Münsterlandes zu widmen. *»Mehr Freude beim Radwandern in Münster und Umgebung«*, *»Auf den Pfaden des Kiepenkerls«*. Da ich nur gezwungenermaßen auf die Segnungen der Automobilindustrie verzichtete, klangen die Werbeslogans des Westfälischen Fremdenverkehrsvereins in meinen Ohren wie blanker Hohn.

Selbst bei einem Kartenmaßstab von eins zu zehntausend wirkten die Stätten meines neuen Betätigungsfeldes wie Fliegenschiss auf einer Wolkenkratzerfassade. Buldern, Böckinghausen, Dülmen. Mir tränten schon die Augen, bis ich einige Zentimeter von Buldern entfernt endlich eine Buchstabenkombination fand, die »Brücken« heißen konnte. Mich erwartete mindestens eine halbe Stunde Strampelei.

Als ich den Drahtesel aus dem Stall holte, verabschiedete sich Wilpert mit einem freundlichen Grunzen.

Zwar dauerte der mittägliche Trip durch Felder, Felder und nochmals Felder nur zwanzig Minuten, nichtsdestotrotz lief mir der Schweiß in Sturzbächen die Stirn herab, da es für Mitte April ungewöhnlich warm war.

Brücken war noch kleiner als Buldern. Als ich das Ortseingangsschild gerade hinter mir gelassen hatte, erblickte ich das Ausgangsschild. Das gesamte Dorf bestand aus zehn Häusern, die sich um einen Weg gruppierten, der sich »Hauptstraße« nannte.

In welchem der Häuser wohnte Dr. Rudolph? Ich steuerte auf das einzige Gebäude ohne Fachwerkschmuck zu. Es war weiß gestrichen. Mein Instinkt hatte mich nicht betrogen. Die hochmoderne Glasfliesentür zierte eine Tafel mit der Aufschrift »Dr. Gernot Rudolph – Arzt für Allgemeinmedizin – Sprechstunde: Mo, Di, Do, Fr 9–13 Uhr und 15–18 Uhr, Mittwoch 9–13 Uhr«.

Ich betätigte die Klingel. Noch bevor ich sie wieder losgelassen hatte, öffnete sich die Tür. Eine Frau in einem weißen Kittel, etwa einen Meter siebzig groß, um die fünfzig Jährchen auf dem Buckel und nach Desinfektionsmittel duftend, baute sich vor mir auf. Sie musste hinter dem Fenster gestanden und mich beobachtet haben.

»Mein Mann macht Mittagspause. Würden Sie bitte um fünfzehn Uhr wiederkommen?«

»Ich bin kein Patient Ihres Mannes, zumindest noch nicht. Mein Name ist Nannen. Ihr Gatte hat ausrichten lassen, er hätte Arbeit für mich.«

Mein Gegenüber überlegte kurz, brachte dann aber den gewünschten Satz über die Lippen: »Kommen Sie bitte herein.«

Sie führte mich durch das Wartezimmer, das Sitzgelegenheiten für ein Dutzend Leute bot. Ein etwa achtzehnjähriges Mädchen saß über einen Stapel Papiere gebeugt. Wenn sie ihren Kopf bewegte, wehten die dunkelblau gefärbten Haare in alle Richtungen. Obwohl ich sonst nicht auf Metall im Gesicht stand, wirkte das Piercing an ihrer rechten Augenbraue irgendwie sexy. Als wir an ihrem Schreibpult vorbeidackelten, blickte sie auf und schenkte mir ein strahlendes Lächeln.

»Guten Tag«, begrüßte sie mich mit fester Stimme.

»Dito. Heute Abend schon was vor?« Schließlich musste ich mich in meinem neuen Umfeld sozialisieren.

»Sicher. Wir treffen uns auf dem Aldi-Parkplatz und testen Autos aus. Wenn Ihr Hightech-Teil« – sie wies grinsend durch das Fenster auf meine Rostlaube – »den Calibra meines Freundes aussticht, geh ich mit Ihnen ins Kino. Aber nur, wenn Sie zahlen.«

Bei der Dorfjugend schien ich nicht allzu hoch im Kurs zu stehen. Aber auf materiell fixierte Frauen stand ich sowieso nicht.

Frau Rudolph lächelte verschmitzt. »Claudia, jetzt bitte keine Anrufe durchstellen. Wir haben eine Geschäftsbesprechung.«

»Wird gemacht. – Um neun bei Aldi, ich warte auf Sie.« Sie lachte mir hinterher. Im nächsten Augenblick hatten wir das Wartezimmer verlassen, sodass ich mir die Suche nach einer passenden Erwiderung sparen konnte.

»Nettes Outfit, Ihre Arzthelferin«, feixte ich zu Frau Rudolph hinüber.

»Mir persönlich ist sie auch ein wenig zu – wie soll ich sagen? – auffällig, aber was tut man nicht alles für die liebe Verwandtschaft. Ausbildungsplätze sind heutzutage schwer zu bekommen.«

Während Frau Rudolph mich durch die Diele ihrer Wohnung geleitete, die sich direkt an die Praxis anschloss, stach mir schon der Mief von Gutbürgerlichkeit in die Nase. Eiche rustikal, wohin das Auge blickte. Im Wohnzimmer erwarteten mich die obligatorischen röhrenden Hirsche.

Ich wartete nicht, bis sie mir einen Platz anbot, sondern ließ mich sofort in einen braunen Ledersessel fallen.

»Einen Moment bitte, ich hole meinen Mann.«

Dr. Rudolph entsprach in jeder Hinsicht dem Landarztklischee. Er schien knapp jenseits des Midlife-Crisis-Alters, der kleine Schmerbauch wurde geschickt durch einen weiten Kaschmirpullover kaschiert. Die Brille betonte das Intellektuelle, der Vollbart die Nähe zur Landbevölkerung.

»Guten Tag, Herr Nannen. Rudolph.«

Er schüttelte mir die Hand mit einem kräftigen Händedruck und ließ sich ebenfalls in einem Sessel nieder.

»Heute Morgen habe ich Ihre Anzeige in der Zeitung gelesen. Ich dachte, vielleicht können Sie uns helfen. Es geht um unsere achtzehnjährige Tochter Barbara.«

Sofort hatte ich ein Bild vor Augen: Detektiv Dieter Nannen als strahlender Held, der die geliebte Königstochter aus den Klauen des Unholds befreit und fürstlich entlohnt wird.

»Was ist mit ihr? Ist sie verschwunden?«, fragte ich eine Spur zu begeistert.

»Nein, nein, nichts dergleichen«, musste er mich enttäuschen. »Vor zwei Wochen hat mich der Direktor ihrer Schule angerufen. Wir kennen uns aus dem Kirchenchor. Seit etwa drei Monaten weist Barbara einige Fehlstunden auf. Uns war das nicht aufgefallen. Sie hat wie üblich jeden Morgen das Haus verlassen und ist pünktlich zurückgekommen.«

Nervös strich Rudolph mit den Händen über seine Oberschenkel. War bestimmt nicht angenehm, mit einem Fremden über die Verfehlungen der eigenen Tochter zu reden.

»Ich habe ihr natürlich sofort eine Standpauke gehalten und bin davon ausgegangen, dass die Sache damit erledigt war. Umso überraschter war ich, als mir der Direktor vor wenigen Tagen erneut mitteilte, dass sich nichts geändert hat und auch ihre schulischen Leistungen rapide nachgelassen haben.«

Rudolph kraulte sich grübelnd den Bart. Dabei war das bisher Gehörte doch gar nicht so schlimm gewesen.

»Irene und ich haben sie natürlich sofort wieder zur Rede gestellt, aber Barbara hat einfach dichtgemacht. Weder meine Frau noch ich konnten zu ihr durchdringen.«

Rudolph zog ein Taschentuch aus seiner Hosentasche und schnäuzte sich.

»Soll ich ehrlich sein?« Er schaute dabei auf seine Fingernägel. »Wir fürchten, dass sie in etwas hineingeraten ist. Vielleicht nimmt sie Drogen.«

»Wir wollen doch nicht gleich das Schlimmste vermuten. Vielleicht hat Barbara ja nur Liebeskummer.«

»Das sollen Sie herausfinden. Ich kann gar nicht sagen, wie es mich freuen würde, wenn Sie Recht hätten. Nehmen Sie den Auftrag an?«

»Nun, ich glaube, das kann ich im Terminkalender unterbringen. Aber was ist mit der Bezahlung? Ich bin nicht billig.«

»Soll heißen?«

»Zweihundert Euro pro Tag und dreihundert Euro Erfolgshonorar.«

Rudolph akzeptierte ohne zu murren.

»Dürfte ich Barbaras Zimmer sehen?«

»Irene, übernimmst du das?«

Ich erhob mich und folgte der Dame des Hauses.

Barbaras Dachgeschosswohnung war gemütlich eingerichtet, wenn man auf dunkle Farben stand. Die Ikea-Jugendzimmerschrankwand war schwarz lackiert worden und beherbergte einen Fernseher, einen DVD-Player, einen Verstärker, mehrere Dutzend CDs und DVDs. Ich zog einige CDs heraus. Pur und Robbie Williams standen einträchtig neben Darkthrone und Immortal. Black Metal. Ich persönlich lauschte ja auch gerne harten Klängen, aber die neumodischen Vertreter dieses Genres mit ihren kreischenden Sängern hatten für mich zu wenig Power. Ich kannte allerdings nur wenige Frauen, die diese Art von Musik hörten, aber Robbie sorgte ja für den nötigen Ausgleich.

Ich ließ den Blick weiter durch das Zimmer schweifen. Auf der linken Seite stand ein alufarbener Kleiderschrank, den ich jedoch im Beisein der Hausherrin nicht durchwühlen wollte. Daneben bildete statt eines Bettes eine einfache Matratze die Schlafstatt. Die Bettwäsche war passend zur Schrankwand ebenfalls in einem dezenten Schwarz gehalten, allerdings mit kleinen silberfarbenen Punkten; ein wenig Auflockerung konnte nicht schaden. Ein Schreibtisch fehlte, aber wahrscheinlich gab es in der Rudolphschen Villa genügend Räume, in denen Babsi ihre Hausaufgaben machen konnte. Andererseits war dies vielleicht der wahre Grund für die miesen Zensuren.

Die enorme Bandbreite im CD-Regal spiegelte sich auch an den Wänden wider. Über dem Bett hing ein Konzertplakat der kürzlich abgeschlossenen Herbert-Grönemeyer-Tournee, die gegenüberliegende Wand zierten zwei großformatige Poster von Dimmu Borgir und Cradle of Filth, offensichtlich aus Musikmagazinen herausgetrennt. Durch das Studium eben solcher Musikmagazine wusste ich, dass Dimmu und Cradle bei den Black-Metal-Puristen in Ungnade gefallen waren, seitdem sie kommerzieller und damit erfolgreicher geworden waren.

Das Zimmer war für eine Achtzehnjährige sehr aufgeräumt, wobei man natürlich nicht wusste, ob es Barbaras Verdienst oder der ihrer Mutter war. Der Raum roch sehr frisch, Aschenbecher waren nirgendwo zu sehen. Wenn Barbara rauchte, dann nicht hier.

Ich hatte genug gesehen. Von Frau Rudolph ließ ich mir Namen und Adressen der Schule und des Stufenleiters sowie ein Foto der ungehorsamen Tochter geben. Das Bild war augenscheinlich während eines Urlaubs in den Bergen aufgenommen worden; im Hintergrund grasten Kühe auf einer Almweide. Viel interessanter war jedoch das Hauptmotiv: Barbara war eine außerordentlich attraktive Achtzehnjährige, die zweifellos die Hormone der männlichen Mitschüler ordentlich in Wallung brachte. Sie musste etwa einssiebzig groß sein und hatte lange blonde Haare, die zu einem Pferdeschwanz gebunden waren. Ihre blauen Augen und die vollen Lippen gereichten ihr nicht zum Nachteil. Sie war sehr schlank, mit Kurven an den richtigen Stellen, die sie durch die Wahl ihrer Kleidung – eng anliegendes rotes T-Shirt und noch engere Blue Jeans, die sie nur in der Badewanne angezogen haben konnte – angemessen präsentierte.

Wenn Dr. Rudolph kein Allgemeinmediziner, sondern Schönheitschirurg gewesen wäre, hätte man sicherlich den Verdacht hegen können, dass er kräftig nachgeholfen hatte.

Alles in allem war Babsi sicherlich keine Schülerin, der man freiwillig den Nachhilfeunterricht verweigerte. Ich nahm mir vor, ihr ein entsprechendes Angebot zum Vorzugspreis zu machen, wenn ich sie auf den rechten Pfad zurückgeführt hatte, denn schließlich musste sie den verpassten Schulstoff wieder aufholen.

»Ist sie nicht ein hübsches Kind?«, unterbrach Frau Rudolph meine Zukunftspläne.

»Sie ist Ihnen wie aus dem Gesicht geschnitten«, versuchte ich zu schmeicheln, »und machen Sie sich keine Sorgen: Für das Verhalten Ihrer Tochter gibt es bestimmt eine plausible und ganz und gar undramatische Erklärung.«

»Ihr Wort in Gottes Ohr.«

Ob Gott wirklich hinhörte, wenn ich etwas zum Besten gab, ließ ich dahingestellt. Ich verabschiedete mich und machte mich auf den Weg nach Hause.

8

Nachdem ich Wilpert mit Schweinemehl und mich mit Erbsensuppe aus der Dose gefüttert hatte, begann ich eine Strategie zu entwickeln.

Einen Besuch des Martin-Heidegger-Gymnasiums in Dülmen konnte ich mir heute schenken. Barbaras Schule war bereits geschlossen.

Blieb Babsis Stufenleiter Martin Zollner.

Ich blickte auf die Wanduhr, einen der wertvollsten Posten meines Erbes. Der Stundenzeiger stand auf der sechs, Minutenzeiger und Uhrdeckel glänzten durch Abwesenheit. Um diese Zeit war Zollner bestimmt zu Hause.

Wenn ich vor Mitternacht in Dülmen ankommen wollte, brauchte ich ein motorisiertes Fahrzeug. Da Schumann sich in dieser Beziehung unerbittlich gezeigt hatte, blieb mir nur die Möglichkeit, mich an den Straßenrand zu stellen, den Daumen zu heben und auf den nächsten Viehtransport zu warten.

Ich ging nach draußen, stellte mich in Tramperpose auf und hoffte, dass die Münsterländer Autofahrer auch Mitreisenden ohne Minirock und vier Metern Oberweite einen Platz auf dem Beifahrersitz gewährten.

Nach zehn Minuten brauste ein roter VW Polo mit Rallyestreifen und getönter Heckscheibe vorbei, machte eine Vollbremsung, wendete und kam vor mir zum Stehen. Ein schwarz gelockter Jüngling – die eine Hand umklammerte das Sportlenkrad, die andere eine Filterzigarette – machte eine Handbewegung, die mich zum Platznehmen aufforderte. Seine Lederjacke war mit Buttons zugepflastert: *PDS ist cool*, *Punx Not Dead* und *Ficken macht Freude*. Hohes intellektuelles Niveau.

»Hau dich hin. Ich bin Julius.«

Die ganze Fahrt über führte er einen Monolog, dem ich entnehmen konnte, dass er Tankwart war und in der Bulderner Dorfkapelle mit dem bezeichnenden Namen »Explodierende Tränen« für den Gesang verantwortlich war. Ich erwähnte, ebenfalls Musiker zu sein und nach Dülmen zu wollen. Nach Dülmen wollte er auch.

Etwas wehmütig dachte ich an meine Band zurück. Zusammen mit vier Schulfreunden hatten wir eine respektable Combo auf die Beine gestellt. Die Musikrichtung konnte man grob als Hard Rock mit psychedelischen Einsprengseln charakterisieren. Mit Mick an der Gitarre, Ömmes am Bass, Jumper an den Drums, Chris am Gesang und meiner Wenigkeit am Keyboard hatten wir uns nicht auf das Covern bekannter Stücke beschränkt, sondern eigene Songs geschrieben. Doch es kam, wie es kommen musste: Ömmes und Mick gingen davon aus, dass Künstler sich nicht mit profanen Dingen wie der pünktlichen Überweisung der Übungsraummiete zu belasten hatten, die Probedisziplin ließ häufig zu wünschen übrig, trotz eines guten Demos konnten wir keinen Plattenvertrag ergattern und die meisten Auftritte misslangen, weil sich Chris vorher mit Wodka zugeschüttet hatte. Vor zwei Jahren hatten wir uns getrennt, und seit dieser Zeit hatte ich keine Musik mehr gemacht.

Ich versprach Julius eine Session nach der Sonntagsmesse und hoffte, dass sein Gedächtnis deutlich kürzer als sein Redefluss war, denn ich konnte mir nicht vorstellen, mit dem Schwätzer gut zu harmonieren.

Dülmen erwies sich als Kleinstadt, zumindest für ländliche Verhältnisse. Ich entdeckte mehrere Supermärkte. Sogar eine Stadthalle war vorhanden. Auch der technische Fortschritt hatte keinen Bogen um Dülmen gemacht, denn es gab Verkehrsampeln. Diese zwangen uns zu einigen unfreiwilligen Stopps, auch wenn Julius nur bei Dunkelrot auf die Bremse trat.

An seiner Arbeitsstelle ließ er mich heraus. Hierbei handelte es sich um eine stark modernisierungsbedürftige Tanke mit angeschlossener Werkstatt, die vierundzwanzig Stunden geöffnet war, was ein großes Schild über den beiden Zapfsäulen stolz verkündete. Als ich links neben der Waschstraße einige PKWs stehen sah, kam mir eine Idee.

Zehn Minuten später war ich stolzer Besitzer eines Fiat Punto, der mich pro Tag nur fünfundzwanzig Euro kostete, hundert Freikilometer inklusive. Ein flotter Porsche wäre mir lieber gewesen, aber zum einen wollte ich das Spesenkonto nicht schon zu Beginn sprengen, zum anderen verlangte der Tankstellenpächter eine Anzahlung, und meine Geldbörse sprach momentan nur Italienisch.

Nachdem alle Formalitäten erledigt waren und ich mich noch einmal bei Julius bedankt hatte, konnte mein erstes Schnüfflerabenteuer beginnen.

Im Handschuhfach fand ich einen speckigen Stadtplan, sodass ich die Buldaustraße problemlos orten und anfahren konnte. Es ging also auch ohne Navigationssystem.

Zollner residierte in einem Reihenhaus, das so durchschnittlich war wie die Protagonisten in »Ich bin ein Star, holt mich hier raus!«. Das Antesten der Klingel blieb mir erspart. Eine hochgewachsene Frau mit kurzen, rot gefärbten Haaren schickte sich an, in einen schwarzen Jaguar zu steigen, der in der Einfahrt geparkt war.

»Einen Moment bitte. Sind Sie Frau Zollner?«

»Frau Zollner-Knittel. Wollen Sie zu mir?«

»Ich hätte gerne Ihren Mann gesprochen. Nannen ist mein Name.«

»Der hat seinen Lehrerstammtisch im Vollen Krug gleich um die Ecke. Ich muss weg.«

Sie nahm sich nicht die Zeit, sich zu verabschieden, und ehe ich mich versah, erblickte ich nur noch die Abgasfahne ihres Wagens.

Ich latschte die fünfzig Meter zur Kneipe und ging hinein. Glücklicherweise war der Krug alles andere als voll. Den vier Männern um den Holztisch, auf dem ein Oktoberfesthumpen mit der Aufschrift »Reserviert« platziert war, sah man die Zugehörigkeit zum Lehrertum sofort an. Vom ehemaligen Unteroffizier bis zum verhinderten Künstler war jeder Typus vertreten. Ich ging auf die Gruppe zu.

»Herr Zollner?«

»Wer will das wissen?«, quatschte mich ein Glatzkopf mit Rollkragenpulli an, der mit Sicherheit schon das eine oder andere Pils intus hatte.

»Entschuldigen Sie, ich habe mich noch nicht vorgestellt. Dieter Nannen mein Name. Ich hätte gerne einige Worte mit Herrn Zollner gewechselt.«

Nach einem kurzen Blick in die Runde öffnete erneut Billardkugel den Mund: »Der werte Herr Zollner kommt nur noch sehr sporadisch vorbei. Offensichtlich will er seine Freizeit nicht mehr mit den Kollegen verbringen.«

Oha, das konnte sich sehen lassen. Meine Beauftragung lag nur wenige Stunden zurück und schon hatte ich einen Ehemann, der seiner Frau offensichtlich nicht die Wahrheit über seine Abendgestaltung erzählte.

Ich ließ mich am Tisch nieder.

»Ich bin Privatdetektiv und soll einer gewissen Barbara Rudolph etwas auf die Finger schauen. Kennt einer von Ihnen das Mädchen?«

»Flotter Feger«, stieß der etwa Fünfzigjährige aus, der

neben meinem bisherigen Gesprächspartner saß, ebenfalls nicht mehr nüchtern war und auch einen Rollkragenpullover trug.

»Fürwahr, fürwahr«, unterstrich der Jüngste in der Runde die Aussage. Als ich ihn studierte, war mir sofort klar, dass im Lehrerzimmer ein Computer stehen musste. In den Freistunden saßen die drei dann vor dem PC und ersteigerten bei Ebay gebrauchte Rollis.

Schnell stellte sich heraus, dass keiner der Herren Barbara unterrichtete, und bis auf das mir schon bekannte fantastische Aussehen konnte ich keine Informationen über die Arzttochter ergattern.

Hier verschwendete ich nur meine Zeit. Ich klopfte dreimal auf den Holztisch, verabschiedete mich von dem Quartett und ließ mich von der südeuropäischen Luxuskarosse nach Hause befördern.

Da ich mich noch relativ fit fühlte, als ich meine Kemenate betrat, ließ ich mich vor dem kalten Kamin nieder und kurbelte die Gehirnwindungen an. Am sinnvollsten schien es mir, gleich morgen Barbaras Beschattung in Angriff zu nehmen, was natürlich durch den nun vorhandenen fahrbaren Untersatz deutlich einfacher geworden war. Zwar hätte ich gerne vorher noch einige Informationen über Babsi bekommen, aber den Jahrgangsstufenleiter hatte ich nicht angetroffen und die anderen Pauker konnten oder wollten mir ja nichts verraten.

Froh, einen Plan zu haben, rauchte ich eine letzte Zigarette und ging zu Bett.

Am nächsten Morgen hatte ich bereits um halb sieben meinen Wagen gegenüber der Bushaltestelle geparkt, die dem Rudolphschen Heim am nächsten war. Nach und nach trotteten Kinder zur Sammelstelle und diskutierten aufgeregt; wahrscheinlich die neuesten Entwicklungen im Big-Brother-Container. Babsi war noch nicht dabei. Plötzlich stieß ein alter Golf aus der Straße, die zum ärztlichen Anwesen führte.

Wenn ich richtig hingeschaut hatte, saß die Arzttochter am Steuer, es sei denn, Frau Rudolph hatte sich die Haare blond gefärbt und war über Nacht dreißig Jahre jünger geworden.

Ich war ja ein toller Ermittler. Führte eine Überwachung durch und wusste nicht mal, dass die zu Beschattende ein Auto besaß.

Langsam ließ ich den Fiat losrollen und folgte Barbara in gebührendem Abstand. Sehr schnell merkte ich, dass die Fahrt nicht nach Dülmen zum Martin-Heidegger-Gymnasium, sondern in die entgegengesetzte Richtung ging. Einige Minuten später hielten wir in einer kleinen Geschäftsstraße. Barbara verließ den Golf und überquerte die Fahrbahn. Ich schaute ihr nach und konnte nicht behaupten, dass mir der Blick missfiel. In natura sah sie noch besser aus als auf dem Foto. Dieses Mal waren ihre Haare offen, und statt der engen Jeans trug sie einen halblangen, dunkelblauen Rock. Ihr Gang verriet, dass sie genau wusste, wie man männliche Begierden weckte. Ich ärgerte mich, dass die Straße nicht achtspurig war, denn kurz darauf war sie in einem Stehcafé verschwunden. Ich blieb im Auto sitzen. Durch die große Glasscheibe konnte ich erkennen, wie die Arzttochter einen Kaffee trank und rauchte. Dabei warf sie immer wieder einen Blick auf ihre Armbanduhr.

Punkt acht setzten wir die Fahrt fort. Nach fünf Minuten hielten wir erneut an, und zwar an einer gut befahrenen Straße vor einer Pension. Jetzt wurde es interessant. Barbara verließ den Golf und ging ohne Zögern ins Gebäude.

Während ich noch überlegte, ob ich folgen sollte, bemerkte ich einen etwa vierzigjährigen Mann in sportlichem Outfit, der etwas verstohlen um sich blickte und dann in der Pension verschwand.

Man konnte mir zwar vorwerfen, dass ich gänzlich unerfahren im Schnüfflerbusiness war, aber eines wusste ich aufgrund meiner mir durch die Lektüre von Chandler, Hammett, Estleman und Lehane angeeigneten theoretischen Vorkenntnisse: Keine Beschattung ohne Kamera.

Nicht ohne einen leichten Anflug von Wehmut – aber nur einen leichten – schnappte ich mir den Fotoapparat vom Beifahrersitz, den ich vorsorglich heute Morgen mitgenommen hatte, und verstaute ihn in der Jacke. Bettina hatte mir zu unserem vierten Kennenlerntag – den fünften würden wir ja nicht mehr zusammen feiern – dieses kleine Wunderwerk der Technik geschenkt: eine Digitalkamera mit einer Auflösung von fünftausend Trillionen Pixel. Vielleicht bildete ich es mir ja auch nur ein, aber ich hatte das Gefühl, dass der kleine Kasten in meiner Innentasche voller Vorfreude vibrierte, endlich mal etwas anderes auf dem Chip speichern zu dürfen als Familien- oder Urlaubsfotos.

Ich wartete einige Minuten, dann machte ich mich auf den Weg. An der Rezeption blickte mich ein blasses Jüngelchen mit Mittelscheitel erwartungsvoll an.

»Was wünschen der Herr?«

»Der Herr wünscht schleunigst eine Auskunft«, herrschte ich ihn an. »In welches Zimmer ist die junge Dame verschwunden, die vor fünf Minuten hier reingekommen ist?«

»Das darf ich Ihnen nicht sagen«, kam es kleinlaut zurück. Ich musste härtere Seiten aufziehen.

»Pass auf, mein Sohn. Die Lady, über die wir hier sprechen, ist minderjährig. Glaub mir, dein Puff wird schneller dicht sein, als du dir Clearasil auf die Pickel schmieren kannst, wenn du nicht augenblicklich mit der Zimmernummer rausrückst. Ich will nur kurz nachschaun, danach siehst du mich nie mehr wieder.«

»Nummer vierzehn im ersten Stock. Ich verdiene mir hier nur ein bisschen Taschengeld dazu und möchte keinen Ärger.«

»Deine Lebensgeschichte interessiert mich nicht. Liegt das Zimmer zur Straße?«, unterbrach ich sein Gelaber.

»Ja, genau in der Mitte.« Der Junge konnte einem richtig Leid tun.

»Dann brauche ich den Schlüssel vom Nachbarzimmer, aber dalli.« Als Zeichen guten Willens ließ ich einen Zehner auf die Theke fallen.

Mein Gegenüber griff unter den Tresen und reichte mir einen Schlüssel, auf dem eine Fünfzehn aufgedruckt war. Jetzt durfte ich keine Zeit verlieren. Ich hastete die Treppen hoch, fand sofort das gewünschte Zimmer und schloss es auf. Von außen hatte ich gesehen, dass an der Frontseite ein durchgehender Balkon angebracht war. Sekunden später stand ich auf ebendiesem und lugte durch die Vorhänge des Zimmers, in dem sich Barbara aufhalten musste, wenn der Kleine an der Rezeption die Wahrheit gesagt hatte.

Zum Glück waren die Stores nicht komplett zugezogen, sodass ich einen freien Blick auf die Arzttochter hatte. Diese saß auf einem schmuddeligen Bett, wobei zwischen ihr und der Matratze der Typ lag, den ich unten gesehen hatte. Babsi bewegte sich so heftig, dass der Macker sich an ihren Brüsten festhalten musste.

Ich ließ die Kamera ihren Dienst verrichten, wobei ich darauf achtete, dass auch das Gesicht des Mannes abgelichtet wurde. Nachdem ich genug Fotos geschossen hatte, trat ich den Rückzug an. Dem immer noch verschüchtert dreinblickenden Jungen am Empfang bläute ich ein, mich sofort zu vergessen.

Im Auto steckte ich mir erst mal eine Fluppe an. Gut, jetzt wusste ich, was Babsi zeitweise vom Unterricht fernhielt. Wie hieß es so schön: Nicht für die Schule lernt ihr, sondern fürs Leben! Fehlte nur noch die Identität des Mannes. Ich musste mich an seine Fersen heften.

Zwei Zigarettenlängen später verließ Barbara das Stundenhotel. Kurz darauf folgte der Unbekannte, der schnurstracks die Straße überquerte und in einen beigefarbenen Opel Astra stieg.

Die Verfolgung brachte mich nach Dülmen, und zu meiner großen Überraschung endete unsere Fahrt vor dem Martin-Heidegger-Gymnasium. Mein Beschattungsopfer betrat das Schulgebäude durch eine imposante Drehtür, ich hielt mich etwa fünfzig Meter hinter ihm. Als ich das Innere betrat, sah ich zu meiner Linken das Sekretariat, das durch eine Glasscheibe vom Eingangsbereich getrennt war. Mit detektivischem Spürsinn machte ich den Zugang ausfindig und ging gemächlichen Schrittes auf einen Schreibtisch zu, an dem zwei angegraute Damen gerade ihre Pausenbrote auspackten.

»Verzeihen Sie. Wer war der Herr, der vor mir das Gebäude betreten hat?«, fragte ich die Lady, die mir am nächsten stand.

»Herr Zollner, glaube ich, aber ich habe nicht so genau hingeschaut. Wieso fragen Sie?«

Mir wurde ein wenig schwindlig. Zufälle gab es, die gab es gar nicht. Gestern noch hatte ich versucht, Zollner zu befragen, und heute war er höchstpersönlich die Lösung meines ersten Falles.

»Ist Ihnen nicht gut? Sie sind ja richtig blass geworden.«

Schnell hatte ich mich wieder gefangen: »Geht schon wieder. Vielen Dank die Damen und ein angenehmes Leben noch.«

Draußen ballte ich die Faust. Wenn mich nicht alles täuschte, hatte ich soeben meinen ersten Fall als Privatschnüffler gelöst, und das in Rekordzeit.

Um alles wasserdicht zu machen, benötigte ich ein Internetcafé. Eine Digitalkamera war zwar gut und schön, aber für vernünftige Abzüge benötigte ich einen PC und einen Drucker.

Ich gondelte ein wenig durch die Stadt, bis ich eine Telefonzelle fand. Zu meiner Überraschung wollten mir die Gelben Seiten weismachen, dass es sogar in Dülmen ein Surfparadies gab. Das musste zwingend überprüft werden.

Die Gelben Seiten hatten nicht gelogen. Das verkabelte Café lag versteckt in einem Hinterhof. Neben diversen Mülltonnen türmten sich blaue Abfallsäcke und Sperrmüll. Ein junges Pärchen schien gerade den Abtransport eines versifften Kühlschranks zu organisieren.

In der Computerbude säuselte Inga Humpe mit lasziver Schlafzimmerstimme, dass ein *sexy girl* um die Ecke geht. Ich entdeckte allerdings nur pubertierende Schülerinnen, die sich im Chat als Pendants zu Christina Aguilera oder Britney Spears ausgaben. Ich konnte mir die überraschten Gesichter vorstellen, wenn sie sich mit Brad Pitt oder Keanu Reeves trafen.

An der Theke ließ ich mir einen Account und eine Cola geben und machte mich an die Arbeit. Nachdem ich die besten Schnappschüsse ausgedruckt hatte, nutzte ich die Gelegenheit, meine Mails abzurufen. Für den Mai hatte ich zwei Geburtstagseinladungen erhalten. Da musste ich auf jeden Fall hin, schließlich hatte ich einiges zu erzählen. Die restlichen Mails waren Spams oder belangloses Zeug von Leuten, die ich seit Jahren nicht gesehen hatte, die aber irgendwie an meine Mail-Adresse gekommen waren und mir nun zeigen wollten, wie fortschrittlich sie waren, indem sie unfallfrei ein paar Sätze in die Tastatur hacken und die Enter-Taste drücken konnten.

Danach surfte ich noch im WorldWideWeb: www.kicker.de, www.rockhard.de, www.blackpublications.de, www.slayerized.com und einige andere Seiten ließen mich das Landleben für einen Moment vergessen.

Gegen sieben verließ ich den PC-Tempel. Die Leuchtreklame der Pommesbude schräg gegenüber sah so mitleiderregend aus, dass ich beschloss, den Laden finanziell zu unterstützen. Ich orderte Zigeunerschnitzel mit Pommes, dazu einen gemischten Salat, denn schließlich ernährte man sich hier gesund.

Eine Dreiviertelstunde später saß ich wieder in der Blechkiste und ließ mich in die Buldaustraße kutschieren. Die Gegend kannte ich ja bereits.

Ich klingelte und wenig später öffnete sich die Haustür.

»Herr Zollner?«

»Mit wem habe ich das Vergnügen?«, stellte mir der in einen Jogginganzug gewandete Seitenspringer eine durchaus legitime Frage.

»Mein Name ist Nannen. Ich bin Privatdetektiv und möchte Ihnen mein Fotoalbum zeigen.«

»Was soll das? Sehen Sie zu, dass Sie Land gewinnen, Sie Penner.«

Angesichts der brisanten Abzüge in meiner Jacke blieb ich unbeeindruckt.

»Ist Ihre Frau zu Hause?«

»Nein, aber ich sagte bereits, dass Sie verschwinden sollen. Ich wüsste nicht, was ich oder meine Frau mit einem Schnüffler zu bequatschen hätten.«

»Wenn Sie mich nicht hereinbitten wollen, machen wir es eben hier!« Mit diesen Worten drückte ich Zollner die Fotos in die Hand.

Sofort war Ruhe im Stall, wie man so schön sagt. Der treulose Ehemann wich einige Schritte zurück und hielt sich an der Kommode fest. Ich betrat ebenfalls den Flur und schloss die Tür.

»Wo haben Sie die her?«, fragte er deutlich kleinlauter als zu Beginn unserer wundervollen Konversation.

»Völlig egal. Fakt ist, dass ich sie habe, und ich wollte nur sichergehen, dass es sich bei dem Mann auf den Bildern wirklich um Sie handelt. Jetzt kann ich Dr. Rudolph mitteilen, warum die schulischen Leistungen seiner Tochter immer mehr den Bach runtergehen.«

Zollner war kreidebleich.

»Hören Sie. Mich trifft keine Schuld. Jeden Tag hat mir dieses Früchtchen Liebesbriefe geschrieben. Darüber habe ich natürlich nur gelacht. Später fuhr sie schwerere Geschütze auf. Setzte sich mit halb offener Bluse in die erste Reihe.« Zollner fuhr sich mit der Zunge über die Lippen. »Irgendwann bin ich schwach geworden. Mein Gott, ich konnte ihr in dieser Beziehung nichts beibringen. Wir trafen uns mehrmals die Woche im Hotel, meistens während meiner Freistunden. Aber für Babsi war alles nur ein Spiel. Anscheinend fand sie es schick, mit ihrem Lehrer zu schlafen. Jedenfalls hat sie mir heute Morgen eröffnet, dass Schluss ist.«

Er machte eine Pause und fummelte eine Zigarette aus einer Lederjacke, die an der Garderobe hing. Auf seinen suchenden Blick hin kramte ich mein Feuerzeug hervor und gab ihm Zunder. Ich selbst steckte mir auch eine an.

»Wissen Sie, ob Barbara außer Ihnen noch andere Liebhaber hatte?«

»Keine Ahnung, aber wundern würde es mich nicht bei diesem ausgekochten Luder.«

Ich öffnete die Haustür. »So, jetzt will ich Sie nicht länger aufhalten. Ich gehe Bericht erstatten.«

»Kann das nicht unter uns bleiben? Sie sagen Herrn Rudolph einfach, seine Tochter würde kiffen. Das macht doch jeder Schüler. Damit ersparen Sie mir einen Riesenärger. Es soll auch nicht Ihr Schaden sein. Wissen Sie, ich liebe meine Frau, und der kleine Seitensprung hat doch nichts zu bedeuten.«

Es war natürlich verlockend, doppelt zu kassieren. Früher oder später würde das Verhältnis jedoch herauskommen. Wenn ich Zollners Bitte Folge leisten würde, wäre mein Ruf ruiniert. Dann konnte ich froh sein, wenn ich für vier Euro Stundenlohn entlaufene Dackel suchen durfte.

»Ich habe Pflichten meinem Mandanten gegenüber. Ehrlichkeit ist eine davon. Ich werde ihn aber zu überreden versuchen, von einer Anzeige abzusehen. Garantieren kann ich allerdings für nichts.«

Ich ließ Zollner mit seinen Sorgen allein, kletterte ins Auto und startete den Anlasser. Wenn ich Rudolph sofort Bericht erstattete, würde er vielleicht einen Sonderbonus ausspucken. Verdient hatte ich ihn.

9

Aus dem Autoradio plärrte *Heino* über die Schönheit einer schwarzen Barbara. Ich dachte an Gernot. Er würde sich freuen, wenn er erfuhr, was für ein Früchtchen seine Tochter war.

Gut gelaunt überlegte ich mir günstige Anlegemöglichkeiten für das üppige Honorar. Meine Laune verschlechterte sich rapide, als ich errechnete, was nach Begleichung meiner Schulden bei Schumann übrig bleiben würde. Von wegen üppig!

Gegen halb zehn erreichte ich meinen Bestimmungsort. An der Eingangstür der Rudolphschen Villa brannte Licht.

Ich hatte kaum geklingelt, als schon die Tür aufgerissen wurde. Vor mir stand der Doc im Bademantel. Sein rechter Fuß steckte in einem Schlappen, der linke war unbeschuht.

»Ich dachte, das wäre Barbara.« Sein Gesichtsausdruck war Besorgnis pur. »Kommen Sie bitte herein.«

Rudolph führte mich ins Wohnzimmer, wo wir uns in der Sitzgruppe niederließen.

»Nun, haben Sie etwas herausgefunden?«, eröffnete er die Konversation und sah mich ein wenig ängstlich an.

»Das Erfreuliche zuerst: Ihre Tochter nimmt keine Drogen. Es gibt einen anderen Grund für die nachlassenden schulischen Leistungen.«

»Spannen Sie mich nicht länger auf die Folter. Was ist es?«

Ich ließ die Katze aus dem Sack: »Sie hatte ein Verhältnis mit ihrem Jahrgangsstufenleiter Martin Zollner.«

Rudolph sank aufs Sofa und schlug die Hände vors

Gesicht. Ich schwieg, damit er den Schock ungestört verdauen konnte. Nach einer Weile sprang er auf und lief im Zimmer umher. Sein Blick war inzwischen Hass pur.

»Dieses Schwein. Sich an meiner unschuldigen Tochter zu vergreifen. Den bringe ich um. Dieses Schwein!«

»Beruhigen Sie sich«, redete ich sanft auf ihn ein.

»Ich soll mich beruhigen? Haben Sie Kinder? Nein, wahrscheinlich nicht, sonst würden Sie nicht so einen Stuss verzapfen!«, schrie er mich an.

Die nächsten Sätze spuckte er dann voller Verachtung aus: »Und wissen Sie, was dem Ganzen die Krone aufsetzt? Seine Frau ist bei mir in Behandlung. Gerade letzte Woche hat sie einen Rundumcheck machen lassen, und sie hat mir erzählt, wie sehr sie darunter leidet, dass sie keine Kinder bekommen kann und dass ich mich als der glücklichste Mensch der Welt fühlen sollte.«

»Beruhigen Sie sich bitte«, versuchte ich es erneut mit sanfter Stimme. Dieses Mal hatte ich Erfolg, denn der arme Kerl schnappte sich eine Whiskeyflasche samt Glas und ließ sich wieder auf der Couch nieder.

»Was soll ich tun?«, fragte er mit erschöpfter Stimme, während er das Glas zur Hälfte füllte.

»Nur nichts überstürzen. Es findet sich für alles eine Lösung.«

Rudolph nahm einen großen Schluck Single Malt zu sich.

»Und weshalb schwänzt sie die Schule?«

»Die amourösen Abenteuer haben sich während Zollners Freistunden abgespielt. Bei einem verheirateten Mann ist es nicht einfach, unverdächtige Termine zu finden.«

Im Nebenzimmer klingelte das Telefon. Als Gernot merkte, dass abgehoben wurde, nahm er einen weiteren tiefen Schluck.

»Ich werde den Kerl verklagen. Der wird sich an keinem Kind mehr vergreifen. Dieser Drecksack kann sich schon mal über Hartz IV informieren, denn seinen Job als Lehrer ist er los.«

Ich räusperte mich. »Ich hoffe, Sie sind trotz des unerfreulichen Resultats mit mir zufrieden.«

»Selbstverständlich. Sie haben gute Arbeit geleistet, auch wenn mir das Resultat nicht gefällt. Es ist schon ...«

Ein Schrei unterbrach ihn. Die Tür zum Wohnzimmer wurde aufgerissen und die Hausherrin stand auf der Matte. Sie trug ein geblümtes Nachthemd und die Frisur wurde von Lockenwicklern verunstaltet. Weinkrämpfe schüttelten ihren Körper. Dabei stammelte sie völlig unverständliches Zeug. Rudolph sah seine Frau fassungslos an.

»Was ist denn los, Liebling?«

»Barbara, sie – ist – tot.«

»Was?« Rudolphs Miene versteinerte sich. Der Redefluss seiner Gattin war stark beeinträchtigt. »Der Polizist hat – Reichert – angerufen – holt uns ab – sollen – Leiche identifizieren.«

Ich kam mir überflüssig vor. Beileidsbekundungen waren nie meine Stärke gewesen.

Wir saßen herum und sprachen kein Wort. Zwischendurch ging Frau Rudolph nach oben, zog sich um und kehrte nach zehn Minuten zurück. Sie heulte immer noch. War ja kein Wunder.

Es klingelte. Gernot, dessen Miene noch immer die Lebendigkeit einer Wachsfigur hatte, ging zur Tür. Seine Frau weinte unterdessen in etwas geringerer Lautstärke weiter.

Der Arzt kam in Begleitung eines Cops wieder. Die gestochen scharfen Bügelfalten seiner Uniform standen im

Kontrast zur schief sitzenden olivgrünen Mütze. Ich fragte mich, wie viele Stunden er jeden Morgen vor dem Spiegel verbrachte, um den kunstvoll gezwirbelten Kaiser-Wilhelm-Gedächtnis-Bart in Form zu trimmen. Allerdings konnte er die verlorene Zeit nur schwer wieder reinholen, da er das rechte Bein stark nachzog und deshalb einige Meter hinter Gernot ins Zimmer hinkte. Als Reichert die Mütze abnahm, kam ein kahl geschorener Kopf zum Vorschein, der wie eine Billardkugel glänzte. Seine Augen funkelten grimmig; ich war mir jedoch sicher, dass sich eine gewisse Unsicherheit hinter dem martialischen Äußeren versteckte. Er warf mir einen scharfen Blick zu, beachtete mich aber zunächst nicht weiter.

»Mein aufrichtiges Beileid. Wie ich bereits Ihrem Mann sagte, haben wir Ihre Tochter gegen einundzwanzig Uhr auf einem Feld bei Dülmen gefunden. Sie wurde erstochen und kann höchstens eine halbe Stunde tot gewesen sein, wie mir der Polizeiarzt versichert hat.« Er fummelte an seinem Schnäuzer herum, der sich aber keinen Millimeter bewegte.

Dafür öffneten sich Frau Rudolphs Schleusen jetzt komplett. Die Tränen flossen in langen Bächen das Gesicht herunter und verwandelten die dezent aufgetragene Schminke in Morasttümpel. Ihr Mann hingegen hatte seine vorherige Regungslosigkeit überwunden. Sein Gesicht verzerrte sich vor Wut.

»Das war Zollner, dieses Schwein. Es reicht ihm nicht, meine Tochter zu verführen. Er muss sie auch noch umbringen.«

»Wie ich bereits sagte: Ich bin sicher, dass der Täter bald verhaftet wird. Meine Aufklärungsrate kann sich sehen lassen«, brummte Reichert.

Davon war ich überzeugt. Wer nur mit vorsätzlich auf

Trampelpfaden verstreuten Pferdeäpfeln zu tun hatte, musste sich für eine gute Quote nicht groß anstrengen.

Ich schaltete mich ein.

»Wenn ich das richtig mitbekommen habe, ist der Mord um zwanzig Uhr dreißig verübt worden. In diesem Fall kommt Herr Zollner nicht in Frage, denn zu der Zeit war ich bei ihm.«

Reichert funkelte mich an. »Wer ist Zollner, und wer sind eigentlich Sie?«

Ich antwortete ihm und beschränkte mich dabei auf das Nötigste. Um unangenehme Fragen zu vermeiden, verschwieg ich meine Tätigkeit als Privatdetektiv und gab mich als Verwandter der Rudolphs aus. Gernot bestätigte mit einem geistesgegenwärtigen Nicken, dass ich Lieblingsneffe Dieter aus Quakenbrück war, der für sein Biologiestudium die Münsterländer Fauna und Flora unter die Lupe nahm.

Bevor Reichert mit den Rudolphs zur Identifizierung der Leiche nach Dülmen fuhr, flüsterte mir der Doktor etwas zu. Es klang nach: »Finden Sie den Mörder!«

Leben und Tod lagen doch eng beieinander. Barbaras gewaltsames Ende sicherte mir für die nahe Zukunft meinen Lebensunterhalt.

10

Obwohl ich am Vorabend den Wecker nicht gestellt hatte, wachte ich am Samstagmorgen bereits um acht Uhr auf. Wenn das so weiterging, würde ich zu einem wahren Frühaufsteher mutieren.

Ich blieb eine Weile in den Federn liegen, starrte an die Decke und dachte nach: Das war eine miese Geschichte, in die ich da hineingeraten war. Warum konnte ich nicht so simple Aufträge wie Grabowski an Land ziehen? Aber nein, Dieter R. Nannen muss sofort in eine Mordsache rutschen.

Nun galt es zunächst, Verdächtige zu finden. Martin Zollner schied aus. Wenn ich von einem Alibi überzeugt war, dann von seinem. Zum jetzigen Zeitpunkt schien es am sinnvollsten, noch einmal zur Familie Rudolph zu fahren, um weitere Informationen zu erhalten.

Ich sprang aus dem Bett, füllte meinen Magen mit einer trockenen Scheibe Schwarzbrot und einem Glas Milch und stiefelte nach draußen. Wettermäßig würde heute ein wunderschöner Tag werden. Keine Wolke ließ sich am Himmel blicken. Ich schloss die Wagentür auf, lief aber noch einmal ins Haus zurück, um das schwarze Notizbuch und den vergoldeten Kugelschreiber einzustecken, die ich in Hugos Schreibtisch gefunden hatte. Wenn ich schon keinen blassen Schimmer von der Arbeitsweise eines Detektivs hatte, musste ich mir zumindest einen professionellen Anstrich geben.

Kurze Zeit später erreichte ich die Rudolph'sche Villa. Es schienen alle zu Hause zu sein, denn zwei Autos parkten in der Einfahrt. Ich klingelte, wenige Augenblicke später stand Dr. Rudolph in der Tür.

»Guten Tag, Herr Doktor. Ich hoffe, ich komme nicht ungelegen.«

Der Doc schwieg.

»Ich kann sehr gut nachfühlen, was in Ihnen vorgeht. Ich selbst habe meinen Vater durch einen Unfall verloren.« Das war gelogen. »Ich komme lieber ein andermal wieder …«

»Nein, bleiben Sie, ich war nur in Gedanken. Sie wollen mit Sicherheit einige Fragen stellen.«

»Wenn es Ihnen nicht allzu viel ausmacht. Ich brauche Informationen über Barbaras Freunde, ihren Umgang und so weiter.«

»Folgen Sie mir bitte ins Wohnzimmer.«

Ich folgte.

»Ich werde jede Frage beantworten. Scheuen Sie sich nicht, alles anzusprechen, was Ihnen weiterhelfen könnte. Ich will, dass der Schweinehund gefasst wird, der meinen kleinen Liebling auf dem Gewissen hat.«

Gernot ließ sich in einem Sessel nieder und deutete mit einer Handbewegung zum Sofa. »Setzen Sie sich bitte. Darf ich Ihnen etwas anbieten?«

Ich lehnte dankend ab und ließ mich auf der Couch nieder. Anschließend zog ich Notizbuch und Kugelschreiber aus der Jackentasche und legte beides auf den Tisch.

»Meine Tochter verkehrte in einer Clique, bestehend aus fünf oder sechs Schulkameraden. Sie waren nur ein- oder zweimal hier. Meistens haben sie sich in der Kneipe Em Pompeji getroffen. Ich glaube, mit einem von ihnen war sie enger befreundet, Jens Kofler ist sein Name. Er ist der Herausgeber der Schülerzeitung. Barbara hat auch Artikel geschrieben, meistens Buchbesprechungen. Sie hat sehr viel gelesen, wissen Sie.«

»Entschuldigen Sie, haben Sie seine Adresse?«

»Ich gebe Ihnen gleich das Adressbuch meiner Tochter. Dort müssten alle Anschriften aufgeführt sein«, stöhnte Gernot, als wäre ihm alles zu viel.

»Vielen Dank. Fahren Sie bitte fort.«

»Das waren alle Bekannten, die mir einfallen.«

Sehr ergiebig!

»Was hatte Barbara für Hobbys?«

»Hauptsächlich war sie mit der Clique zusammen. Ansonsten war sie zu Hause, hat Musik gehört oder gelesen.« Der Doktor entwickelte sich allmählich zur Plaudertasche.

»Ist Ihnen in letzter Zeit eine Veränderung an Ihrer Tochter aufgefallen, abgesehen von den schlechteren Zensuren?«, hakte ich nach.

Rudolph zuckte mit den Schultern. »Nein, nur das, was ich Ihnen bereits erzählt habe. Halt, eine Veränderung gab es doch. Freitags machte Babsi immer einen sehr müden Eindruck. Sie hat sich sogar nach der Schule hingelegt, was sie sonst nie tat. Aber wahrscheinlich war sie am Vorabend in der Diskothek. Alles kann man seinem Kind ja auch nicht verbieten.«

Na toll. Eine Achtzehnjährige ging abends in die Zappelbude. Mit dieser Info war der Täter so gut wie gefasst.

»Eine letzte Frage. Wie schätzen Sie Barbaras Clique ein?«

»Ich würde sagen, dass es sich um ganz normale Jugendliche handelt. Einmal hat es eine kleine Schlägerei gegeben, aber mehr ist mir nicht zu Ohren gekommen.« Rudolph nahm einen Schluck aus der Wasserflasche, die auf dem Wohnzimmertisch stand.

»Sie machen es mir nicht gerade leicht. Fällt Ihnen wirklich nichts mehr ein? Mir hilft alles weiter, auch wenn Sie es für unbedeutend halten mögen.«

»Das ist leider alles, was ich weiß. Barbara hat sich uns gegenüber in den letzten Monaten immer mehr verschlossen.«

Frustriert gab ich auf.

»Trotzdem vielen Dank. Wenn Sie mir jetzt bitte das Adressbuch geben könnten, werde ich Sie nicht weiter belästigen.«

»Sie haben mich nicht belästigt. Warten Sie einen Moment, ich bin gleich wieder da.«

Während er nach oben verschwand, ging ich meine Notizen durch, konnte aber nichts Brauchbares entdecken.

»Hier ist das Büchlein.«

Etwas hatte ich noch auf dem Herzen, auch wenn jetzt vielleicht nicht der günstigste Zeitpunkt dafür war.

»Ich weiß nicht, wie ich es sagen soll, aber ich habe ein kleines Problem«, formulierte ich vorsichtig.

»Ja bitte?«

»Könnten Sie mir vielleicht schon mal einen Teil des Honorars geben? Leider bin ich noch nicht dazu gekommen, ein Bankkonto einzurichten, um mein Geld aus Essen zu transferieren, und mein Bargeld geht zur Neige. Heute muss ich den Leihwagen bezahlen und …«

»Ach, der Fiat ist ein Leihwagen?«

»Ja. Wie Sie wissen, stamme ich aus Essen, und dort ist man zu Fuß oder mit der Straßenbahn schneller am Ziel als mit dem Auto.«

Die wahren Gründe brauchte ich Rudolph ja nicht auf die Nase binden.

»Aber auf dem Land sind die Entfernungen ungleich größer und die Busverbindungen auch nicht das Gelbe vom Ei. Ich werde also nicht umhinkommen, mir bald einen Wagen anzuschaffen.«

»Ich kann Ihnen anbieten, den Wagen meiner Tochter zu fahren, bis Sie einen eigenen haben. Es ist zwar nur ein alter Golf Diesel, aber dann brauchen Sie zumindest keinen Leihwagen.«

»Das kann ich nicht annehmen, Herr Doktor.«

»Doch, doch. Als Arzt lernt man, Leute einzuschätzen, und meine Menschenkenntnis sagt mir, dass nur Sie in der Lage sein werden, Barbaras Mörder zu fassen. Dass man von der Polizei nichts zu erwarten hat, wissen Sie so gut wie ich.«

Bei der Erwähnung von Babsis Namen schluckte er.

»Warten Sie bitte.« Wieder verschwand er nach oben, kehrte aber schnell wieder zurück.

»Bitte schön« – er drückte mir sechs Fünfziger in die Hand – »dreihundert Euro. Mehr habe ich leider nicht im Haus. Und hier der Autoschlüssel und die Zulassung.«

»Das kann ich wirklich nicht annehmen.«

»Doch, bitte. Ich stehe ohnehin in Ihrer Schuld. Wenn Sie gestern nicht eingeschritten wären, wer weiß, wozu ich fähig gewesen wäre. Und geben Sie mir bitte sofort Ihre Kontonummer, wenn Sie das Bankkonto eingerichtet haben.«

Ich brachte keine Antwort heraus.

»Wenn ich sonst etwas für Sie tun kann?«

»Ach so, fast hätte ich's vergessen: Bitte halten Sie weiterhin geheim, dass ich als Privatdetektiv tätig bin. Inkognito lässt es sich effektiver arbeiten.«

»Ich werde kein Wort verlauten lassen.«

Wir verließen das Haus und verabschiedeten uns.

Als ich im Wagen Platz genommen hatte und den Anlasser betätigen wollte, lehnte Gernot sich durch das heruntergelassene Seitenfenster und zischte mir zu: »Fassen Sie das Schwein!«

Ich ließ den Wagen an und fuhr rückwärts aus der Einfahrt. Als Nächstes gab ich den Fiat bei der Tankstelle ab, bezahlte die Rechnung und ließ mich vom öffentlichen Nahverkehr zurück nach Brücken bringen. Das Rudolph'sche Anwesen wirkte verlassen, aber ich wollte mir ja ohnehin nur den Golf unter den Nagel reißen. Zwar war dieser spezielle Volkswagen mit seiner mandarinfarbenen Lackierung nicht gerade ideal für Beschattungen, aber zumindest war er geräumiger als der Punto, wie ich nach dem Einstieg befriedigt feststellen konnte. Den Stadtplan, den ich wohl bei der Rückgabe des Leihwagens in der Jackentasche vergessen hatte, verstaute ich im Handschuhfach.

II

Wenn das kein Aufstieg war. Vor wenigen Tagen musste ich mir Schumanns gehässige Reden gefallen lassen, um Schweinefutter betteln und mit konstant ölverschmierten Hosenbeinen leben. Jetzt hatte ich ein eigenes Auto und besaß bald ein Konto auf der hiesigen Dorfbank, auf das täglich zweihundert Euro wanderten. Als Gegenleistung musste ich nur eine Kleinigkeit wie einen Mord aufklären.

Ich beförderte eine Musikkassette vom Beifahrersitz ins Autoradio. Barbara besaß ohne Zweifel einen breit gefächerten Musikgeschmack: *Jim Morrison*, von Pillen beseelt, intonierte »We Could Be So Good Together«. Ich glaubte ihm nicht. Auch Barbara wäre nicht seiner Meinung gewesen. Den folgenden Song, »When The Music's Over«, nahm ich wörtlich und schaltete ab.

Was war als Nächstes zu tun? Die Auflösung des Falles konnte noch etwas warten. Ich entschied mich, zuerst zur Bulderner Sparkasse zu fahren und danach zu Karin, um ihr Grinsen einfrieren zu lassen.

Für einen talentierten Schnüffler wie mich stellte es kein Problem dar, die Bank zu finden. Der Schalterbeamte, ein junger Kerl mit sehr langen Haaren, empfing mich mit einem »Hi!«.

»Ich möchte ein Konto eröffnen oder habe ich Sie beim Kämmen gestört?«

»Da freue ich mich aber, dass wir einen so lustigen Burschen in unserer Filiale begrüßen dürfen.«

»Ich dachte immer, Herr …?«

»Stenner …«

»… Herr Ständer, als aufstrebender Bankkaufmann müsste man Seitenscheitel und Krawatte vorweisen können.«

»Dachten Sie. Jedes Mal, wenn ich Leute wie Sie sehe, bin ich froh, dass ich so lange Haare habe. Die kann ich mir dann über Augen und Ohren hängen.« War ja richtig witzig, der Kleine.

»Herr Stempler, wenn Sie nicht gleich an Ihrem nicht vorhandenen Schlips von der Decke baumeln wollen, würde ich Ihnen empfehlen, die Wünsche Ihrer Kunden zu erfüllen. Ich hoffe doch, dass Sie befähigt sind, das Formular für die Einrichtung eines Kontos auszufüllen.«

»Was ist hier los, mein Sohn?«

Ein unscheinbarer Herr tauchte hinter dem Schalter auf.

»Ihr Sohn, Herr Stänker?«

»Stenner ist mein Name. Hat Ottmar Ihnen Unannehmlichkeiten bereitet? Normalerweise arbeitet er in einem Musikgeschäft in Dülmen, hat aber zurzeit Urlaub. Ich habe ihn überreden können, mir einige Tage bei der Arbeit über die Schultern zu schauen, da ich immer noch die leise Hoffnung hege, dass er in meine Fußstapfen tritt.«

»Ihr Sohn hat sich mir gegenüber korrekt verhalten. Er hat nur gebeichtet, dass er fünfhundert Euro aus dem

Tresor genommen hat, um eine neue Lederjacke zu finanzieren.«

»Aber, Vater …«, versuchte Junior sich einzuschalten.

»Ottmar, geh nach hinten. Zuerst werde ich den Kunden bedienen, danach sprechen wir uns.«

Sohnemann wollte etwas sagen, entschied sich dann aber dagegen. Stattdessen zeigte er mir den linken Mittelfinger und trottete davon.

»Was wünschen Sie?«

»Ich möchte ein Konto eröffnen.«

»Wenn Sie bitte dieses Formular hier ausfüllen könnten?«

Ich füllte es aus, er erledigte den Rest und gab mir einen Schein mit einer sechsstelligen Nummer.

»Das ist Ihre Kontonummer. In zwei Wochen können Sie die EC-Karte bei uns abholen.«

Ich studierte die Nummer, steckte den Wisch ein, verabschiedete mich mit einem »Auf Wiedersehen, Herr Spender, und viel Erfolg mit Ihrem Sohn« und verließ das Gebäude.

Jetzt hatten all die lieben Talerchen, die zu mir wollten, endlich eine Adresse: Sparkasse Buldern, Nr. 346857.

Neben der Bank befand sich ein Tante-Emma-Laden, in dem ich eine Stange Camel und eine Flasche trockenen Rotwein erstand. Dann stieg ich ins Auto und düste los in Richtung Biogemüsehof.

Einen halben Kilometer vor dem Ziel entdeckte ich Karin, wie sie mit einem Korb voller Champignons die Straße entlangspazierte. Ich hängte den linken Arm aus dem Fenster, hupte und hielt neben ihr an.

»Einen wunderschönen Tag.«

»Sie schon wieder. Was ist denn das?«

Mit ungläubigem Blick starrte sie auf mein Gefährt.

»Nicht genug, dass Sie Ihre Schulden nicht bezahlen. Jetzt klauen Sie auch noch Autos!«

»Dieses Auto habe ich nicht entwendet, sondern ausgeliehen. Erlauben Sie mir, Sie die letzten Meter zu chauffieren?«, bot ich großzügig an.

»Ich bin nicht erpicht darauf, als Komplizin eines Fahrzeugdiebs belangt zu werden. Ich laufe!«

»Reichen die Pilze für zwei Personen? Ich habe einen exquisiten Rotwein dabei. Damit können wir auf gute Nachbarschaft anstoßen.«

»Leider kann ich nichts daran ändern, dass Sie mein Nachbar sind, aber ich werde mich hüten, diese schreckliche Tatsache auch noch zu feiern. Auf Wiedersehen.«

Karin war anscheinend immer noch sauer, weil ich nicht erzählt hatte, was Dr. Rudolph von mir gewollt hatte. Jammerschade. Es machte mich traurig, diese gut aussehende Frau gegen mich zu haben. Aber so leicht gab Dieter Nannen nicht auf. Wahrscheinlich würde das Eis brechen, wenn ich die Schulden bezahlte. Spätestens wenn Rudolph mein jungfräuliches Bankkonto gefüllt hatte, würden die Karten neu verteilt werden.

»Dann auf Wiedersehen, ich habe zu arbeiten«, sagte ich mit einem Augenzwinkern und fuhr los, ohne weitere Nettigkeiten abzuwarten. Während der Fahrt überschritt ich die Grenze zur Illegalität und hinterließ per Handy meine Kontonummer auf Rudolphs Anrufbeantworter. Je schneller er die hatte, umso besser.

12

Unterwegs machte ich noch einen kleinen Schlenker zur Frittenbude und akquirierte einen Gyrosteller mit doppelt Pommes und Mayo. Zu Hause machte ich es mir bequem und verputzte die halbe Portion. Mehr schaffte ich nicht; waren meine Augen wohl größer als der Magen gewesen. Ich öffnete den Rotwein, schenkte ein Glas ein und steckte mir eine Zigarre aus der Kiste an, die ich in Hugos Schreibtisch aufgestöbert hatte.

Jetzt war es an der Zeit, einen Schlachtplan auszuarbeiten. Ich wollte mich möglichst nicht als Privatdetektiv zu erkennen geben. Wenn ich verdeckt ermittelte, würde ich mit Sicherheit leichter an Informationen gelangen. Also benötigte ich eine vernünftige Tarnung. Es war vielleicht keine schlechte Idee, über die Schülerzeitung an Babsis Clique heranzukommen. Ich konnte mich als Reporter ausgeben, der eine Serie über Kleinstadtschulen schrieb.

Nach einer weiteren Stunde, in der ich mir andere Möglichkeiten durch den Kopf gehen ließ, kam ich zu dem Schluss, dass der Einfall mit dem Reporter die meisten Pluspunkte hatte.

Ich blickte auf die Uhr: kurz nach zwei. Zuerst wollte ich bei Martin Zollner vorbeifahren, um ihn um Stillschweigen zu bitten, denn neben der dezimierten Familie Rudolph war er der Einzige, der von meiner Tätigkeit als Detektiv und der Beauftragung durch Rudolph wusste.

Zunächst musste ich aber noch meinen bäuerlichen Pflichten nachkommen. Den Rest des Gyrostellers kippte ich in Wilperts Trog. Mit zwei Bissen verputzte das einzig weibliche Wesen in meinem Leben ihre in Streifen geschnittenen Artgenossen und grunzte glücklich. Ich tätschelte ihren Kopf und versorgte anschließend die Kaninchen mit Vitaminen.

Dann machte ich mich auf zum Zollner'schen Anwesen.

Auf halber Strecke zwischen Brücken und Dülmen sah ich am Straßenrand einen Jugendlichen stehen, der seinen Daumen gen Himmel streckte. Ich hielt an und fragte, wohin er wolle.

»Wenn Sie so nett wären, mich nach Dülmen mitzunehmen. Ich habe den Bus verpasst, und der nächste fährt erst in zwei Stunden.«

»Na klar, steigen Sie ein!«

Er folgte meiner Aufforderung. »Übrigens, ich heiße Andreas Stegemann.«

»Dieter Nannen, Reporter für den Essener Kurier. Ich bin in dieser Gegend, um Material für ein Feature zu sammeln.«

»Das ist interessant. Worüber schreiben Sie?«

»Ich vergleiche das Schulleben in Großstädten mit dem in kleineren Ortschaften. Die Probleme der Schüler, die der Lehrer, das Umfeld.«

»Und Sie haben sich zufällig das Dülmener Gymnasium ausgesucht? Da haben Sie aber Glück!«

Ich bemerkte, wie Stegemann aufgeregt auf dem Beifahrersitz hin und her rutschte.

»Erklären Sie mir bitte mein Glück?«

»Zum einen, weil ich Schüler dieses Gymnasiums bin, zum anderen, weil dort etwas geschehen ist, was Ihren Artikel zu einem Hammer machen wird.«

»Andreas, ich darf doch ›du‹ sagen?«

»Klar, Herr Nannen!«

»Dieter. Was hältst du von einer Unterhaltung bei einer Tasse Kaffee?«

»Werde ich in dem Artikel erwähnt?«, fragte er begierig, um sein bedeutungsloses Leben mit meiner Hilfe aufzuwerten.

»Wenn deine Informationen nur halb so brisant sind, wie du angedeutet hast, vielleicht. Ich halte nichts davon, mich mit fremden Federn zu schmücken.«

»Dann fahren Sie bitte – ich meine, dann fahr doch, wenn wir gleich in die Stadt kommen, die nächste Straße rechts in die Augustagasse. Da gibt's ein ziemlich gemütliches Café.«

Heute war mein Glückstag. Nicht nur, dass ich zufällig einen Schüler des Martin-Heidegger-Gymnasiums aufgelesen hatte, nein, er nahm mir sogar meine einfallslose Reportergeschichte ab und brannte darauf, mir alles zu erzählen. Ich würde nie verstehen, warum die Leute so erpicht darauf waren, ihren Namen in der Zeitung zu lesen.

Das besagte Café wirkte von außen, wie Stegemann es beschrieben hatte: gemütlich. Das Innere hielt, was die Fassade versprach. Das Lokal war in mehrere Nischen unterteilt. Die Einrichtung war in Schwarz gehalten; über den Tischen hingen kleine Halogenstrahler. Das Einzige, was sauer aufstieß, war die italienische Popmusik, die aufdringlich aus den Boxen schallte.

Wenn es eine Art von Musik gab, die ich auf den Tod nicht ausstehen konnte, dann war es italienische Popmusik. Jederzeit würde ich *Ernst Mosch und seine originellen Dingenskirchener* den Ergüssen von *Eros Ramazotti, Toto Cotugno*, und wie diese ekelhaften Gestalten sonst noch hießen, vorziehen.

Neben zwei älteren Damen, die laut schmatzend Torte in sich hineinstopften und pausenlos Zucker in den Kaffee rührten, waren wir die einzigen Gäste.

Wir ließen uns in einer Ecknische nieder und bestellten Cappuccino.

»Okay. Jetzt zur Story. Was kannst du mir über die Schule sagen?«

»Werde ich tatsächlich im Artikel erwähnt?«

»Nicht nur das. Wenn er sich gut verkauft, sind sogar ein paar Euro für dich drin. Die Hauptsache ist, dass du die Wahrheit erzählst, denn ich bin bei einem seriösen Blatt beschäftigt.«

Selbstverständlich wusste ich, dass mit derartigen Artikeln nicht ein Cent zu verdienen war, aber solange Andreas darauf hereinfiel, erfüllte die Lüge ihren Zweck. Und Andreas machte mir keinen besonders hellen Eindruck.

»Ich würde dich doch nicht anlügen. Außerdem brauche ich das nicht, denn die Wahrheit ist brisant genug.« Meine Güte, war der Kleine aufgeregt.

»Wenn deine Geschichte nur halb so interessant ist wie deine Andeutungen, dann kannst du dir deiner Prämie sicher sein«, trug ich zentimeterdick auf. »Doch zunächst muss ich dir ein paar allgemeine Fragen stellen.«

Ich war zwar überzeugt, dass es sich bei der »heißen Sache« um den Mord an Barbara handelte, und konnte meine Ungeduld kaum in Zaum halten, aber zunächst musste ich den professionellen Schreiberling mimen.

»Ein großes Problem an den städtischen Schulen sind Drogen. Wie sieht es hier aus?«

»Drogen sind bei uns kein Thema. Ab und zu macht ein Joint die Runde, aber mehr als Hasch ist nicht drin. So bescheuert sind wir nicht, dass wir uns mit harten Sachen voll pumpen.«

»Auch keine Tabletten oder andere Aufputschmittel?«

»Nein, nicht dass ich wüsste.«

Stegemanns Gesichtsausdruck verriet, dass ich einen

wunden Punkt berührt hatte. Ich würde Wilpert darauf verwetten, dass mein Gegenüber gelegentlich Pillen einwarf.

»Aber hier geschehen andere seltsame Dinge«, versuchte er das Thema zu wechseln, »habt ihr in der Großstadt auch Probleme mit religiösem Scheiß?«

»Was meinst du damit, Bibeltreffen?«, fragte ich betont gelangweilt.

»Quatsch, Teufelsbeschwörungen natürlich. Ich weiß zwar nicht genau, was da abläuft, aber auf jeden Fall halten sie schwarze Messen ab.«

»Bist du sicher?«

»Na klar. Die Mitglieder treffen sich mehrmals im Monat und ziehen ihren Satanskram ab. Ich kenne aber nur wenige von ihnen. Der Herausgeber der Schülerzeitung ist auch dabei.«

»Jens Kofler?«

Er schaute mich verdutzt an. »Woher kennst du den?«

»Als guter Reporter habe ich natürlich Erkundigungen eingezogen. Zu ihm will ich nachher, weil der Chef der Schülerzeitung bestimmt den besten Überblick über Schulinterna hat.« Wir wurden durch den Kellner unterbrochen, der die Heißgetränke vor uns postierte.

»Verrat ihm bloß nicht, was ich gesagt habe.« Stegemann kippte so viel Zucker in seinen Cappuccino, dass die Flüssigkeit fast aus der Tasse schwappte.

»Das gehört zu meinem Ehrenkodex: Erzähl nie etwas über deine Quellen.«

»Dann bin ich ja beruhigt.« Erleichtert versuchte er das Zuckergebräu umzurühren.

Die nächste Minute verbrachten wir schweigend. Andreas nippte an seinem Cappuccino und ich trug das eben Gehörte ins Notizbuch ein.

»Was hältst du von Mord?«

Ich schaute hoch und zauberte einen überraschten Ausdruck auf mein Gesicht. »Was hast du gesagt? Mord?«

»Ja genau. Mord!«

»Wer?«

»Eine Schülerin namens Barbara Rudolph, Tochter eines betuchten Arztes.«

»Wann ist das passiert?«, spielte ich den sensationslüsternen Reporter.

»Gestern. Sie wurde auf einem Feld gefunden, erstochen.«

»Warte einen Moment, ich muss telefonieren.« Ich zog mein Handy aus der Jacke, wählte die Essener Vorwahl und meine Kontonummer und drehte mich etwas zur Seite. Als abgehoben wurde, sagte ich so etwas wie: »Ja Chef, Mord – Heiße Sache – Ungelogen – Tote Schülerin.«

Am anderen Ende der Leitung hörte ich eine alte Vettel keifen: »Mein Mann ist tot? Wann ist er gestorben, sagten Sie?«

»Gestern.«

»Deswegen ist er nicht nach Hause gekommen. Und ich dachte schon, es wäre wieder eine seiner Weibergeschichten. Er ist wirklich tot, sagten Sie?«

»Wenn ich es sage, Chef.«

»Wie kommen Sie dazu, mich Chef zu nennen, ich muss doch sehr bitten, wer spricht …«

Ich drückte das Gespräch weg. Andreas hatte sich eine Zigarette angesteckt, eine Ultraleichte, wie ich an der Schachtel erkennen konnte. Diese Leute waren mir sympathisch. Auf der einen Seite wollten sie cool aussehen mit der Fluppe in der Hand, andererseits auf keinen Fall ihrer Gesundheit schaden oder gelbe Finger kriegen.

Ich öffnete mein Portemonnaie, blickte Stegemann verschwörerisch an und zückte einen Zwanziger.

»Was ist das?«

»Ein Zwanzigeuroschein.«

»Das sehe ich, aber wofür?«

»Kleiner Vorschuss. Wie du vielleicht mitbekommen hast, habe ich soeben mit dem Chefredakteur telefoniert. Er ist der Ansicht, dass die Geschichte das Zeug zum Knüller hat. Andreas, da steckt für uns beide eine Menge Geld drin. Vorausgesetzt, die Story ist wirklich heiß.«

»Das ist sie, das ist sie.«

»Dann schieß mal los.«

Stegemann berichtete in allen Einzelheiten über die gestrigen Ereignisse, die ich aber alle schon kannte. Ich machte eifrig Notizen und fragte öfter nach, schließlich musste ich den interessierten Reporter markieren.

»Hat man bereits Verdächtige festgenommen?«

»Ich glaube nicht, aber ich kann mir denken, wer es getan hat.«

»Wirklich?«

»Entweder war es unser Stufenleiter Martin Zollner oder seine Frau Inge.«

»Wie kommst du denn darauf?«

»Zollner hatte ein Verhältnis mit Barbara, das wusste jeder. Wir vermuten, dass sie Schluss machen wollte.«

»Was sagst du da? Eine klassische Lehrer-Schüler-Liebe?«

»Natürlich«, sagte er mit einem triumphierenden Lächeln, »oder glaubst du, ich würde mir so was aus den Fingern saugen?«

»Nein, natürlich nicht. Aber wieso verdächtigst du euren Lehrer?«

»Ob du es glaubst oder nicht. Er war verknallt in sie. Beide haben zwar versucht, ihr Verhältnis geheim zu halten, aber selbst ein Blinder mit Krückstock konnte erkennen, dass Liebe im Spiel war. Zumindest auf Zollners Seite.«

»Und du bist der Ansicht, dass Barbara Schluss gemacht und er sie deswegen umgebracht hat?«

»Genau!«

Ich wusste es besser und lenkte deshalb das Gespräch auf Zollners Frau: »Das mit dem Lehrer leuchtet mir ein, aber wieso soll seine Frau das Mädchen getötet haben?«

»Ich habe gehört, dass sie die beiden im Bett erwischt hat, in flagranti sozusagen.«

»Also Mord aus Eifersucht.«

»Du hast es erfasst.«

Endlich eine heiße Spur. An Inge Zollner-Knittel hatte ich bisher nicht gedacht. Der Zwanziger hatte sich bereits bezahlt gemacht. Der Junge schien eine ganze Menge zu wissen; vorausgesetzt, dass er nicht alles nur erfunden hatte. Es konnte bestimmt nicht schaden, weiterzubohren.

»Fallen dir noch mehr Verdächtige ein?«

»Höchstens Jens Kofler, Barbaras Freund. In der letzten Zeit hat er sich seltsam benommen. Lief dauernd geistesabwesend durch die Schule. Wahrscheinlich hat er Wind von der Sache mit Zollner bekommen. Aber ich glaube nicht, dass er es war. Für mich ist unser Stufenleiter der Hauptverdächtige.«

Ich bemerkte, dass Stegemann seinen Cappuccino ausgetrunken hatte, und fragte, ob er Nachschub wolle.

»Nein danke, ich muss los.«

»Soll ich dich nach Hause fahren?«

»Ich wohne gleich um die Ecke, es sind nur ein paar Schritte.«

Wir erhoben uns. Ich bezahlte die Getränke, legte ein angemessenes Trinkgeld dazu und wir verließen das Café.

»Wie ist deine Adresse?«

»Marienstraße neunundreißig.«

»Wir telefonieren. Halt die Ohren steif.«

»Nicht nur die Ohren. Und vergiss nicht, mich im Artikel zu erwähnen.«

»Darauf kannst du dich verlassen. Bis dann.« Ich klopfte ihm auf die Schulter und ging zum Auto.

Jetzt gab es zwei triftige Gründe, bei den Zollners vorbeizufahren.

13

Unterwegs passierte ich den Dülmener Bahnhof. Es war ein schönes Gefühl, nicht mehr auf die Deutsche Bahn angewiesen zu sein. Ich fuhr jetzt VW Golf und brauchte nicht mal Steuer und Versicherung zu bezahlen.

Vor dem Zollner'schen Anwesen rangierte ich den Wagen zwischen einen dicken Mercedes und einen alten Renault, der nur vom Rost zusammengehalten wurde. Klassenunterschiede schien es auch auf dem Land zu geben. Der Golf gab als Bindeglied zwischen Arm und Reich eine gute Figur ab.

Auf der gegenüberliegenden Straßenseite erkannte ich den schwarzen Sportwagen, in dem Zollner-Knittel gestern losgebraust war. Das Abblendlicht brannte. Ich erklomm die sechs Treppenstufen bis zur Eingangstür und klingelte. Nach dem dritten Läuten wurde geöffnet und Inge stand vor mir, nur mit einem Bademantel bekleidet. Sie rubbelte sich gerade mit einem Handtuch die rot gefärbten Haare trocken.

Es schien mein Schicksal zu sein, dass Frauen sich stets duschen mussten, bevor sie mich empfingen. War dies bei Karin Schumann durchaus reizvoll gewesen, so hätte Inge liebend gern darauf verzichten können. Allein die hellrosa lackierten Zehennägeln beleidigten mein ästhetisches Empfinden zutiefst. Ich musste dringend auf meiner Homepage ein Duschverbot für unattraktive Frauen propagieren, zumindest kurz vor einem Treffen mit mir. Wenn ich irgendwann eine Homepage hatte.

»An Ihrem Wagen brennt Licht. Deswegen bin ich zwar nicht gekommen, aber …«

»Oh, das habe ich ganz vergessen. Wären Sie so nett, es auszuschalten? Ich darf im Moment keine Schuhe anziehen, da die Nägel noch nicht trocken sind.«

»Wo ist der Schlüssel?«

Sie nahm den Autoschlüssel, der neben dem Telefon lag, und gab ihn mir. »Hier bitte. Ich föne mir in der Zeit die Haare.«

Ich nickte ihr zu und stiefelte Richtung Angeberauto. Das war eine gute Gelegenheit. Wenn Inge tatsächlich die Mörderin war, konnte ich vielleicht im Wagen Hinweise entdecken. An der Karosserie war erkennbar, dass der Wagen durch Schlamm gefahren sein musste, denn die Seiten waren von einer Dreckkruste überzogen. Ich stieg ein. Ein Blick aus dem Seitenfenster zeigte mir, dass die Luft rein war.

Ich öffnete das Handschuhfach. Viel gab es nicht zu sehen: Kopien von Führerschein und Fahrzeugpapieren, ein Ledertuch, ein Türschlossenteiser, der im Innern eines Autos die größte Effektivität entfaltete, ein Schreibblock und etwas Kleingeld. Der Block zog mein Interesse auf sich. Ich blätterte ihn durch. Nur die erste Seite war beschrieben: 4567, anscheinend eine Telefonnummer. Ich traute mir zu, diese Nummer im Kopf zu behalten, und legte den Block an seinen Platz zurück. Nun war die Mittelkonsole an der Reihe. Die Ausbeute war noch spärlicher: weder ein blutverschmiertes Messer noch ein abgetrenntes Ohr von Barbara, sondern nur eine Sonnenbrille Marke Carrera und Musikkassetten. Gefrustet durchwühlte ich die Bänder. Es handelte sich ausnahmslos um Klassik und deutsches Liedgut der unerfreulichen Art. Doch halt! Die Mitleid erregende Sammlung bestand durchweg aus Kaufkassetten, bis auf eine, die ziemlich ramponiert aussah. Sie war unbeschriftet und das Band war gerissen. Ich wägte Pro und Contra ab; Pro siegte. Die Kassette verschwand in der Jackentasche. Danach warf ich einen kurzen Blick auf die Rückbank, auf der sich nur eine Straßenkarte und ein buntes Kissen befanden. Ich schaltete das Licht aus und verließ das Auto.

An der unverschlossenen Eingangstür angekommen, klingelte ich erneut, um auf mich aufmerksam zu machen, und betrat den Flur. Den Schlüssel deponierte ich neben dem Telefon und wartete. An der gegenüberliegenden Wand war ein Spiegel angebracht. Als ich meine Frisur richtete, betrat Inge die Diele. Ihre Haare waren jetzt trocken, sahen aber nicht besser aus.

»Sie waren lange draußen.«

»Ich habe Ihr Auto bewundert. Schließlich hat man nicht alle Tage die Möglichkeit, in einem Jaguar zu sitzen.«

»Was führt Sie zu mir?«

»Eigentlich will ich Ihren Mann sprechen. Wie Sie vielleicht wissen, ist Barbara Rudolph, eine seiner Schülerinnen, gestern ermordet worden.«

»Eine schreckliche Geschichte. Ich habe davon in der Zeitung gelesen. Aber welche Rolle spielen Sie dabei?«

»Ich ermittle im Auftrag von Herrn Dr. Rudolph. Ich soll Barbaras Mörder finden.«

»Dann sind Sie Privatdetektiv?«

»Ja, wie im Krimi.«

»Ich hasse Kriminalromane. Immer diese Schnüffler mit ihrem Machogehabe. Ist Ihnen nicht aufgefallen, dass die Frauen dort immer wie ein Stück Fleisch behandelt werden?«

Ich steckte eine Camel an und fragte Inge nach ihrem Mann.

»Sie scheinen dem Bild des Frauen verachtenden Schnüfflers voll und ganz zu entsprechen. Sie kommen gar nicht auf die Idee, mich zu fragen, ob Sie rauchen dürfen. Wahrscheinlich drücken Sie die Zigarette gleich auf meinem Arm aus.«

»Frau Zollner-Knittel. Ich sehe drei Aschenbecher in diesem Raum, und in jedem liegen mindestens zehn Zigarettenstummel ...«

»Wenn mein Mann hier gewesen wäre, hätten Sie trotzdem um Erlaubnis gefragt. Aber bei einer Frau braucht man nicht zu fragen, da macht man einfach. Soll ich vielleicht die Asche von Ihrer Zigarette streichen?«

»Das wäre sehr nett.« Allmählich wurde ich wütend. »Außerdem würde ich empfehlen, den Gürtel Ihres Bademantels strammer zu ziehen, sonst kann ich meine lüsternen Gedanken nur schwerlich im Zaum halten.«

Augenblicklich nahm ihr Gesicht die Farbe ihrer Haare an. Offenbar unfähig, etwas zu erwidern, huschte sie ins Nachbarzimmer.

»Bringen Sie ein Bier mit, wenn Sie am Kühlschrank vorbeikommen«, rief ich ihr nach.

Ein Schlüssel wurde in der Haustür herumgedreht und Martin Zollner betrat den Ort des Geschehens.

»Guten Tag, Herr Nannen. Ich komme gerade vom Direktor. Schlimme Sache mit Barbara. Sind Sie weiter an dem Fall dran?«

»Das ist der Grund meines Besuchs. Ich wollte Sie bitten, keinem zu erzählen, dass ich in Sachen Rudolph ermittle.«

»Ich hatte Sie gestern auch um etwas gebeten, wissen Sie noch?«

»Okay, vergessen wir es. Bis dann.«

»Halt, nicht so eilig! Andererseits hat Dr. Rudolph keine Anzeige gegen mich erstattet. Das habe ich wahrscheinlich Ihnen zu verdanken. Gut, ich werde kein Sterbenswörtchen verlauten lassen. Außerdem bin ich natürlich an der Aufklärung dieses entsetzlichen Verbrechens interessiert.«

Es war zwar nicht mein Verdienst, dass Gernot keine Anzeige erstattet hatte – er würde es bestimmt nachholen –, aber das musste ich ihm ja nicht erzählen.

»Sie haben sich mit Sicherheit auch schon Gedanken gemacht. Wen verdächtigen Sie?«

»Das Gleiche hat mich der Direktor gefragt. Mir ist niemand eingefallen. Barbara war bei ihren Klassenkameraden sehr beliebt. An Ihrer Stelle würde ich mich an Jens Kofler wenden, der kennt sie besser als ich.«

»Ist Ihnen keine Veränderung an Barbara aufgefallen?«

Er überlegte angestrengt oder tat zumindest so. Die Antwort stand jedoch in keinem Verhältnis zum Aufwand: »Nein«, er räusperte sich, »tut mir Leid, dass ich nicht weiterhelfen kann, aber so häufig habe ich Barbara auch nicht gesehen, und ...«

»Nicht mehr gesehen? Nicht mehr gevögelt, meinst du wohl?«

Wie aus dem Nichts war seine Frau aufgetaucht. Sie

hatte ihren Bademantel gegen ein kariertes Männerhemd und rote Jeans eingetauscht. Zum Glück hatte sie Turnschuhe über die rosafarbenen Fußnägel gestülpt.

»Inge, reiß dich zusammen!«, fuhr er sie an, »wir haben einen Gast im Haus.«

»Gast? Dass ich nicht lache. Er hat mich permanent beleidigt, dieser sexistische Mistkerl. Außerdem weiß er sowieso von deiner Rumbumserei.«

»Das musst du gerade sagen, Miss Alice Schwarzer!«

Ich hatte mir in der Zwischenzeit ein Buch aus dem Regal gezogen und mich in einen Sessel geworfen. Ich schlug eine Seite auf. *»Die Frau hat sich seit Anbeginn der Menschheit immer dem Mann unterwerfen müssen. Damit muss Schluss sein. Frauen aller Welt: Vereinigt euch! Kämpft gegen eure Peiniger …«.*

»Was soll das denn heißen?«

»Meinst du, ich weiß nicht, was du an deinen Weiberabenden treibst? In letzter Zeit haben sich die Frauentreffs fast verdoppelt. Deshalb habe ich gestern, als du angeblich mit deinen Freundinnen über die Unterdrückung der Frau diskutiert hast, bei Petra angerufen, und weißt du, was sie gesagt hat? ›Nein, die Inge ist nicht hier, wir waren doch für heute gar nicht verabredet.‹«

»Halt den Mund!«, unterbrach sie ihn. »Ich habe keine Lust, unsere Streitigkeiten vor diesem Schnüffler auszutragen.«

Sie wandte sich an mich. »Haben Sie weitere Fragen an meinen Mann? Wenn nicht, würde ich empfehlen, draußen nachzuschauen, ob andere Autobesitzer nicht auch vergessen haben, das Licht auszuschalten.«

Ich legte das Buch auf den Couchtisch und stand auf. Zollner begleitete mich zur Tür.

»Auf Wiedersehen und mein herzliches Beileid.«

»Wofür?«

»Wenn ich mit einer Frau wie Inge verheiratet wäre, würde ich nichts unversucht lassen, schwul zu werden.«

»Vergreifen Sie sich da nicht im Ton?«

»Gehört zu meinen Lieblingsbeschäftigungen.«

14

Während sich der Golf durch verkehrsberuhigte Zonen und Spielstraßen Richtung Droste-Hülshoff-Straße schob, versuchte ich die Unterredung mit den Zollners auf ihre Relevanz in Bezug auf den Mordfall abzutasten. Die Beziehung der beiden war angespannt. Für Inge war es bestimmt nicht angenehm gewesen, ihren Martin zwischen den Beinen einer Schülerin vorzufinden. Zollner hatte doppelten Grund zur Sorge: Zum einen war denkbar, dass seine Frau die Scheidung einreichen würde, zum anderen standen Disziplinarverfahren und Rudolphs Klage bevor. Auch wenn die Hauptzeugin der Anklage zum Gerichtstermin bereits Würmerfutter war, würde genug schmutzige Wäsche gewaschen werden, um Zollner vom Studienrat zum Sozialhilfeempfänger zu degradieren.

Doch was nützte mir das? Zollner-Knittel hatte sich zwar nicht verdächtig gemacht, war aber offenbar auch nicht im Besitz eines Alibis. Als einziges denkbares Tatmotiv kam Eifersucht in Betracht. Andererseits hatte auch sie manchen Seitensprung vorzuweisen, wenn Zollners Vermutung der Wahrheit entsprach.

Mir fiel auf, dass sich meine Gedanken auf der Stelle bewegten. Hoffentlich erwies sich Kofler als Hilfe.

Die Droste-Hülshoff-Straße gehörte zu den Neubaugebieten, in denen ein Haus dem anderen glich. Koflers Bungalow bildete keine Ausnahme. Ein gefliester Weg führte durch einen englischen Rasen zur schmiedeeisernen Haustür. Ein kleines Mädchen mit einem Plastik-Donald-Duck in der Hand öffnete. Sie starrte mich verängstigt an und fragte sich wahrscheinlich, ob ich einer der bösen Bonbononkels war, vor denen ihre Mutter sie dauernd warnte.

»Ist dein Bruder zu Hause, kleine Prinzessin?«

Sie lief ins Haus zurück. Ich folgte.

Koflers Eltern zahlten offenbar Jahresbeiträge an den Verein ländlicher Bildungsbürger. Hochformatige Gemälde von Picasso, Dalí und Ernst zierten die Wände der Flure. Hier dienten sie nicht wie ihre Pendants im Louvre als Fotoobjekte japanischer Touristen, sondern als Kontrast zu der geblümten Tapete. Die Maler hätten sich wahrscheinlich im Grabe umgedreht.

Das Mädchen stand vor einem Zimmer, aus dem undefinierbarer Lärm drang. Sie klopfte zweimal und verdünnisierte sich.

»Sagte ich nicht, dass ich nicht gestört werden will? Könnt ihr reaktionären Scheißer nicht ein Mal meine Wünsche akzeptieren?«

Eine keifende Stimme schaffte es, die Musik zu übertönen. Ich fragte mich, warum man mich als reaktionären Scheißer bezeichnete. Zuletzt hatte dies ein Spenden sammelnder Trotzkist gewagt, der sich nach unserer Diskussion dem Machiavellismus zuwandte.

Die Tür wurde aufgerissen.

»Oh, ich dachte, meine Mutter hätte geklopft. Wer sind Sie denn?«

Als ich Kofler sah, musste ich mir auf die Lippen beißen, um nicht in lautes Gelächter auszubrechen. Seine Frisur erinnerte an einen Haufen Vogelfedern, die ein Besoffener zusammengeklebt hatte. Kofler musste Hauptaktionär einer Haargelfirma sein, sonst hätte er sich seine Frisur nicht leisten können. Er war ganz in Schwarz gekleidet. Sein T-Shirt trug die Aufschrift: »Ich war als Kind schon Scheiße!« Ich glaubte ihm.

»Ich heiße Nannen, bin Reporter einer großen Essener Tageszeitung und arbeite an einer Reportage über Schülerzeitungen auf dem Lande. Du bist doch Chefredakteur? Euer Blatt hat einen Ruf, der bis ins Ruhrgebiet vorgedrungen ist.«

Koflers Augen bekamen einen träumerischen Glanz. Wahrscheinlich sah er sich bereits in der Chefetage der *WAZ*.

»Man tut, was man kann, aber komm doch rein.«

Augenscheinlich bevorzugte Kofler philosophische Schriften neomarxistischer Prägung: Adorno, Markuse, Habermas und so weiter. Vorurteilsfrei, wie ich nun mal war, schätzte ich ihn als pseudointellektuellen Laberkopf ein, der zwar alles gelesen, aber kein Wort verstanden hatte. An den Wänden hingen Artikel der Schülerzeitung und selbst verfasste Gedichte.

Ich zeigte auf die Zeitungsausschnitte. »Darf ich mal einen Blick darauf werfen?«

Kofler nickte erfreut. »Natürlich. Ich muss aber gleich anmerken, dass an unserer Schule keine Pressefreiheit herrscht. Wenn man etwas Revolutionäres schreibt, wird einem vorgehalten, dass wir eine Schülerzeitung und kein kommunistisches Propagandablatt machen.«

Ich suchte einen Text mit der Überschrift *»Depravierung und Paralysierung in der postmodernen Gesellschaft«* heraus und bekam augenblicklich Zweifel an meiner Schulbildung. Um die Hauptaussage wenigstens in Grundzügen verstehen zu können, hätte ich bei jedem zweiten Wort den Fremdwörterduden bemühen müssen. Auf jeden Fall schien der Artikel gegen »die Spießer« gerichtet zu sein, denn diese wurden in jedem Abschnitt auf das Heftigste attackiert.

»Brillant geschrieben, Jens. Schon mal daran gedacht, den Journalistenberuf zu ergreifen?«

Kofler grinste geschmeichelt. »Klar. Dafür mache ich überhaupt nur das Abi. Ohne Schein hast du ja heutzutage keine Chance. Das Establishment will auf einem Wisch bestätigt haben, dass du was kannst. Dabei schreibe ich jetzt schon besser als die meisten Berufsschmierfinken. Das geht natürlich nicht gegen dich.«

»Macht ihr auch Aktionen, um die Leute aufzurütteln? Ich kann mir vorstellen, dass man sich auf dem Land nur schwer neuen Gedanken öffnet.«

»Selbstverständlich. Neulich musste ich den Diskjockey auf einem katholischen Gemeindefest spielen. Da habe ich nur Killing Joke und Hüsker Dü laufen lassen. Es hat zwar keiner getanzt, aber irgendeiner muss ja den Leuten ihre Lebenslüge vor Augen halten.«

Allmählich ging mir die bornierte Schwatzbacke auf die Nerven.

»Hier auf dem Land passiert mehr, als man denkt.«

Kofler blickte mich fragend an. »Wie meinst du das? Eigentlich trifft man nur auf Widerstände, wenn man etwas wirklich Gutes plant. Letztens habe ich versucht, eine Demo …«

»Ist nicht gestern eine Schülerin umgebracht worden?«

Sofort schlug Kofler einen aggressiven Tonfall an. »Ich

hätte mir denken können, dass du ein Klatschreporter bist. Ich weiß nichts, rein gar nichts.«

»Bei aller Freundschaft, das glaube ich dir nicht. Warst du nicht Barbaras Freund? Das hat zumindest dein Jahrgangsstufenleiter behauptet.«

»Der war doch selbst auf Barbara scharf. Wegen dem hat sie mit mir Schluss gemacht. Seit einer Woche hat sie kein Wort mehr mit mir gewechselt.«

Kofler bekam feuchte Augen.

»Und jetzt raus. Ich hab keine Lust, meine Zeit mit einer asozialen Hackfresse zu verschwenden.«

Das hatte ich vermasselt.

Von wütenden Flüchen begleitet wurde ich zur Haustür bugsiert.

»Lass dich hier nicht mehr blicken, du Wichser.«

Im Wagen fiel mein Blick auf die Uhr: halb elf. Die Rumfahrerei und Fragenstellerei hatten mich ermüdet. Ich beschloss, die Auswertung der Fakten auf den Sonntag zu verschieben und stattdessen an der Matratze zu horchen.

15

Um neun beendete der Wecker meinen traumlosen Schlaf. Soweit ich mich zurückerinnern konnte, war dies der erste Sonntag, an dem ich ohne dicken Schädel aufwachte. Im vorherigen Leben war ich um diese Zeit erst ins Bett gekommen, aber auf dem Land lebte ich aufgrund der finanziellen Misere gesund. Ich schwor, mir vom ersten Schnüfflerlohn ordentlich einen hinter die Binde zu gießen.

In einer Dreiviertelstunde musste ich an der Kirche sein. Ursprünglich hatte ich mir vorgenommen, vor dem ersten Orgelauftritt zu proben, doch dafür war es zu spät. Ich kramte den Zettel und das Gesangbuch aus dem Schreibtisch und ging die Lieder durch. Der Nachteil an der Sache war, dass Pfarrer Wilpert eine extrem unleserliche Handschrift besaß und ich einige Nummern nur erraten konnte. Mit den Noten würde ich keine Probleme kriegen; in meiner Band hatte ich kompliziertere Sachen gespielt.

Ich kleidete mich an, warf der Sau drei Schepper Mehl in den Trog und bereitete den Kaninchen einen leckeren Löwenzahnsalat. Ich selbst verzichtete auf ein Frühstück.

Zehn Minuten vor Beginn der Messe war ich an der Kirche. Nachdem ich mit Wilpert das Finanzielle geregelt hatte – ich erhielt fünfzehn Euro pro Auftritt –, erklomm ich die Orgelbühne und schaute hinunter. Der Dom war bereits zur Hälfte gefüllt. Etwa hundertfünfzig Personen, hauptsächlich im Rentenalter, warteten auf Wilpert. Ich schaltete die Orgel an. Ein entsetzlicher Ton durchdrang die andächtige Stille. Sofort drehten sich alle um und ein Raunen setzte ein. Mir sollte es egal sein. Ich legte das Gesangbuch auf den Notenständer und blätterte zum ersten Lied.

Punkt zehn Uhr ertönte eine Glocke. Der Pope und zwei Messdiener wandelten zum Altar, machten eine Kniebeuge und schritten zu ihren Plätzen. Wilpert sagte etwas, aber ich verstand kein Wort. Er musste die Nummer des Liedes angesagt haben, denn alle Leute schlugen das Gotteslob auf. Ich begann mit dem Vorspiel. Die Orgel war besser in Schuss, als ich erwartet hatte. Mit einem

Akkord ließ ich das Präludium ausklingen und erhöhte die Lautstärke, um den Leuten zu zeigen, dass nun sie an der Reihe waren. Alle setzten ein und lobten Gott aus vollem Munde. Sie waren nur etwas langsamer, als ich spielte, doch bald hatte ich mich auf sie eingestellt. Ich spielte den kompletten Song, alle neun Strophen.

Nach zwölf Minuten war ich durch. Die nächsten Stücke klappten ebenso reibungslos. Da ich vom Ablauf einer Messe keinen blassen Schimmer hatte, wartete ich immer, bis die Leute ihre Bücher aufschlugen, und ließ dann die Orgel erklingen. Mittlerweile war eine Dreiviertelstunde vergangen und Wilpert sagte so etwas wie »Der Herr sei mit euch« und »Erhebet die Herzen«. Erneut zückten die Gläubigen ihr Gesangbuch. Ich haute in die Tasten. Nach zehn Sekunden schrie Wilpert zu mir hoch: »Halt, aufhören, sofort!«

Die Orgel verstummte.

»Sie spielen das ›Agnus Dei‹ – jetzt kommt aber erst ›Hosianna‹.«

Das hörte sich lateinisch an.

»Wie bitte? Ich habe Sie nicht verstanden, Herr Pastor!«, rief ich zurück.

»Spielen Sie Nummer vierhundertfünfundneunzig, das Lied vierhundertsechsundneunzig kommt erst beim ›Lamm Gottes‹.«

Selbst Schuld, wenn er so unleserlich schreibt. Nichtsdestotrotz schlug ich das Gesangbuch eine Seite zurück, und die Messe konnte ihren Fortgang nehmen. Bis zum Schluss passierte kein Missgeschick mehr und ich fand, dass ich meine Premiere als Organist gut gemeistert hatte. Dieser Ansicht war Pfarrer Wilpert nicht. Nach der Messe stauchte er mich zusammen. Ich hätte zu viele Strophen gespielt und die Einleitungen wären zu lang gewesen. Ich entgegnete ihm, dass ich dann ja wohl nicht mehr zu orgeln bräuchte. Da wurde er freundlich und sagte, ich wäre viel besser als mein Onkel und beim nächsten Mal würde sicher alles hervorragend funktionieren. Daraufhin wies ich ihn an, die Liedernummern künftig mit der Schreibmaschine zu tippen, und machte mich vom Gottesacker.

Nach dem Gottesdienst wollte ich schleunigst das Weite suchen, um nicht Schwätzer Julius in die Arme zu laufen. Ich war schon mit einem Bein im Golf, als jemand aus dem Menschenpulk vor der Kirche lauthals meinen Namen brüllte: »He, Nannen, warte mal 'n Moment!«

Eine zerrissene Lederhose bahnte sich ihren Weg durch Sonntagsanzüge und Pelzmäntel.

»Waren wir nicht zu einer Session verabredet?« Julius schob seine Sonnenbrille auf die Stirn und wartete auf eine bejahende Antwort.

»Oje, das hab ich total verschwitzt. Leider habe ich keine Zeit.«

»Ach, komm. Eine Stunde wirst du schon erübrigen können. Außerdem schuldest du mir was.«

Er hob den Daumen, um mich an seine großzügige Beförderungsaktion zu erinnern. Wahrscheinlich würde mich die Viertelstunde Autofahrt in Kürze sowohl meine Nerven als auch mein Gehör kosten.

»Na schön. Wo probt ihr?«

»Im Keller des Gemeindezentrums. Lass uns runtergehen. Die andern warten schon.«

Ich schloss die Wagentür und folgte Julius zum Übungskeller. Meine Hoffnung, es wäre kein Keyboard vorhanden, erwies sich als vergeblich. In der Ecke stand eine Heimorgel, wie Opas sie ihren Enkeln zu Weihnachten schenkten.

Die Probe war in vollem Gange. Der Bassist spielte ein

einfaches, aber druckvolles Riff, worüber die Gitarre ein ekstatisches Solo improvisierte. Der Schlagzeuger unterlegte das Ganze mit einem Rhythmus, der an indianische Opferzeremonien erinnerte. Das Resultat war eine ausgesprochen hörbare Mischung und besser als alles, was meine Essener Band je zustande gebracht hatte. Ich setzte mich an die Orgel und spielte einige lang gezogene Dissonanzen. Der Bassist nickte mir beeindruckt zu. Aus den Augenwinkeln beobachtete ich, wie Julius sich zwei Tabletten einwarf und sich auf dem Boden niederließ. Wie auf Kommando schluckten auch der Schlagzeuger und der Bassist eine Pille und machten anschließend umso heftiger weiter. Mir war völlig egal, dass hier offensichtlich XTC oder Ähnliches konsumiert wurde, schließlich waren die Jungs alt genug und die Musik nahm keinen Schaden. Gegen Ende des Songs attackierte der Drummer seine Toms besonders intensiv und stoppte dann abrupt. Lange, blonde Haare fielen ihm bis in den Nacken. Er trug einen Pullover, auf dem in verschnörkelten Buchstaben *Judge* aufgedruckt war.

Er blickte in meine Richtung. »He, du spielst ja einen heißen Reifen. Ich bin übrigens der Heiner.«

Seine Mitmusiker stellten sich als Thomas und Benedikt, ich mich als Dieter vor.

»Das war unser neuester Song. Was hältst du davon?«

»Gefällt mir.«

Wir jammten noch eine Weile vor uns hin, dann verabschiedete ich mich mit dem Versprechen, am nächsten Sonntag wieder vorbeizuschauen.

16

Zu Hause angekommen entzündete ich den Kohleofen, brühte eine Kanne Kaffee auf, postierte Zigaretten, Streichhölzer, eine Tasse mit handgemaltem Blumendekor und das Notizbuch auf dem Küchentisch und ließ mich in den abgewetzten Sessel fallen.

Ich blickte aus dem Fenster. Eine weiße Nebelwand verschleierte die umliegenden Felder und entzog sie der menschlichen Betrachtung. Das war gewiss kein Wetter, um in der Weltgeschichte herumzukutschieren und Leuten Löcher in den Bauch zu fragen, um herauszukriegen, wer für die Löcher in Babsis Bauch zuständig war. Außerdem fiel mir niemand ein, der etwas Relevantes zu Barbaras Ableben hätte sagen können. Ich beschloss, mit der Rekapitulation der Fakten zu beginnen. Die Samstagsausgabe des *Dülmener Kuriers* sollte neue Aufschlüsse geben.

Laut Polizeibericht wurde die Arzttochter am Freitagabend um zwanzig Uhr dreißig plus minus fünf Minuten ermordet. Ihr Körper wies drei Messerstiche auf – zwei in der Brust und einen im Bauch. Als Todesursache wurde der hohe Blutverlust angegeben. Die Mordwaffe, laut Gerichtsmedizin ein normales Küchenmesser, wurde nicht am Tatort gefunden. Leider hatte Barbara uns auch nicht den Gefallen getan, mit ihrem Blut den Namen des Mörders zu schreiben. Obwohl die Obduktion erst am Montag stattfinden sollte, konnte ein Sexualverbrechen ausgeschlossen werden.

Bezüglich des Täters tappte die Polizei im Dunkeln, wie ich aus der Phrase »Sachdienliche Hinweise bitte den ermittelnden Behörden mitteilen« schloss. Wenn der

Mörder am Tatort kein Geständnis hinterlegte, verließen sich die Bullen immer auf die Mithilfe der Bevölkerung.

Ein gewisser J. M. wurde noch erwähnt. Er hatte Barbara um Viertel vor sieben in Dülmen aus einem Bus steigen sehen. Dieser ominöse J. M. schied jedoch als Täter aus, da er stolzer Besitzer eines wasserdichten Alibis war.

In einem anderen Artikel wurde Barbaras Werdegang skizziert. Tochter eines angesehenen Ärztepaars, gute Zeugnisse, Leichtathletikpokale, der übliche Schmus. Natürlich hatte keiner damit gerechnet, dass so etwas ausgerechnet der lieben Babsi zustoßen würde. Schuldirektor und Leichtathletiktrainer durften kurze Statements zu der unbegreiflichen Tragödie abgeben. Das war alles. Ich war ungefähr so schlau wie vorher.

Wie sah es mit meinen Ermittlungen aus? Martin Zollner schied definitiv als Mörder aus. Immerhin hatten meine Befragungen zwei weitere Verdächtige ans Tageslicht gebracht.

Da war zum einen Jens Kofler. Laut seiner Aussage hatte er Barbara seit einer Woche nicht mehr gesprochen. Das konnte man glauben oder nicht. Dank meines angeborenen Taktgefühls war ich nicht mehr zur Frage nach seinem Alibi gekommen. Das Einzige, was ich im Moment gegen ihn vorbringen konnte, war meine Antipathie. Doch Babsi war erstochen und nicht totgelabert worden.

Die zweite Verdächtige hatte ich Andreas Stegemann zu verdanken: Inge Zollner-Knittel. Das Motiv wäre das gleiche wie bei Jens Kofler: Eifersucht. Inge hatte sich zwar nicht auffällig verhalten, schien aber kein Alibi zu haben. Wenn Martin Zollners Aussage der Wahrheit entsprach und er am Mordabend beim Frauentreff angerufen hatte, ohne seine Frau erreicht zu haben, dann musste sie irgendwo anders hingefahren sein. Dass sie gefahren war, hatte ich mit eigenen Augen beobachtet. Zeitlich passte es auch.

Was war mit der Musikkassette und der Telefonnummer, die ich in Inges Wagen gefunden hatte? Ich musste das gerissene Band reparieren lassen, denn je mehr ich darüber nachdachte, desto fester war ich überzeugt, dass dieses Tape einiges offenbaren würde. Zudem war die Kassette neben der Telefonnummer die einzige Spur, die ich zurzeit hatte.

Da ich davon ausgehen konnte, dass in dieser Einöde kein Fachgeschäft für die Reparatur von Tonträgern existierte, musste ich wohl oder übel nach Essen fahren. Hannes Dregger war genau der Richtige für diesen Job. Ich kannte Hannes seit der Grundschulzeit. Schon damals hatte er sämtliche Radios in den Elternhäusern seiner Freunde auseinander geschraubt und wieder zusammengesetzt, und seine Erfolgsquote hatte bei rund fünfzig Prozent gelegen. Das bedeutete, dass nur die Hälfte der Eltern ihre vormals intakten Rundfunkgeräte wegwerfen mussten. Nach der Grundschule trennten sich unsere Wege, da Hannes zwar ein begnadeter Techniker, aber ein miserabler Schüler war und er infolgedessen die Hauptschullehrer mit seinen Audiotheorien zum Wahnsinn trieb, während ich den gymnasialen Musterschüler mimte. Trotzdem war der Kontakt nie abgebrochen und daher wusste ich, dass Dregger als Fernsehtechniker in einem Hi-Fi-Geschäft arbeitete. In seiner Freizeit produzierte er in seinem Heimstudio Demos für Bands. Für ihn war es also eine Kleinigkeit, ein Tape vor dem Mülleimer zu retten und wieder abspielbar zu machen.

Was hatte ich noch zu bieten? Rudolph hatte berichtet, dass Barbara in den letzten Wochen freitags immer völlig kaputt war. War vielleicht doch etwas anderes als die

Disko für ihren Energieschwund zuständig gewesen? Stegemann hatte erzählt, dass Kofler zu den Satansbeschwörern gehörte. Warum sollte seine Freundin nicht auch eine Teufelsanbeterin sein? Vielleicht war es ja das Ziel des Vereins, seine Mitglieder zu erstechen.

Das führte zu weit. Ich durfte mich nicht in wilden Spekulationen ergehen.

Sechs Zigaretten und drei Tassen Kaffee später hatte ich das weitere Vorgehen festgelegt: Zuerst musste ich das Geheimnis der Kassette lüften, als Zweites die Alibis von Kofler und Zollner-Knittel durchleuchten und drittens die Telefonnummer überprüfen.

17

Es war sieben Uhr, als mich der Wecker mit dem Getöse der Trompeten von Jericho an mein Tageswerk rief. Ich schlang einen Teller Kornflakes hinunter. Etwas anderes hatte mein Vorratsschrank momentan nicht zu bieten.

Der Grund für die Eile war die Befürchtung, im allmorgendlichen Berufsverkehr stecken zu bleiben. Wenn ich zu spät bei Gandalf – diesen Spitznamen verdankte Hannes seiner Vorliebe für Rollenspiele im Fantasymilieu – auftauchte, würde er auf Achse sein und aufgeschwemmten Matronen die Fernsehkanäle einstellen.

Nachdem ich Wilpert und den Kaninchen die tägliche Ration an Kohlehydraten und Ballaststoffen zugeteilt hatte, brauste ich los. Im Radio erklärte ein Pfarrer, dass man in sich gehen und Buße tun solle. Das erinnerte mich daran, Grabowski einen Besuch abzustatten und ihn für seinen Kameradendiebstahl mit einer Kiste Bier büßen zu lassen. Damit hatte die christliche Erbauung ihren Dienst getan. Ich wählte einen anderen Sender und lauschte fortan belanglosem Popgedudel.

Einen Kilometer vor der Autobahnauffahrt erblickte ich am Straßenrand eine vertraute Gestalt. Ich bremste ab und öffnete die Beifahrertür.

»Was liegt an, Meister der Rhetorik?«

Stefan grinste. »Langweilen tu ich mich. Was machst du denn? Auto spazieren fahren?«

Plötzlich kam mir eine Idee. Grabowski würde sich nicht trauen, die Zahlung seiner Schulden zu verweigern, wenn ich einen Dorf-Rambo wie Stefan im Schlepptau hatte.

»Hast du Lust auf einen Trip in die abenteuerliche Welt der Großstadt? Ich muss nach Essen gondeln und könnte etwas Unterhaltung brauchen. Also?«

Stefan fand den Vorschlag akzeptabel und stieg ein. Auf der Fahrt durch die Münsterländer Idylle gingen uns die Gesprächsthemen aus. Stefans Erfahrungshorizont beschränkte sich auf Kühemelken, Stallausmisten und Heueinfahren. Über diese Themen hatte ich mir bisher nicht übertrieben viele Gedanken gemacht.

Endlich erreichten wir Essen. Gandalfs Wirkungskreis befand sich in Katernberg, einem Stadtteil mit ganzjährigem Smog. Das Geschäft lag auf einem Hinterhof, den nur Eingeweihte finden konnten. Das hatte seinen Grund: Der Eigentümer Adalbert »Ali« Strutzmann unterhielt mit dem An- und Verkauf gestohlener Autoradios ein lukratives Nebengeschäft. Daher scheuten viele seiner Lieferanten und Kunden die Öffentlichkeit.

Ich sagte Stefan, er möge auf mich warten, trottete die Treppe zum Laden hinunter und betätigte die Glocke. Kurz darauf öffnete sich die Tür und Alis Wampe füllte den Eingang aus. Er schien mich nicht zu erkennen.

»Wenn Sie einen neuen Fernseher wollen, sind Sie hier richtig, junger Mann. Adalbert Strutzmann verkauft hervorragende Qualität. Zu Dumpingpreisen, versteht sich.«

Strutzmann walzte langsam ins Ladeninnere. An allen Geräten, nach deren Herkunft man nicht fragen durfte, hingen Schilder mit dem Hinweis »Sonderangebot«.

»Was darf es sein?« Ein schmieriges Lächeln machte sich auf seinem Gesicht breit.

»Mensch Ali. Du wirst doch noch einen Kollegen erkennen?«

Uns als Kollegen zu bezeichnen war grenzenlos übertrieben. Strutzmann hatte mir vor zwei Jahren angeboten, seine Steuererklärungen zu frisieren. Da es aber nur eine Frage der Zeit war, bis seine Hehlereien auffliegen würden, hatte ich abgelehnt. Das hatte er mir übelgenommen. Falls ich plaudern würde, bekäme ich Besuch von seinen Freunden. Weil er gute Verbindungen zur rechtsradikalen Szene unterhielt, nahm ich Alis Drohungen lieber ernst.

Mittlerweile war der Groschen gefallen. »Sieh einer an. Der Herr Nannen. Wenn du einen Job willst, muss ich dich enttäuschen. Es gibt genug Leute, die gutes Geld zu schätzen wissen und sich nicht darum kümmern, woher es kommt.«

»Lassen wir die alten Geschichten ruhen. Ich bin wegen Hannes hier.«

»Der ist hinten. Aber halt ihn nicht zu lange von der Arbeit ab.«

Ali grunzte noch etwas über Leute, die die Chance ihres Lebens verpasst hatten, was ich aber nur noch als Hintergrundgeräusch registrierte.

In der Werkstatt fand ich Gandalf über die Fragmente eines Fernsehers gebeugt. Mit seinen zwei Metern hätte er gut und gerne Center in einem Basketballteam spielen können. Dabei wog er mindestens fünfzehn Kilo weniger als ich. Aus Angst, dass seine spindeldürren Beine durchbrechen würden, hatte er sich früher immer von unseren allmonatlichen Fußballspielen fern gehalten.

Ich haute ihm auf die Schulter. »Wenn das nicht unser Hannes ist, will ich tot umfallen.«

Wie von einer Tarantel gestochen fuhr Gandalf in die Höhe.

»Was soll das? Nannen! Ich hätte nicht gedacht, dich noch mal wiederzusehen. Du hast den Kontakt zur Szene ja total abgebrochen.«

»Hatte keine Lust, mit gebrochenen Rippen in einem Straßengraben aufzuwachen. Ich habe meinen amtlichen Wohnsitz aufs Land verlegt und den Job gewechselt.«

»Was denn? Bist du jetzt Profimusiker und spielst den Bauern zum Tanz auf?«

»Immer noch der alte Spaßvogel! Nein, ich bin Privatdetektiv und benötige deine Hilfe in einem Mordfall.«

Seinem Gesichtsausdruck nach zu schließen fühlte Gandalf sich auf den Arm genommen. Ich vergaß die Schweigepflicht, berichtete von den bisherigen Ermittlungen und trug mein Anliegen vor. Der Gedanke, bei der Aufklärung eines Tötungsdeliktes mitzuhelfen, schien Dregger zu faszinieren. Eine halbe Stunde später hatte er das Tape auseinander genommen, geklebt und wieder zusammengebastelt. Mit dramatischer Langsamkeit schob er es in einen Kassettenrekorder, in gespannter Erwartung auf das, was wir gleich erfahren würden.

Im nächsten Moment ließ Bathorys zweite Scheibe »The return of darkness and evil« meine Ohren frohlocken, während Hannes angewidert das Gesicht verzog. Ich erklärte Dregger, dass Bathory das Vorbild zahlreicher heutiger Black-Metal-Bands waren, dabei allerdings den heutigen Mist um Klassen schlugen. Aber Bathory hin oder her: Ich konnte nicht glauben, dass sich Zollner-Knittel neben *Milva* und *Marianne Rosenberg* auch derart heftige Töne zu Gemüte führte. Das und Barbaras Zimmereinrichtung, die ich vor wenigen Tagen begutachtet hatte, ließen nur einen Schluss zu: Inge musste Babsi in der Gegend herumkutschiert haben.

»Ich habe meinen Mörder. Ich sollte wohl besser Mörderin sagen, sonst wird mir nachher noch ein Vortrag über Sexismus gehalten.«

»Freut mich, dass ich dir helfen konnte.«

Ich versprach Hannes, vom Honorar einen Kasten KöPi zu schmeißen, und verdünnisierte mich.

Stefan hatte offensichtlich ein Nickerchen gemacht. Die Brille hing schief und Speichelreste schmückten sein Hemd.

»Stell dir vor. Die rote Inge hat die schöne Babsi über den Jordan gehen lassen.«

»Was?«

»Sie hat sie umgebracht!«

Was ich auch sagte, für Stefan waren es offenkundig nur böhmische Dörfer.

18

Wir brauchten eine halbe Stunde, um Grabowskis Villa zu erreichen. Jede Ampel schaltete auf Rot, sobald wir uns näherten. Der lange Marsch durch das Treppenhaus machte mir angesichts der Vorfreude auf Peters dummes Gesicht nicht das Geringste aus.

Der Chef öffnete sofort. Sein benebelter Blick verriet eine durchzechte Nacht.

»Dich habe ich nicht erwartet.« Er warf einen fragenden Blick auf Stefan. »Schade, dass du mir deinen Bruder bis heute vorenthalten hast.«

»Deine Witze waren auch schon mal origineller. Willst du uns nicht endlich hereinbitten?«

Grabowski machte eine Handbewegung, die so viel wie »Leck mich« bedeutete. Da er aber in das Innere seiner Behausung zurückschlurfte und die Wohnungstür offen ließ, folgten wir ihm. Letzte Nacht musste eine exzessive Party gestiegen sein: Der Boden war mit Kippen gepflastert, und angesichts der noch nicht getrockneten Bierlachen fühlte ich mich wie Jesus, der über den See Genezareth wandelt.

Peter hatte sich unterdessen auf die mit Brandlöchern übersäte Couch geflätzt. Stefan und ich nahmen auf den Stühlen Platz.

»Sieht hier nicht gerade wie im Kloster aus. Tja, ich bin schon wieder arbeitslos. Du erinnerst dich an die Olle mit dem Ehemann?«

»Wie sollte ich nicht? Du hast mir die Geschichte ungefähr tausendmal erzählt.«

Er warf Stefan einen fragenden Blick zu. »Ist er zu dir auch so freundlich?«

»Zu mich?«

»Okay. Verarschen kann ich mich alleine.«

Er schwieg beleidigt. Nach einer Minute andächtiger Stille hatte ich die Nase voll.

»Ich wusste nicht, dass du in einem Mädchenpensionat erzogen wurdest. Wie war das mit der Frau?«

»Also. Ich hatte ja Fotos von den Seitensprüngen ihres Mannes gemacht. Dann dachte ich aber, warum nur einmal kassieren, wenn auch zweimal drin ist. Ich also zu dem Erwin oder wie er heißt hin. Drei Riesen, sage ich, und deine Gerda erfährt nicht die Bohne. Er sagt mir, dass das klargeht. War ihm aber wohl zu viel. Hat sich bei seiner Angetrauten ausgeheult und die Bullen gerufen. Als ich dann kassieren will, steht ein grünes Männchen im Nebenzimmer und hört alles mit. Bin jetzt auf Bewährung frei. Bei der Verhandlung habe ich auf verkorkste Kindheit gemacht. Prügelnder Stiefvater und so.«

Aus dieser für Gurkennase typischen Geschichte schloss ich, dass ich meine Außenstände endgültig in den Wind schreiben konnte.

»Vor drei Tagen bin ich ins Schnüfflergeschäft eingestiegen und habe bereits einen Mordfall aufgeklärt.«

»Glaub ich nicht.«

Aber Grabowskis neidischer Blick strafte seine Beteuerung Lügen. Das schien er selbst zu merken.

»Wo du so erfolgreich bist, wirst du doch bestimmt an deinen alten Kumpel Peter denken. Die Stütze reicht hinten und vorne nicht.«

Selbst wenn ich Dagobert Ducks Geldspeicher besäße, wäre Grabowski der Letzte, dem ich sauer verdientes Geld in den Rachen werfen würde. Aber mit etwas Schotter in Aussicht würde er zumindest einige Runden Bier springen lassen.

»Darüber ließe sich reden. Jetzt was anderes: Mein Kumpel und ich haben einen anstrengenden Vormittag hinter uns. Hast du nicht zufällig was im Haus, mit dem wir unsere eingetrockneten Kehlen anfeuchten könnten?«

»Ihr habt Glück. Ein Kasten Krombacher und eine Flasche Ballantines stehen bei Frau Gatzeck. Ich hol den Alk schnell mal rüber.«

Das war ein alter Grabowski-Trick. Bevor er zu trinken anfing, lieferte er einen Teil seiner Vorräte bei der Nachbarin ab, um nicht in die Versuchung zu kommen, alles an einem Abend die Kehle hinunterzuspülen. Für ihn wie für jeden Alkoholiker gab es nichts Schlimmeres, als am nächsten Tag auf dem Trockenen zu sitzen.

»Na, Stefan. Es geht doch nichts über einen Abend unter Freunden mit ein paar gepflegten Bieren.«

»Muss sich waschen tun, dein Freund. Sieht wie Wilpert nach Fressen aus.«

»Grabowski wird nie die reinigende Kraft des Wassers kennen lernen. Für solche Experimente ist er zu alt.«

Peter kam zurück. Laut stöhnend schleppte er die Bierkiste ins Wohnzimmer und warf Stefan und mir eine Flasche zu. Er selbst schüttete sich einen Whiskey ein.

»Wie wär's mit einer kleinen Pokerrunde?«

Keiner von uns hatte etwas einzuwenden, obwohl Stefan das Spiel nicht kannte. Grabowski schwor, mit ihm als Lehrmeister könnte er in Zukunft jeden Profispieler wie eine Weihnachtsgans ausnehmen. Ich sagte lieber nichts dazu.

»Ein Fünfer Mindesteinsatz, dreißig Limit.«

Zwölf Pils und eine halbe Flasche Ballantines später beliefen sich Stefans Schulden bei Grabowski auf satte zweihundert Piepen. Gurkennase hatte in Stefans Karten gelinst und ihm bei jedem miesen Blatt geraten, bis ans

Limit zu gehen. Als die Karten dann aufgedeckt wurden, falls man das noch so nennen konnte, warf Peter einen Flush oder ein Full House auf den Tisch des Hauses. Meine eigenen Verluste und Gewinne hielten sich die Waage.

»So Jungs, der alte Grabowski muss in die Heia, um sich eine Mütze Schlaf zu holen. Ich vertrag die Sauferei nicht mehr so gut wie früher. Lasst uns abrechnen.«

Ein auffordernder Blick ging in Richtung Stefan. »Du schuldest mir zwei Scheine!«

»Was? Ich nichts gekauft von dich.«

»Junge, eins sag ich dir gleich: Spielschulden sind Ehrenschulden. Wenn du die nicht bezahlst, kriegst du nie im Leben eine Braut ab. Aber da dürftest du bei deinem Verstand und Aussehen eh keine Chance haben.«

Auch wenn Stefan kein Einstein war, konnte man ihm eine so plumpe Beleidigung nicht ungestraft an den Kopf werfen. Erst recht nicht nach drei Litern Bier.

»Selber hässlich. Keinen Taler tust du kriegen von mir.«

Grabowski erhob sich drohend. »Hör zu, du geistiger Tiefflieger. Du willst wohl einen alten Mann um sein wohlverdientes Geld bringen. Aber nicht mit mir. Das tragen wir aus.«

Ich musste grinsen. Grabowskis Körper bestand zu siebzig Prozent aus Alkohol. Er besaß nicht einmal die Kraft, eine Fliege zu erschlagen. Zu alledem beging er den eklatanten Fehler, gering entwickelten Verstand mit geringer Körperstärke gleichzusetzen.

Grabowski packte Stefan am Kragen und versuchte, ihn in die Senkrechte zu bewegen. Vergeblich. Stefan rührte sich keinen Millimeter von der Stelle.

»Du mir wehtust. Lass sein!«

»Ich werde dir gleich noch mehr wehtun, wenn du nicht löhnst. Das hab ich gern: Erst die Schulden nicht bezahlen und dann flennen wie ein Baby, wenn es seine Milch nicht kriegt.«

Ich schätzte, es waren sowohl das Baby als auch die Promille, die Stefan schließlich doch dazu brachten, sich zu bewegen. Bevor ich mich versah, zierte Grabowski den Boden. Eine satte Gerade war der Urheber gewesen.

»Ein schöner Freund bist du. Schlägst einfach meinen Kumpel nieder. In Zukunft werde ich mir dreimal überlegen, ob ich dich irgendwohin mitnehme.«

»Geleidigt und angefasst hat er mich. Das mir Leid tut«, jammerte Stefan.

»Schon gut. Lass uns jetzt pennen. Heute kann ich nicht mehr fahren.«

Ich machte es mir auf dem Sofa bequem, Stefan legte sich mit einer Decke als Unterlage auf den Fußboden und Gurkennase lag bewusstlos in einer Bierlache.

Ich brauchte einige Zeit, um einzuschlafen. Das war seit langem der erste Tag, der mich voll und ganz zufrieden gestellt hatte.

Gegen neun erwachte ich. Ich blickte zu dem im tiefsten Schlaf liegenden Grabowski hinüber. Sein rechtes Auge war zu einem hübschen Veilchen angeschwollen. Auch Stefan schlummerte friedlich vor sich hin. Ich weckte ihn und wir machten uns vom Acker.

19

Wenn ich ehrlich sein sollte, musste ich zugeben, dass Barbaras Mörder eher durch Zufall als durch Kombination entlarvt worden war. Zum einen durch die glückliche Begegnung mit Andreas Stegemann, die mich auf die Spur von Inge Zollner-Knittel gebracht hatte, zum anderen durch die Entdeckung der Kassette. Wenn Inge nicht versehentlich ihren Wagen als Straßenbeleuchtung eingesetzt hätte, würde ich noch immer im Dunkeln tappen.

Man konnte es aber auch anders sehen: Der messerscharfe Verstand eines talentierten Privatdetektivs hatte sofort Stegemanns Potenzial erkannt und mit Raffinesse Fäden gespannt und Köder ausgelegt. Mit dem Jaguar hatte der Zufall einen Trumpf in seine Hände gelegt, aber dieser Trumpf musste erst einmal ausgespielt werden. Andere Detektive hätten nur das Licht am Auto gelöscht und wären ins Haus zurückgegangen, aber der Meisterdetektiv nutzte seine Chance und durchsuchte den Wagen; akribisch und mit System. Ihm entging nicht die geringste Kleinigkeit.

Folglich war es doch nur meiner Genialität zu verdanken, dass das Verbrechen so schnell aufgeklärt werden konnte.

Kurz nach zehn trafen wir in Dülmen ein. Stefan hatte es sich, soweit dies bei seiner Statur möglich war, auf der Rückbank bequem gemacht und schlief.

Als Erstes steuerte ich einen Kiosk an, um mich über eventuelle Verdächtigungen im Fall Rudolph zu amüsieren. Der *Dülmener Kurier* lag zwischen *Spiegel* und *Playboy*. Auf der ersten Seite sprang mich sofort eine Schlagzeile an: »*Geheimnisvoller Messermörder schlägt wieder zu!*« Das durfte nicht wahr sein. Für einen Tag ließ ich die Mörderin allein, und sofort ergriff sie die Chance, ihr Messer erneut für andere Zwecke als fürs Kartoffelschälen zu benutzen.

Ich warf dem Verkäufer einen Euro hin und schnappte mir eine Zeitung.

»Der Messermörder hat wieder zugeschlagen: Am Montagabend gegen 22.00 Uhr machte der Landwirt S. T. aus Dülmen einen grausigen Fund. Auf seinem Acker zwischen der Kant- und der Pestalozzistraße entdeckte er eine männliche Leiche, die später als der Schüler Jens Kofler identifiziert wurde. Jens Kofler wurde durch fünf Messerstiche getötet. Die Anordnung der Stichwunden lässt den Schluss zu, dass wahllos und in großer Wut auf ihn eingestochen wurde. Theo Hartmann, der die Ermittlungen leitet, vermutet einen Zusammenhang zwischen dem Mord an Barbara Rudolph, die am Freitagabend tot aufgefunden worden war (DK berichtete), und dem gestrigen Opfer. Beide Personen wurden erstochen, und erste Recherchen des DK ergaben, dass sowohl Barbara Rudolph als auch Jens Kofler das Martin-Heidegger-Gymnasium besuchten. Verdächtige sind von der Polizei bisher nicht genannt worden.«

Jens Kofler! Ich konnte die Labertasche zwar nicht ausstehen, doch dieses Ende hatte er nicht verdient. Aber wieso hatte Inge ihm das Lebenslicht ausgepustet? Hatte Kofler frauenfeindliche Artikel in seiner Schülerzeitung veröffentlicht, oder hatte er geahnt, wer seine Freundin auf dem Gewissen hatte, und war vom Schwätzer zum Erpresser avanciert?

Jetzt war Eile geboten. Inge musste schleunigst unschädlich gemacht werden, denn bei dem Tempo, das sie vorlegte, konnte man bald mit dem nächsten Toten rechnen. Ich startete den Motor, wendete und erreichte nach zwei Minuten das Zollner'sche Heim. Der frisch gewaschene Jaguar stand vor der Haustür. Ich hastete durch den Vorgarten, sprang die Stufen hoch und klingelte Sturm.

Nach dreißig Sekunden wurde die Haustür aufgerissen. »Was ist denn los, verdammt? – Ach, Sie sind es. Was gibt es so Dringendes, dass Sie die gesamte Nachbarschaft zusammenläuten?«

»Ich muss dringend Ihre Frau sprechen. Sie hat nämlich …«

»Das dürfte schwierig sein«, unterbrach er mich, »Sie müssen sich wohl eine Weile gedulden.«

»Wieso, ihr Wagen steht vor dem Haus.«

»Den habe ich heute Morgen abgeholt. Inge liegt im Krankenhaus.«

»Wie bitte? Seit wann?«

»Beruhigen Sie sich, so dramatisch ist es nicht. Sie hat sich nur das Bein gebrochen.« Der Lehrer grinste.

»Wann ist das passiert?«

»Gestern Nachmittag, sie ist beim Tennisspielen ausgerutscht und unglücklich hingefallen. Sie ist operiert worden und muss noch einige Tage im Hospital bleiben.«

»Sie liegt im Krankenhaus und kann sich nicht bewegen?«

»Ich weiß nicht, wie Sie es direkt nach einer OP mit dem Laufen halten. Meine Frau jedenfalls liegt eingegipst im Bett und lässt sich vom Krankenhauspersonal verwöhnen. Allerdings wüsste ich gern, was daran so aufregend ist.«

Das musste ich erst einmal verpacken. Inges Beinbruch

warf meine gesamten Schlussfolgerungen über den Haufen. Zweifellos waren beide Morde vom gleichen Täter verübt worden. Alle Umstände – Tathergang, Waffe, Verhältnis der beiden Opfer zueinander – wiesen darauf hin. Emanzen-Inge kam jedoch für den zweiten Mord nicht in Frage. Folglich schied sie auch als Barbaras Mörderin aus. Das war aber längst nicht der Höhepunkt: Jens Kofler hatte auf elegante Art und Weise sein Dasein als zweiter Hauptverdächtiger beendet. Ich musste ganz von vorne anfangen.

»Was wollten Sie von meiner Frau?«, riss Zollner mich aus den Gedanken.

»Hat sich erledigt. Haben Sie von dem zweiten Mord gehört?«

»Ich weiß nicht, was ich dazu sagen soll. Man muss ja um sein Leben fürchten. Irgendein psychopathischer Spinner läuft frei herum und sowohl die Polizei als auch Sie scheinen völlig im Dunkeln zu tappen.«

»Ich bin ihm auf den Fersen.«

»Hören Sie auf mit dem Geschwafel. Sie haben keinen blassen Schimmer, geben Sie es doch zu.«

»Ich verführe zumindest keine Schülerinnen, Herr Jahrgangsstufenleiter.«

Ich machte auf dem Absatz kehrt und ließ Zollner in der Tür stehen. Von solch einem Fatzke ließ ich mir nicht sagen, dass ich schlechte Arbeit leistete.

Als ich am Wagen ankam, zwängte Stefan seinen Schädel durch das heruntergedrehte Seitenfenster.

»Kannst du mir nach Onkel Steinmann bringen? Chef bestimmt ganz böse auf mich.«

»Klar, alter Schwede.«

Ich enterte den Fahrersitz, ließ den Motor an und rollte einer ungewissen Zukunft entgegen.

Bei Bauer Steinmann erstand ich einen Sack Schweinemehl. Stefan bedankte sich für den schönen Ausflug und schlurfte Richtung Rinderstall. Ich hielt es für das Beste, zurück zur Bank zu fahren. Vielleicht gewährte mir Stenner einen kleinen Kredit.

Beim Betreten des Bankgebäudes entdeckte ich keine Schuppen auf dem Boden. Ottmar musste wieder in Dülmen sein Unwesen treiben und CDs in die Regale stellen. Nachdem ich eine halbe Minute in einer Broschüre über vermögenswirksame Leistungen geblättert hatte, tauchte Stenner hinter dem Schalter auf.

»Einen wunderschönen Tag, Herr Nannen. Was kann ich für Sie tun?«

»Ich möchte einen Dispo-Kredit in Anspruch nehmen.«

»Einen Moment bitte.« Stenner ging nach hinten und tippte etwas in einen Terminal. Kurz darauf kam er zurück. »Auf Ihrem Konto sind vierhundert Euro. Wie viel benötigen Sie darüber hinaus?«

»Wie bitte? Vierhundert Euro?«

»Herr Dr. Rudolph war heute Morgen hier und hat Geld eingezahlt.«

»Sehr gut, Herr Stenner, dann vergessen Sie das mit dem Dispo. Ich möchte vierhundert Euro abheben.«

Stenner zählte mir sechs Fünfziger und fünf Zwanziger auf die Hand und gab mir einen Kontoauszug, den ich sofort zusammenfaltete. Den Jubel wollte ich mir für später aufheben. Diese Soll-Haben-Aufstellung wies definitiv in die richtige Richtung. Zu Hause würde ich mir eine dicke Zigarre genehmigen. Ich verstaute meinen ersten Privatdetektivlohn in der Hosentasche und verabschiedete mich formlos.

20

Während der Rückfahrt zum Kotten zog sich der Himmel zu. Ein auffrischender Wind schob schwarze Wolken vor sich her. Es schien, als würde sich die Natur meinen Fortschritten beziehungsweise Rückschlägen im Fall Rudolph/Kofler anpassen. Gestern, als ich das Geheimnis der Musikkassette gelüftet und den Mordfall für gelöst gehalten hatte, hatten die Vögel zu strahlendem Sonnenschein gezwitschert. Heute, nachdem nicht nur alle Theorien über den Haufen geworfen waren, sondern sich zudem die Zahl der zu behandelnden Delikte verdoppelt hatte, deutete sich ein schweres Unwetter an und die Piepmätze hielten die Klappe, als hätten sie sich verschworen. Ich trat aufs Gaspedal, um vor dem großen Regen zu Hause zu sein.

Just in dem Moment, als ich den Wagen abgestellt hatte und ins Haus geschlüpft war, öffneten sich die Himmelsschleusen und ein heftiger Regenschauer ging über Buldern nieder. Grelle Blitze wechselten sich mit starken Donnerschlägen ab. Der einzige Vorteil des Gewitters lag darin, dass ich mich zum ersten Mal nicht über fehlende Stromanschlüsse ärgern musste, die Blitze hätten dem Strom sowieso keine Chance zur Zweckerfüllung gelassen.

Als ich in Essen gewohnt hatte, war jedes Gewitter ein Genuss gewesen. Eingehüllt in duftenden Schaum und mit einer guten Flasche Rotwein in Reichweite konnte ich von der Badewanne aus durch die Dachluke das Schauspiel bewundern. Aber hier war ich nicht von festen Mauern aus Beton umgeben, sondern befand mich in einem Fachwerkhaus aus dem dreizehnten Jahrhundert. Abgesehen davon hatte ich hier auch kein heißes Wasser.

Ich holte einige Holzscheite aus der Tenne und stapelte sie im Kamin. Nachdem ich die Bundesliganachbetrachtung des Dortmunder 2:0-Erfolges gegen die Bayern und der 2:3-Heimniederlage der Schalker gegen Leverkusen genüsslich studiert hatte, hielt ich ein Streichholz an die Sportseite des *Dülmener Kuriers* und entzündete ein feines Feuerchen. Geschafft von den physischen Strapazen der Essen-Fahrt und dem psychischen Schock, den ich durch die Wendung im Mordfall erlitten hatte, ließ ich mich in den zerschlissenen Sessel vor dem Kamin fallen und schloss die Augen.

Ich musste eingeschlafen sein, denn ich träumte, dass Wilpert und die Kaninchen Barbara und Jens umgebracht hatten, weil die beiden Schüler für ihr Leben gern Schweine- und Kaninchenfleisch vertilgten. Dieser Traum ließ mich jäh aufspringen. Ich hatte vergessen, meine animalischen Freunde zu füttern. Ich zog den Ostfriesennerz über und lief zu den Ställen. Als ich die Sau und die Kaninchen betrachtete, glaubte ich einen vorwurfsvollen Ausdruck auf ihren Gesichtern zu entdecken. Ich füllte Wilperts Trog bis zum Rand mit Schweinemehl und begrub die acht Langohren unter Löwenzahn. Jetzt schauten sie viel zufriedener aus.

Das Schmatzen der Tiere erinnerte mich daran, dass auch ich noch nichts im Magen hatte; genau genommen hatte ich seit gestern Morgen außer Hefe und Hopfen nichts zu mir genommen. Allerdings stand im Vorratsschrank nur das angebrochene Paket Cornflakes. Es konnte nicht schaden, wenn ich nach dem Gewitter nach Buldern fahren würde. Zum einen konnte ich Schumann die dreihundertvierzig Mücken zurückzahlen, zum anderen, und das war zurzeit wichtiger, würde ich den Tante-Emma-Laden um etliche Tonnen Lebensmittel erleichtern.

Mit diesem Entschluss verließ ich die vor sich hin kauenden Tiere und trat auf den Hof. Es tröpfelte nur noch. Ein Blick zum Himmel sagte mir, dass ich in einer halben Stunde ohne Gefahr für Leib und Leben aufbrechen konnte. Ich hängte den Regenmantel in die Dusche und ließ mich wieder vor dem Kamin nieder.

Ich steckte eine Zigarette an und stieß den Rauch langsam aus. Innerhalb kürzester Zeit hatten wir zwei Morde erlebt. Alles deutete darauf hin, dass die Verbrechen miteinander im Zusammenhang standen: Beide Opfer waren erstochen worden, beide auf einem Acker abgeladen, beide Opfer hatten sich gekannt, waren sogar eng befreundet gewesen. Alle Verdächtigen, die ich überprüft hatte beziehungsweise vorgehabt hatte zu überprüfen, hatten mich von ihrer Unschuld überzeugt, jeder auf seine Weise.

Martin Zollner war von Anfang an als Täter ausgeschieden, weil er ein wasserdichtes Alibi hatte. Der zweite, Jens Kofler, hatte sich auf eine recht unangenehme Art seines Verdächtigenstatus entledigt. Die dritte potenzielle Mörderin, Inge Zollner-Knittel, die ich schon mit beiden Beinen im Knast gesehen hatte, hatte zur Tatzeit mit beiden Beinen im Krankenhaus gelegen und vermutlich jede Menge emanzipatorische Tiraden gegen die Pfleger vom Stapel gelassen.

Das Bild, das sich mir bot, war entmutigend. Ich schüttelte eine weitere Camel aus der Schachtel in der Hoffnung, dass das Gemisch aus Nikotin und Kondensat die Hirntätigkeit dahingehend beeinflusste, dass als Ergebnis meiner Grübeleien ein grandioser Einfall heraussprang. Die geniale Eingebung blieb auch nach der dritten Zigarette aus, doch zumindest hatte ich eine Idee, wie ich weiter vorgehen konnte. Die Auskünfte, die ich durch das Studium der Zeitungsartikel erhalten hatte, hielt ich nicht für ausreichend. Hingegen war es durchaus möglich, dass der hiesige Polizeiapparat Sachen entdeckt hatte, die nicht veröffentlicht worden waren. In der Regel hielten sich die Behörden lieber bedeckt, als Fakten aus laufenden Ermittlungen an die Presse weiterzugeben. Unter Umständen hatte der Mörder am Tatort Spuren hinterlassen. Ich brauchte dringend Einsicht in die Polizeiakten.

Leider würde ich dafür in die Polizeiwache einbrechen müssen, denn freiwillig rückten die Cops garantiert keine Informationen an einen Privatschnüffler heraus. Das Bullengebäude in diesem Kaff war mit Sicherheit nicht rund um die Uhr besetzt, und bestimmt war es auch nicht mit den modernsten Techniken zur Abwehr von Eindringlingen ausgerüstet. Wer brach schon freiwillig in eine Polizeistation ein? Im Normalfall führte der gewünschte Weg in die entgegengesetzte Richtung.

Zum Zweiten konnte ich Stegemann noch einmal über die Teufelsanbeter ausfragen. Auch wenn ich diesen Verein eher für eine harmlose Zusammenkunft gelangweilter Jugendlicher hielt, konnten Recherchen in diese Richtung nicht schaden.

Wie mir ein Blick auf mein Handgelenk offenbarte, hatte ich über eine halbe Stunde mit Hirngymnastik verbracht. Es war kurz vor vier. Ein Blick aus dem Fenster überzeugte mich, dass der eben noch grollende Himmel seine Pforten geschlossen hatte. Die Sonne lachte vom Firmament, als ob es nie ein Gewitter gegeben hätte.

Mein erstes Ziel war Dülmen. Einen Rentner, der an einer Bushaltestelle wartete, fragte ich nach dem Weg zur Polizeistation. Diesen erklärte er mir mit einer Stimme, die auf sechzig Jahre Zigarrenrauchen schließen ließ, und machte alle drei bis vier Wörter eine Pause, um nach Luft zu schnappen.

Wenn ich sein Krächzen richtig deutete, befand sich die Polizeiwache außerhalb der Stadt. Als Dank bot ich ihm eine Zigarette an. Mit dunkelgelben Fingern fischte er gleich drei Stück aus der Schachtel und steckte sich eine sofort zwischen die Zähne.

Einen halben Kilometer hinter dem Ortsausgangsschild entdeckte ich auf der rechten Straßenseite das Polizeigebäude. Das Fachwerkhaus verriet nur durch die zwei vergitterten Vorderfenster und ein halb vergilbtes Schild mit der Aufschrift »Po iz i« seine Funktion. Um keine Aufmerksamkeit zu erregen, fuhr ich mit der vorgeschriebenen Geschwindigkeit vorbei. Hundert Meter weiter lag ein kleiner Parkplatz, von dem ein schmaler Weg auf einen Hügel führte. Eine Hinweistafel besagte, dass man über diesen Pfad zu einem Aussichtspunkt gelangte, von dem man ganz Dülmen überblicken konnte. Als Laufzeit wurden zwanzig Minuten veranschlagt.

Die Zeitangabe war offensichtlich für fußkranke Kurgäste mit dreißig Kilo Übergewicht errechnet worden, denn ich erreichte den Gipfel nach neun Minuten. Am Aussichtspunkt befand sich, was ich erhofft hatte: ein Fernrohr. Ich warf die geforderten zwanzig Cent ein und schwenkte das Objektiv Richtung Polizeiwache. Der komplett störungsfreie Blick überraschte mich. Ich hatte damit gerechnet, dass Bäume mir die Sicht versperren oder zumindest beeinträchtigen würden, doch das Gebäude war optimal zu erkennen. Die Rückseite des Hauses hatte zwei Fenster, die im Gegensatz zu ihren Pendants auf der Frontseite nicht vergittert waren. Die Holztür dazwischen sah nicht übermäßig gesichert und deutlich weniger stabil als die Vordertür aus. Neben der Tür stand eine Mülltonne.

Einfacher ging's nicht. Ich schätzte, dass ich die Tür in

weniger als dreißig Sekunden öffnen konnte. Also würde ich den Bullen heute Abend meine Aufwartung machen.

Auf dem Rückweg kamen mir drei betagte Damen entgegen, die fluchten, dass es auf dem langen und beschwerlichen Weg keine Bank zum Ausruhen gab.

Als nächstes Ziel hatte ich den Dülmener Supermarkt auserkoren. Dort deckte ich mich mit Lebensmitteln für ein üppiges Abendessen ein. Rumpsteak, Kartoffeln, Erbsen und Möhren und zum Dessert drei Becher Mousse au chocolat. Dazu erstand ich einen Kasten regionales Bier, drei Flaschen Rotwein, einige Liter H-Milch, zwei Pakete Kaffee nebst Filtertüten und eine Stange Zigaretten. Es ärgerte mich, dass ich aufgrund meiner Stromlosigkeit nicht für mehrere Tage im Voraus einkaufen konnte.

Nach ergebnislosem Flirt mit der Kassiererin – auf dem Lande schien der Ehering noch etwas zu bedeuten –, verließ ich den Konsumtempel, verstaute die Einkäufe im Golf und machte mich davon.

Nachdem ich drei Songs von *Bruce Springsteen* überstanden hatte – im Radio lief ein Special über ihn –, erreichte ich mein Anwesen. Der nächste Gang führte mich in die Küche, in der ich die Lebensmittel zuerst zubereitete und dann vertilgte. Nur vom Nachtisch blieb etwas übrig. Nach einer Verdauungszigarette machte ich mich auf zu meinem nächsten Schumann-Abenteuer.

21

Auf dem Hof war niemand zu entdecken. Ich drückte einige Male vehement auf die Hupe. Sofort bellte der Hund und nach wenigen Augenblicken sah ich Karin aus dem Haus treten. Schon wieder trug sie diese unsäglichen Puschen. Schien ihr Lieblingsmodell zu sein. Als sie mich erkannte, zogen dunkle Wolken über ihr Gesicht.

»Hallo, Frau Schumann. Haben Sie zehn Euro klein?«

»Für Sie habe ich nicht einmal zehn Cent. Sie haben allerdings zehn Sekunden Zeit, mein Grundstück zu verlassen, sonst reißt Sie der Hund in zehn Stücke«, reagierte sie in der gewohnten Freundlichkeit.

»Na gut. Wenn Sie nicht wollen, dass ich meine Außenstände begleiche, umso besser. Ich habe für das Geld auch andere Verwendungsmöglichkeiten«, sagte ich und drehte mich um.

»Wie bitte, was reden Sie da? Ich war doch erst letzte Woche beim Ohrenarzt. So rapide kann sich mein Gehör nicht verschlechtert haben. Sie haben Geld und wollen es für so etwas Sinnloses wie Schuldentilgung verwenden?«

Ich griff in die Hosentasche und zauberte sieben Fünfziger hervor. »Haben Sie Wechselgeld oder nicht?«

Geblendet vom Glanz des Geldes schlug sie die Hände vors Gesicht. »Vielleicht hat Pfarrer Wilpert in seiner Predigt ja doch Recht gehabt, als er meinte, dass man keinen Menschen vorschnell verurteilen darf. Warten Sie einen Moment, ich hole schnell die zehn Euro, bevor Sie es sich anders überlegen.«

Ich bummelte hinter ihr her.

»Wo haben Sie eigentlich so plötzlich das Geld her?«

»Von Herrn Dr. Rudolph höchstpersönlich.«

Schumann drehte sich um und stemmte ihre Hände in die Hüften.

»Jetzt, wo wir uns so gut verstehen, können Sie mir doch sagen, was Sie mit dem Doktor zu tun haben.«

Mein Gott, war diese Frau neugierig.

»Können wir das bei einer Tasse Kaffee besprechen?«, wagte ich einen Vorstoß.

Das war offenbar eine äußerst schwierige Frage, denn Karin sagte erst einmal nichts. Vielleicht wollte sie mich aber auch nur ein bisschen zappeln lassen.

Endlich öffnete sie ihren hübschen Mund: »In Anbetracht der Tatsache, dass Sie sich wirklich Mühe zu geben scheinen, dem Schnorrertum zu entsagen, erkläre ich mich einverstanden.«

Dann kam mir eine noch bessere Idee: »Was halten Sie davon, wenn wir das Gespräch auf heute Abend verlegen und den Kaffee durch Wein ersetzen?«

»Heute Abend kommt ›Columbo‹, den will ich auf keinen Fall verpassen.«

»Tatsächlich? Ich habe seit Tagen nicht mehr ferngesehen. Zudem bin auch ich ein großer Fan von Columbo und würde mich glücklich schätzen, Ihnen Gesellschaft leisten zu dürfen.«

»Sie sind so hartnäckig wie eine Mücke im Schlafzimmer, aber gut, kommen Sie vorbei. Ich weiß zwar nicht, warum ich das mache, aber ...«

»Weil ich ein netter Mensch bin. Bis um acht dann.«

Ich verabschiedete mich und machte mich auf die Suche nach einer Telefonzelle, um Stegemann anzurufen. Mein Handy war zwar funktionstüchtig, aber da ich inkognito ermittelte, erschien mir eine öffentliche Zelle sicherer. Man konnte ja nie wissen.

Gegenüber der Bulderner Kirche wurde ich fündig. Ein

Aufkleber wies potenzielle Sachbeschädiger und Vandalen darauf hin, dass ein Telefon Leben retten konnte. Ich glaubte zwar nicht, dass es am Aufkleber lag, aber der Apparat funktionierte. Ich fütterte den Kasten mit Kleingeld und wählte Stegemanns Nummer.

Nach dem zweiten Läuten wurde abgehoben.

»Stegemann.«

Eine schrille Frauenstimme ließ mich zusammenzucken.

»Guten Tag. Könnte ich bitte Andreas sprechen?«

Bevor sie antworten konnte, hielt ich den Hörer vorsichtshalber dreißig Zentimeter vom Ohr weg, um das Platzen meines Trommelfells zu verhindern.

»Ich glaube, er sitzt in der Badewanne. Warten Sie, ich seh mal nach.«

Nachdem ich sämtliche Nummern der Taxiunternehmen, die ihre Werbeschilder an der Wand angeschlagen hatten, auswendig gelernt hatte, meldete sich Andreas.

»Wer ist da?«

»Dieter Nannen.«

»Tut mir Leid, dass du warten musstest. Was gibt's?«

»Ich sitze an der Reportage über deine Schule und den Mord an Barbara. Wie dir wahrscheinlich zu Ohren gekommen ist, gibt es ein zweites Opfer zu vermelden.«

»Jens Kofler, klar weiß ich von der Sache.«

»Ich möchte nicht lange um den heißen Brei herumreden. Was hältst du davon, als mein Assistent zu fungieren? Du könntest einige Artikel schreiben und finanziell würde es sich auch lohnen.« Ich machte eine kurze Pause. »Ist das nicht ein super Angebot?«

»Das muss ich mir erst überlegen.«

Das nahm ich ihm nicht ab. Er war bestimmt so scharf darauf, an der »Reportage« mitzuarbeiten, dass er seine

Mutter dafür verkaufen würde. Nur dass keiner sie haben wollte bei dem Organ.

»Wenn du ein paar Minuten Zeit hast, komme ich kurz vorbei. Dann können wir die Einzelheiten besprechen. Oder hast du dich gegen meine Offerte entschieden?«

»Nein. Im Prinzip hört es sich interessant an. Was wäre meine Aufgabe?«

»Das erzähle ich gleich. In spätestens zehn Minuten bin ich bei dir. Deine Adresse habe ich ja.«

Ich hängte ein, um ihm keine Gelegenheit zum Widerspruch zu geben.

Das Stegemann'sche Anwesen fand ich ohne Probleme. Die Nummer neununddreißig war mit riesigen Zahlen auf die Hauswand gepinselt worden. Wahrscheinlich gab es in dieser Gegend extrem kurzsichtige Briefträger. Das Haus war ein normaler Bungalow, in dem normale Leute wohnten. Sie besaßen zwei Autos, einen komfortablen Erstwagen für den Hausherrn, der damit zur Arbeit fuhr, und einen kleinen Zweitwagen für die täglichen Besorgungen der werten Gattin. Jeden Samstag wurden beide Fahrzeuge gewaschen und der Rasen gemäht. Im Vorgarten standen Blumen und Rhododendronbüsche. Am Abend wurden pünktlich um sieben die Rollläden heruntergelassen. Im Regelfall gehörten zwei Kinder zum Haushalt, wenn es der liebe Gott besonders gut gemeint hatte, ein Mädchen und ein Junge. Der Junge war Mitglied im örtlichen Pfadfinderverein und das Mädchen spielte Blockflöte oder ging zum Ballettunterricht.

Ich drückte auf den verzierten Klingelknopf. Im Innern des Hauses ertönte das Westminster.

Andreas höchstpersönlich öffnete die Tür. »Du hast dich aber beeilt. Komm rein.«

Ich folgte ihm ins Wohnzimmer, dessen Beschreibung

sich wegen Klischeegefahr verbot: Mittelmäßigkeit und spießbürgerlicher Mief in jedem Quadratmillimeter des Raumes. Ich pflanzte mich auf die Couch und bat um ein Bier. Andreas ging in ein Nachbarzimmer und kam wenig später mit einem Glas Mineralwasser und einer Flasche Bier zurück, alkoholfrei. Ich war im Begriff, ihm das Aufregendste anzubieten, was er bisher in seiner langweiligen Existenz erlebt hatte, und er speiste mich mit alkoholfreiem Bier ab.

Ich öffnete die Flasche mit dem Feuerzeug und bot Andreas eine Zigarette an. Er lehnte ab und gestand, dass seine Eltern nicht wissen dürften, dass er rauche. Er würde aber einen Aschenbecher holen.

Während ich ihn in der Küche auf der Suche nach einem Ascher in den Schränken klappern hörte, kippte ich drei Viertel des Flascheninhalts in einen bronzefarbenen Blumentopf, der sich in Reichweite meines linken Armes befand. Als Stegemann zurückkam, war alles versickert. Offensichtlich standen Begonien auf bleifreies Bier.

»Du hast einen ganz schönen Zug.«

»Kommen wir zur Sache. Ich habe mit dem Redakteur gesprochen. Dabei habe ich ihm klar gemacht, dass die Story mehr Zeit in Anspruch nehmen wird als ursprünglich geplant. Und dass ich auch mehr Geld benötigen werde. Normalerweise ist er geiziger als eine Schottenfamilie, aber er hat eingewilligt. Das bedeutet im Klartext, dass für dich locker zweihundert Piepen herausspringen können.« Wenn das stimmen würde, hätte ich sofort den Schnüfflerberuf an den Nagel gehängt und wäre Journalist geworden, aber Andreas schien es zu schlucken. »Selbstverständlich wird dein Name auch unter den von dir verfassten Artikeln stehen. Hast du Schreiberfahrung?«

»In Deutsch stehe ich zwischen eins und zwei.«

»Fantastisch!«

Ich bemerkte das aufkommende Leuchten in seinen Augen. Wahrscheinlich bekam er von seinen Eltern nur Druck und selten Lob, wie das in solchen Familien üblich ist. Wenn er in einem Fach die zweitbeste Klausur geschrieben hatte, machten sie ihm Vorwürfe, dass es nicht die beste geworden war.

»Was ist mein Aufgabengebiet?«, riss Andreas mich aus meinen mitfühlenden Gedankengängen.

»Du bist interessiert?«

»Na klar, ein bisschen Abwechslung kann nicht schaden. Außerdem wollen meine Eltern, dass ich nach dem Abitur studiere. Vielleicht stellt sich heraus, dass ich Talent zum Journalisten habe.«

»Gut. Ich hatte mir vorgestellt, dass du die Satanssekte durchleuchtest. Wenn ich dich richtig verstanden habe, besteht diese Vereinigung aus Leuten deines Alters. Ich habe demnach keine Möglichkeit, mich dort einzuschleusen. Dich hingegen wird niemand verdächtigen. Du musst einfach vorgeben, Mitglied werden zu wollen. Hältst du das für machbar?«

Er überlegte eine Weile, sagte dann aber zu meiner Erleichterung, dass es für ihn kein Problem darstellen dürfte. Er habe mitbekommen, dass morgen ein Treffen stattfinden würde.

Darauf verpflichtete ich Andreas zur Geheimhaltung. Ich behauptete, das unantastbare Gebot jedes guten Journalisten sei, keinem Menschen von einer Reportage zu erzählen, bevor sie nicht veröffentlicht worden sei. Er versprach, diesbezüglich zum Grab zu werden.

Einigermaßen sicher, dass er sich an die Anweisungen halten würde, stand ich auf.

»Willst du das Bier nicht austrinken?«

»Da ist eine Fliege reingefallen, Getränke mit Fleischeinlage sind nicht mein Ding.«

Zusammen gingen wir zur Tür, wo ich mich mit einem geheimnisvollen Augenzwinkern verabschiedete.

22

Um sieben Uhr traf ich in meinem trauten Heim ein. Die Stunde, die mir vor dem Fernsehabend und dem anschließenden Einbruch ins Polizeirevier blieb, nutzte ich, um die Tiere zu füttern und mich in Schale zu werfen. Ich wählte schwarze Jeans und einen Esprit-Pullover. Danach putzte ich Schuhe und Zähne. Ein Blick in den Spiegel überzeugte mich, dass eine Rasur nicht nötig war. Der Zweieinhalbtagebart stand mir. Ich befand meine Erscheinung als perfekte Mischung aus gepflegter Lässigkeit und männlicher Verwegenheit.

Um Punkt acht erreichte ich Schumanns Hof. Als Karin mich hereingelassen hatte und wir im Flur ein paar Worte wechselten, vermeinte ich den Duft geschmorter Champignons wahrzunehmen.

Sie begleitete mich ins gemütlich eingerichtete Wohnzimmer. Für die antiken Möbel würden einige Leute viel Geld lockermachen. Ich stellte den Rotwein auf den Tisch. Dort befanden sich bereits zwei Gedecke, die so angeordnet waren, dass man bequem essen konnte, ohne etwas vom Film zu verpassen. Gläser und Korkenzieher waren ebenfalls vorhanden. Schumann entzündete zwei Kerzen, schaltete den Fernseher ein und das Deckenlicht aus. Nur auf dem TV-Gerät brannte eine kleine Lampe. Karin setzte sich mit gebührendem Abstand neben mich auf die Couch. Ich schnappte mir den Korkenzieher und öffnete die Flasche, während ein Werbespot über die Vorzüge der Bundeswehr lief.

»Wollen Sie mich verführen?«

»Herr Nannen. Das ist meine Art, Columbo zu genießen. Mit Ihnen hat das nichts zu tun.«

»Ich wollte nur die Atmosphäre auflockern. Oder glauben Sie im Ernst, ich würde mich von Ihnen verführen lassen?«, fragte ich in einem Ton, der nur eine Antwort zuließ: Aber hallo!

»Dann sind die Fronten ja geklärt.«

Der Vorspann begann.

»Noch was. Ich weiß zwar, wie schwer es Ihnen fällt, die Klappe zu halten, aber ich warne Sie: Wehe, Sie reden während des Films.«

»Meine Lippen sind versiegelt.«

Columbo hatte einen Fall mit dem Titel *Tödlicher Jackpot* zu knacken, es handelte sich also leider um eine Episode aus den neunziger Jahren. Die neueren Sachen hatten lange nicht die Klasse der alten Folgen, obwohl sie noch immer um Längen besser waren als das meiste, was sonst über die Mattscheibe flimmerte. Außerdem war ich froh, die Welt der laufenden Bilder genießen zu können. Ich war zwar nie ein exzessiver Fernsehkonsument gewesen, aber ganz ohne mochte ich auch nicht sein.

Bei der ersten Werbeunterbrechung erhob sich Karin und fragte, ob ich hungrig sei. Sie habe Champignons geröstet und frisches Brot gebacken. Als Antwort ließ ich den Magen knurren und bot meine Hilfe an. Sie lehnte ab, schnappte sich die Teller und verließ das Wohnzimmer. Nachdem ich versprochen hatte, sofort Bescheid zu sagen, wenn die Werbepause zu Ende war, ließ sie mich allein.

Ich nippte am vorzüglichen Rotwein und ließ mich von der Reklame berieseln: Waschmittel, Auto, Waschmittel, Bier, Auto, Haarspray, Waschmittel, Auto, Schokolade, Waschmittel. Karin erlöste mich mit ihrer Rückkehr.

»Das duftet ja vorzüglich. Sie hätten sich doch nicht solche Mühe zu geben brauchen.«

Sie stellte die beiden mit Pilzen und knusprigem Fladenbrot bedeckten Teller auf den Tisch.

»Die einzige Mühe war, giftige Pilze für Sie zu finden, die wie Champignons aussehen. Ich glaube, das ist mir gelungen, oder bemerken Sie den Unterschied?«

»Nein, aber Ihnen ist doch auch nicht aufgefallen, dass ich Ihren Rotwein mit Blausäure angereichert habe, oder?«

»Gut gekontert, aber Sie können ja auch nicht in allen Bereichen nur Unzulänglichkeiten aufweisen.«

»Da wir gerade so nett plaudern, sollen wir nicht lieber unsere Vornamen gebrauchen?«

»Ruhe jetzt. Der Film fängt an. Guten Appetit.«

Die Pilze und das Brot schmeckten fantastisch. Während wir uns wie Columbo-Gucker benahmen und in unregelmäßigen Abständen über den trotteligen Inspektor lachten, hielt sich insbesondere meine holde Gastgeberin mit dem Wein nicht zurück. Ich ließ auch keine Möglichkeit aus, ihr nachzuschenken. Die zweite Werbepause nutzte Schumann, um eine weitere Portion Essen herbeizuschaffen, und ich, die zweite Flasche Rotwein aus dem Wagen zu holen. Auf dem Hof steckte ich mir eine Zigarette an, denn im Haus hatte ich nicht zu rauchen gewagt.

Wir trafen zeitgleich im Wohnzimmer ein. Die letzte

Etappe des Inspektors verfolgten wir zunächst essend, dann schweigend. Als der Nachspann über den Bildschirm flimmerte, sagten wir synchron: »Na ja.« Was so viel hieß wie: Habe schon einen besseren Columbo gesehen! Karin stand auf und brachte das Geschirr in die Küche. Wir hatten keinen Krümel übrig gelassen. Ich ging zum CD-Regal, das neben dem Fernseher angebracht war, und durchforstete ihre Musiksammlung. Ich war überrascht: *Iron Maiden*, *AC/DC*, *Judas Priest*, *Kiss*, lauter Bands, die auch ich nicht verachtete. Ich wählte eine *AC/DC* von 1976 und schob sie in den CD-Schacht. Dann ließ ich mich wieder auf die Couch fallen.

»Ich stelle fest, Sie haben Musikgeschmack.«

Karin hatte den Raum betreten. Sie schwankte erheblich; der Wein zeigte Wirkung.

»*Ride On* zählt zu meinen Top-37. Setzen Sie sich doch.«

Mit Mühe gelang es ihr, das Sofa zu treffen. Zu meiner Überraschung holte sie einen Aschenbecher und ein Päckchen Tabak aus dem Schrank. Trotz des erheblichen Weinkonsums drehte sie die Zigarette schnell und gut.

»Sie rauchen?«

»Nur selten. Meistens, wenn ich ein bisschen was getrunken habe.«

»Ein bisschen was getrunken« war ein bisschen untertrieben. Einen Mann hätte man in diesem Zustand als »besoffen« bezeichnet. Karin beugte sich über den Tisch, um die Zigarette an der Kerze zu entzünden. Zum Glück hatte sie ihre langen schwarzen Haare heute hochgesteckt, sonst hätte ich mir Gedanken über einen Feuerlöscher machen müssen. Feuerlöscher war ein gutes Stichwort, denn den musste ein Mann bei ihr immer griffbereit haben. Karins Aussehen entsprach bis auf die Klamotten überhaupt nicht dem Schönheitsideal der typischen Bäuerin. Das dezente Make-up ließ ihre feinen Gesichtszüge noch besser zur Geltung kommen und die dunkelroten Lippen luden einfach zum Küssen ein, wie abgeschmackt das auch klingen mochte. Als sie sich über die Kerze beugte, zeichnete sich durch das grüne T-Shirt leicht die Wirbelsäule ab, an die Vorderseite wagte ich gar nicht zu denken. Ihr vollendeter Hintern und die nicht weniger perfekten Beine ließen mich hoffen, dass sie mindestens eine halbe Stunde zum Anstecken der Zigarette benötigen würde.

Mein Wunsch ging leider nicht in Erfüllung. Als Karin sich wieder aufs Sofa fallen ließ, musste sie meinen Blick bemerkt haben, denn sie schaute etwas irritiert, sagte aber nichts.

Auf ihre Erlaubnis hin fertigte ich mir ebenfalls eine Selbstgedrehte, und so saßen wir zusammen, rauchend, Rotwein trinkend und Musik hörend. Und je mehr Zigaretten, Rotwein und Musik, desto mehr kamen wir ins Gespräch. Karin erzählte, dass sie den Hof von ihren Eltern geerbt hatte. Beide waren vor sieben Jahren bei einem Autounfall ums Leben gekommen. Seitdem bewirtschaftete sie das Anwesen. Sie komme mit dem, was der Hof abwerfe, ganz gut über die Runden. Freunde habe sie kaum welche.

»Würden Sie mich ab heute zu Ihrem Freundeskreis zählen?«

»Sie sind mir nicht mehr so unsympathisch wie bei unseren ersten Begegnungen, aber eine Schwalbe macht noch keinen Sommer.«

Weiterhin schilderte sie, dass sie karitativ sehr engagiert war. Sie konnte zwar nicht viel spenden, aber dafür investierte sie viel Zeit. Jeden zweiten Sonntag half sie in einem Behindertenheim aus. Sie veranstaltete Kleidersammlungen und ging zweimal im Jahr von Tür zu Tür und sammelte für krebskranke Kinder.

»Das finde ich großartig von Ihnen«, schmeichelte ich ihr, ohne mich verbiegen zu müssen.

Darauf schwiegen wir eine Weile. Dann erzählte ich den einen oder anderen Schwank aus meinem Leben. Irgendwann landeten wir bei meiner Mutter. Sie war, nachdem sie doch noch den Mann fürs Leben gefunden hatte, mit ihm nach Mallorca gezogen. Jedes Jahr zu Weihnachten besuchte ich sie, und das waren immer richtig schöne Tage. Gerade als ich die Heiligabendtradition schildern wollte, rutschte Karins Kopf auf meine Schulter.

Nachdem ich ohne heftige Bewegungen einen weiteren Glimmstengel gedreht und angesteckt hatte, begann ich mit der Erkundung ihres Körpers. Ich strich ihr über das Haar. Weder jauchzte sie entzückt, noch schlug sie um sich. Kein Wunder, sie schlummerte tief und fest. Langsam ließ ich meine Hand ihren Rücken hinuntergleiten. Dabei stellte ich fest, dass sie keinen BH trug. Eben Bio. Als ich ansetzen wollte, die Zone unterhalb ihres Rückens zu erkunden, öffnete sie die Augen und schnellte wie vom Blitz getroffen hoch.

»Was machen Sie da?«

»Ich sitze hier, lausche der Musik und sehe einer schönen Frau beim Schlafen zu.«

Sie errötete leicht.

»Aber wahrscheinlich sollte ich jetzt besser gehen.«

»Ja, das glaube ich auch.« Sie gähnte.

Sie begleitete mich zum Ausgang, und bevor sie die Tür hinter mir schloss, hörte ich sie »Tschüs, Dieter« sagen. Ich musste dringend zum Ohrenarzt. Doch nach kurzer Überlegung war ich sicher, sie richtig verstanden zu haben. Mein »Ciao, Karin« hörte allerdings nur noch der Hund.

Als ich auf die Autouhr blickte, traf mich fast der Schlag. Es war kurz nach halb eins. Immer das Gleiche mit schönen Frauen: Sie stahlen einem die Zeit, und hinterher musste man zusehen, wie man das wieder hinbügelte.

23

Zu Hause bereitete ich alles für die anstehende Einbruchsaktion vor. Ich durchstöberte Onkel Hugos Nachlass und fand eine schwarze Cordhose und einen dunklen Parka. In der Truhe lag sogar eine alte Skimütze, die ich in die Jackentasche stopfte. Aus dem Werkzeugkasten im Kofferraum von Barbaras Wagen kramte ich eine Taschenlampe hervor. Im Verbandskasten lag, wie es sich für eine Arzttochter gehörte, ein Paar Gummihandschuhe. Die brauchte man auch, wenn man in eine Bullenwache einstieg. Das letzte Utensil, ein Stück Draht zur Anfertigung eines Dietrichs, holte ich aus dem Schuppen.

Ein Blick zum Himmel sagte mir, dass die heutige Nacht für illegale Unternehmungen geeignet war, denn der Mond hatte sich hinter Wolken verkrochen. Ich packte das Fahrrad in den Kofferraum und fuhr los.

In Dülmen parkte ich den Golf hinter einem Supermarkt und radelte mit dem Drahtesel weiter. Auf der Strecke zum Polizeigebäude begegnete ich keiner Menschenseele. Der Parkplatz war leer. Dies schien ein puritanisches Nest zu sein, denn eigentlich hatte ich mit Liebespaaren gerechnet, die auf Autorückbänken ihren Trieben freien Lauf ließen.

Nachdem ich das Fahrrad hinter einem Strauch versteckt hatte, marschierte ich mit übergezogener Mütze Richtung Polizeistation. Nach viermaligem Stolpern erreichte ich die Hintertür. Das Haus war verlassen wie ein Freibad im Dezember. Ich beugte mich zum Schlüsselloch hinab und begann mit der Arbeit. Es dauerte länger als in meinen besten Zeiten, aber schließlich vernahm ich das süße Klicken, das *Bitte eintreten* bedeutete.

In dem Moment, als ich der Aufforderung Folge leisten wollte, legte sich eine Hand auf meine Schulter.

Reflexartig duckte ich mich und schwang in der Drehung meine Rechte dorthin, wo sich bei Menschen normaler Körpergröße der Kopf befand. Der Schmerz, der die Hand durchzuckte, signalisierte mir, dass ich getroffen hatte. Sofort ließ ich die Linke in den Magen des Unbekannten sausen und knallte mit voller Wucht einen rechten Aufwärtshaken unter sein Kinn. Es knackte fürchterlich. Die Gestalt kippte nach hinten wie ein gefällter Baum und blieb reglos liegen. Ich zog die Taschenlampe aus dem Parka und ließ den Strahl über den Bewusstlosen gleiten. Ich hatte einen Penner zusammengeschlagen. Meine Schläge hatten sein Inneres nach außen gekehrt; er war über und über mit Erbrochenem besudelt. Ich fühlte seinen Puls und war beruhigt. Das Einzige, was dem Bruder fehlte, waren eine Behandlung beim Kieferorthopäden und eine Entziehungskur. Er roch bestialisch nach billigem Fusel.

Ich wendete mich vom Bild des Elends ab, streifte die Handschuhe über und betrat das Gebäude. Nach kurzem Rundgang war ich mit den Lokalitäten vertraut. Die Wache bestand aus einer Zelle, die schon lange keinen Gast mehr beherbergt hatte, zwei Büroräumen, einem Empfangsschalter, an dem die Katzendiebstähle aufgenommen wurden, und einer Toilette. Ich begann die Suche in Reicherts Büro. An der Rückwand strahlte die Taschenlampe einen Aktenschrank an. Die Schlüssel steckten. Einfacher konnte es mir die Polizei wirklich nicht machen.

Da ich davon ausging, dass jeder Bulle faul war und sich nur ungern bückte, war ich überzeugt, dass die aktuellen Fälle in der obersten Schublade zu finden waren. Kaum hatte ich sie aufgezogen, sah ich, dass mein Instinkt mich nicht getäuscht hatte. Die Akten Rudolph und Kofler blickten mich erwartungsvoll an. Ich hielt es für das Beste, die Unterlagen nicht hier zu studieren, sondern mit nach Hause zu nehmen. Also stopfte ich die beiden Mappen in die Jacke, schloss die Schublade und verließ das Gebäude.

Draußen wischte ich die Fingerabdrücke von der Tür, denn beim Knacken des Schlosses hatte ich die Handschuhe nicht übergestreift. Ich überlegte, ob ich Spuren hinterlassen hatte, gelangte aber zu der Einschätzung, den perfekten Einbruch durchgeführt zu haben.

Der Penner lag auf dem Moosboden und schnarchte. Noch sorgte der Alkohol dafür, dass er nichts von seinem lädierten Kiefer merkte. Zwecks Gewissensberuhigung steckte ich einen Zehneuroschein zur Betäubung der kommenden Schmerzen in seine Manteltasche.

Zu Hause angekommen, verstaute ich die Taschenlampe im Werkzeugkasten, stellte das Fahrrad in den Schuppen und packte Hose, Parka und Mütze zurück in die Truhe. Jetzt musste ich ein geeignetes Versteck für die Akten finden. Ich stopfte sie in eine Plastiktüte und schaute bei Wilpert und den Kaninchen herein. Zwischen der Rückwand der Kaninchenställe und der Stallmauer war ein Spalt von fünf Zentimetern, der ideale Aufbewahrungsort für die Unterlagen. Nach vollbrachter Arbeit schaute ich den Tieren beim Schlafen zu und entschied mich dann, es ihnen gleichzutun.

24

Nach einer viel zu kurzen Nacht erwachte ich am Mittwoch mit dem Gefühl, dass ich heute der Lösung des Falles einen entscheidenden Schritt näher kommen würde. Allerdings war mir unklar, woher ich diese Zuversicht nahm. Die Konzentration der Ermittlungen auf die Teufelsjünger war im Grunde nur ein weiterer Schuss ins Blaue. Bei genauerer Betrachtung war auch die Rolle Stegemanns in meiner Strategie ein nicht zu unterschätzender Unsicherheitsfaktor. Zwar brachte er den notwendigen Eifer mit, aber ob er über genügend Intelligenz und Abgebrühtheit verfügte, seine wahren Absichten gegenüber den Satansbrüdern zu verbergen, stand auf einem anderen Blatt. Nach reiflicher Überlegung kam ich zu dem Schluss, dass ich das Risiko eingehen musste.

Nachdem ich aufgestanden war und ausgiebig geduscht hatte, sah ich mich vor die Alternative gestellt, entweder zuerst zu frühstücken oder die Polizeiakten zu studieren. Mein Magen gewann. Ich vertilgte die übrig gebliebene Mousse und schlürfte starken Kaffee. Die nächsten zehn Minuten überlegte ich, ob die winzige Portion Pudding alles gewesen sein sollte, was ein viel geplagter Privatdetektiv als Frühstück verdiente.

Ich hatte gerade die dritte Tasse Kaffee geleert, als ich durch ein lautes Klopfen weiterer Überlegungen enthoben wurde. Kurz darauf schob sich ein bekannter Schnurrbart durch die Haustür.

»Guten Morgen.«

»Herr Reichert, was verschafft mir die Ehre Ihres frühmorgendlichen Besuches?«

»Um es kurz zu machen: Heute Nacht wurde in die Dülmener Polizeiwache eingebrochen. Zwei Akten wurden entwendet, Barbara Rudolphs und Jens Koflers.«

»Was habe ich damit zu schaffen?«, fragte ich unschuldig.

»Nannen. Machen Sie mir nichts vor. In den letzten Tagen sind zwei Schüler getötet worden. Bei unseren Ermittlungen stellen wir fest, dass Sie bei allen von uns befragten Personen bereits gewesen sind. Ferner hat Herr Zollner erzählt, dass Sie Privatdetektiv und keineswegs Herrn Rudolphs Neffe sind, wie Sie angegeben haben. Dann der Einbruch heute Nacht. Wer die kriminelle Energie besitzt, einen Polizeibeamten anzulügen, ist auch zu weiteren Verstößen gegen unsere demokratisch-freiheitliche Staatsordnung fähig. Nach Ihrem Alibi frage ich gar nicht erst. Sie lagen unzweifelhaft im Bett und niemand hat Sie dabei gesehen.«

»Zufällig liegen Sie mit Ihrer letzten Annahme richtig. Allerdings nur zur Hälfte. Fragen Sie Ihre Gattin.«

Eigentlich hatte ich erwartet, dass Reicherts Gesicht aufgrund meiner Bemerkung zur Farbe eines im Topf siedenden Krebses anlaufen und er so was sagen würde wie: »Damit sind Sie zu weit gegangen.« Stattdessen sagte er schlicht: »Ich hoffe, Sie sind mit einer Hausdurchsuchung einverstanden?«

»Aber klar doch. Zeigen Sie mir die richterliche Anordnung und Sie können loslegen.« Ich musste dringend wieder Oberwasser kriegen.

»Die ist unterwegs. Nichtsdestotrotz wäre es zu Ihrem eigenen Besten, wenn Sie mir sofort einen Blick in Ihre Räumlichkeiten gewähren würden.«

»Ich bleibe dabei: Ohne Durchsuchungsbefehl keine Durchsuchung.«

Reichert kratzte sich am Schnäuzer. »Wenn Sie es drauf anlegen: Ich stelle fest, dass sich der dringende Tatverdacht erhärtet hat. Daher muss ich Sie bitten, mir zur Wache zu folgen. Schau'n wir doch mal, wie lange Ihre großkotzige Art dort noch Bestand hat.«

Auf der Fahrt nach Dülmen gab er keinen Ton von sich, wogegen ich nichts einzuwenden hatte. Im Polizeirevier führte er mich in sein Büro.

»Warten Sie einen Moment.«

Reichert verließ das Zimmer. Ich steckte mir eine Camel in den Mund und wartete und wartete. Wie es aussah, wollte er mich mürbe machen. Als ich mit den Büroklammern auf seinem Schreibtisch per du war, kam er zurück.

»War auf der Toilette. Mit leerer Blase redet sich's leichter. Ich möchte Sie bitten, nicht zu rauchen. Nikotin ist ein Nervengift und meine Nerven sind ohnehin überreizt.«

Er wartete auf eine Antwort. Als die ausblieb, setzte er sich.

»Also gut. Sie spielen den großen Schweiger. Das wird Ihnen aber nichts nützen. Ich habe in diesem Jahr eine miese Aufklärungsrate und die Beförderungen stehen an. Ich habe nicht die geringste Lust, bis zur Pensionierung mit tausendsiebenhundert Euro Nettogehalt auszukommen. Ich weiß, dass Sie bei uns eingebrochen sind. Sie wiederum wissen, dass ich ohne handfeste Beweise keinen Durchsuchungsbefehl für Ihr Drecksloch bekomme.«

»Interessante Ausführungen.«

»Ihnen wird gleich das Lachen vergehen. Normalerweise sind wir hier zu dritt. Der alte Lübbers hat jedoch einen Krankenschein und der Chef ist unterwegs. Sollten Sie also einen kleinen Unfall haben, gibt es keinerlei Zeugen.«

Eine dermaßen unverblümte Drohung hatte ich ihm nicht zugetraut. Ich befand mich in einer Zwickmühle. Würde ich den Diebstahl gestehen, konnte ich für einige Jahre Urlaub auf Staatskosten genießen; schwieg ich, würde ich Bekanntschaft mit Reicherts Fäusten machen, die meinen definitiv überlegen waren. Außerdem war ich von Natur aus gegen Gewalt.

»Soweit ich mich erinnere, habe ich das Recht, die Aussage zu verweigern. Davon mache ich mit aller Nachdrücklichkeit Gebrauch. Ferner will ich unverzüglich einen Anwalt sprechen.«

Reichert erhob sich und kam auf mich zu.

»Welche Rechte ein Dreckssschnüffler wie du hat, entscheide ich. Ich sagte unmissverständlich, dass ich ein Geständnis will. Das unterschreibst du. Es war keine Rede davon, dass du das Maul aufreißen sollst.«

Reichert baute sich vor mir auf, die Hände in die Hüften gestemmt. Sein Atem stank nach Zwiebeln.

»Einen Moment. Wir wollen doch jetzt nicht in primitive Barbarismen verfallen.«

Reichert zerrte mich vom Sessel.

»Ich glaube, hier liegt ein Irrtum vor. Ich …«

Eine Welle unermesslichen Schmerzes bewegte sich vom Unterleib zum Kopf, kehrte zurück und verteilte sich gleichmäßig auf den gesamten Körper. Reichert hatte mir mitten in die Manneswürde getreten. Unglücklicherweise beließ er es nicht dabei. Rechts und links, links und rechts trafen mich Ohrfeigen und Faustschläge. Ich knallte auf den Fußboden, unfähig zur Gegenwehr. Ein paar Tritte in den Magen gaben mir den Rest. Ich würgte, bis sich die Mousse au chocolat vermischt mit dem gestrigen Abendessen auf den Linoleumboden der Polizeistation ergoss. Das störte Reichert mehr als das aus meiner Nase rinnende Blut.

»Sieh dir die Sauerei an.«

Weitere Tritte folgten.

»Polizei, Polizei!«, krächzte es vom Flur her. »Mein Waldi ist verschwunden.« Die Stimme kam immer näher, und schon schob eine grauhaarige Alte jenseits der achtzig ihren Kopf durch die Tür.

Meine Rettung!

»Was ist denn hier los?«, flüsterte die Lady überrascht.

Reichert humpelte auf sie zu, drängte sie nach draußen und sagte: »Armer Kerl. Ist in einer Unterführung beraubt und zusammengeschlagen worden.«

Anschließend hatte ich erst einmal Zeit, mich etwas zu erholen, denn das ungleiche Paar blieb etwa eine Viertelstunde verschwunden.

»Jetzt gibt es einen Zeugen«, stöhnte ich, als Reichert allein zurückkehrte.

»Passen Sie auf, Nannen. Wenn ich's mir recht überlege, ist Ihr Alibi in Ordnung. Sie vergessen unsere Unterhaltung, ich den Einbruch.«

Das hörte sich schon viel besser an. Soweit ich dazu in der Lage war, murmelte ich etwas, das wie »in Ordnung« klang. Dabei wollte ich es bewenden lassen, denn zum einen konnte es nicht schaden, etwas gegen diesen Schnauzbart in der Hand zu haben, zum anderen hätte eine Anzeige meine Schmerzen auch nicht gelindert.

»Sie können gehen.«

»Ich möchte nach Hause gebracht werden, Herr ›Ichschlage-unbescholtene-Bürger-zusammen«‹, presste ich zwischen den Zähnen hervor.

»Sie können mich am ... nun gut, ich bringe Sie zurück.«

Hinkefuß schnappte sich den Schlüssel für die Bullenschaukel und gebot mir, ihm zu folgen. Halb ging ich, halb kroch ich aus der Wache. Bei der Rückfahrt gab ich mir keine Mühe, das Blut nicht auf die Polster tropfen zu lassen. Nach mindestens zwanzig Stunden erreichten wir das Nannen'sche Anwesen. Mit letzter Kraft gelang es mir, einigermaßen würdevoll auszusteigen und die Beifahrertür zuzuknallen. Der Weg bis zum Schlafzimmer kam mir wie hundert Kilometer vor. Voll bekleidet ließ ich mich ins Bett fallen. Im Augenblick stank mir die Detektivspielerei gewaltig.

25

Nach zwei Stunden wachte ich auf und fühlte mich etwas besser. Ich schlurfte ins Badezimmer und warf einen Blick in den Spiegel. Zum Glück sah ich nicht halb so schlimm aus, wie mir zumute war. Die Nase hatte aufgehört zu bluten. Die einzigen sichtbaren Verletzungen waren ein geplatztes Äderchen an der Wange und ein kleiner Riss auf der Stirn. Ich wischte das getrocknete Blut aus dem Gesicht und betastete den Rest des Körpers. Gelegentlich musste ich die Zähne zusammenbeißen, aber gebrochen war nichts. Wahrscheinlich gehörte das spurenfreie Verprügeln von Verdächtigen zum Stundenplan der Polizeiakademien. Mit Pflaster verarztete ich die Wunden.

Jetzt konnte die Durchsicht der Akten nicht mehr auf die lange Bank geschoben werden. Ich holte sie aus dem Versteck, setzte mich in den Sessel und versuchte die Kopfschmerzen zu ignorieren.

Barbaras Akte enthüllte auf den ersten Blick keine Neuigkeiten. An die Rekonstruktion des Tathergangs, die sich in nichts von den Zeitungsberichten unterschied, schloss sich das Protokoll einer Befragung Zollners an, das aber auch keine neuen Erkenntnisse lieferte. Auf der letzten Seite des Berichts fand ich die lakonische Feststellung »Die Ermittlungen dauern an«.

Das war wesentlich weniger, als ich erwartet hatte. Auch in Koflers Fall konnte die Polizei weder Verdächtige noch ein mögliches Tatmotiv vorweisen. Doch halt! In einem Nebensatz wurde ein Zettel mit der Aufschrift »Die Sklaven sollen dienen (Al.II.58)« erwähnt. Ich blätterte weiter und erfuhr, dass man den Papierfetzen neben Koflers Leiche gefunden hatte. Das Zitat wurde als Teil des Thelemitischen Manifests von Aleister Crowley identifiziert. Man könne daraus ein Interesse des Opfers an okkultem Schrifttum ableiten.

Ich lehnte mich zurück und ordnete meine Gedanken. Soweit ich mich erinnern konnte, hatte ich in Koflers Zimmer kein esoterisches Buch gesehen. Auch der Fundort der Notiz stimmte mich nachdenklich. Wie war der Zettel neben die Leiche gelangt?

Es gab mehrere Möglichkeiten: Entweder hatte Kofler das Papierstück in der Hand gehalten oder es war in seiner Hosen- beziehungsweise Jackentasche verstaut gewesen. Als der Killer dann mit dem Messer hantierte, fiel der Wisch auf den Boden. Oder der Zettel stammte vom

Mörder. Die erste Möglichkeit hielt ich für unwahrscheinlich. Mit der zweiten Erklärung konnte ich mich mehr anfreunden. Wenn man davon ausging, dass der Mörder den Zettel beim Opfer hinterlassen hatte, konnte das zunächst einmal aus Unaufmerksamkeit geschehen sein. Vielleicht hatte es einen Kampf gegeben. Dabei war dem Angreifer der Fetzen aus der Tasche gefallen. Der Mörder war geflohen und hatte seinen Fauxpas nicht bemerkt. Man konnte die Geschichte aber auch anders auffassen. Kofler war Mitglied der obskuren Satanistengruppe. Auf einmal hatte er die Nase voll, Gräber zu schänden und Sechs-Sechs-Sechs auf Häuserwände zu schmieren. Er drohte mit Ausstieg. Sein Guru fürchtete die Aufdeckung der nächtlichen Umtriebe und schickte ihn kurzerhand in die Hölle. Dafür sprach Koflers Tätigkeit als Chefredakteur der Schülerzeitung. Mit einer Story über die Teufelssekte konnte er den großen Knüller landen. Wenn diese These der Wahrheit entsprach, stellte der Zettel eine Warnung an die anderen Satansbrüder dar.

Ich beschloss, diesen Gedanken weiterzuverfolgen. Es konnte nicht schaden, mich anlässlich des Treffens heute Abend an Andreas' Fersen zu heften.

Als ich mein Handy zücken wollte, fiel mir wieder ein, dass Vorsicht die Mutter der Porzellankiste war. Privatdetektive – zumindest die, die verdeckt arbeiten mussten – gehörten wahrscheinlich nicht zur Top-Klientel der Handybranche.

Ich begab mich also nach Buldern und stellte fest, dass dort noch nicht die Sitte Einzug gehalten hatte, Telefonzellen ihrem ursprünglichen Verwendungszweck zu entfremden und als Objekt blinder Zerstörungswut zu missbrauchen, denn auch der Apparat neben dem Tante-Emma-Laden war intakt. Ich drehte eine Zigarette, während ich der meditativen Melancholie des Freizeichens lauschte.

»Andreas Stegemann.«

»Habe ich dich von der Toilette geholt? Das hat ja ewig gedauert.«

»Gut, dass du anrufst. Heute Abend ist es so weit. Meinst du nicht, dass unser Plan ziemlich gefährlich ist?«

»Um in diesem Business etwas zu erreichen, muss man Risiken eingehen. Aber keine Angst. Um deine Sicherheit zu gewährleisten, werde ich dir nachfahren. Wo und wann findet das Meeting statt?«

»Genau weiß ich das nicht. Ich habe mit Julius Koppe gesprochen. Kennst du ihn?«

»Mehr als mir lieb ist. Was hat er mit der Sekte zu tun?«

»Er hat früher in einer Band satanische Texte gesungen. Das war im frommen Buldern nicht so gern gesehen. Pfarrer Wilpert wollte sie aus dem Jugendkeller werfen, und der Tankstellenbesitzer hat Julius mit der Kündigung gedroht. Da hat er sich rausgeredet, von wegen, er könnte kein Englisch und hätte die Texte aus Büchern abgeschrieben. Julius gilt nicht grad als der Intelligenteste, deshalb hat man ihm geglaubt. Jetzt singt er über Asylantendiskriminierung und kehrt den Sozialen heraus.

Ich hab ihm gesagt, ich hätte von der satanistischen Vereinigung gehört und hätte großes Interesse, mal dabei zu sein. Er schien sofort Feuer und Flamme zu sein und hat mir angeboten, dass Heiner Bombeck, der Schlagzeuger in seiner Band, mich heute zu einer kleinen Zeremonie mitnehmen könnte. Um acht Uhr soll Heiner mich abholen.«

»Das passt mir ausgezeichnet. Ich werde euch hinterherfahren.«

»Mir fällt eine Zentnerlast von der Seele.«

»Bis dann.«

»Alles klar.«

Er legte auf, ich legte auf. Dabei bemerkte ich, dass ich vergessen hatte, die Zigarette anzuzünden. Ich zog das Feuerzeug aus der Hosentasche, holte das Versäumte nach und inhalierte genüsslich. Ich trat ins Freie und überlegte, womit ich die Zeit bis zum Abend totschlagen konnte. Eigentlich durfte ich mir nach dem anstrengenden Vormittag ruhig ein oder zwei Bierchen genehmigen. Ich warf einen Blick in mein Portemonnaie, um die aktuelle Finanzlage zu begutachten. Ich konnte mich nicht erinnern, die letzten Tage in verschwenderischem Luxus verbracht zu haben, dennoch tendierte meine Barschaft stark gegen null. Ganze sieben Euro vierzig warteten darauf, den Besitzer zu wechseln.

Im Geiste überschlug ich alle möglichen Geldquellen. Die Bank hatte heute Nachmittag geschlossen. Karin? Wenn ich jemals mehr als nur ihren Rücken streicheln wollte, durfte ich ihre Geduld nicht überstrapazieren. Wilpert? Selbst wenn der Papst von Buldern die Spendierhosen anhätte, würden bei einem Bittgesuch kaum mehr als fünf Euro herausspringen. Eher bediente er selber die Orgel. Blieb Rudolph. Das war im Grunde genommen eine gute Idee. Ich hatte noch keinerlei Bericht über den aktuellen Ermittlungsstand erstattet.

Eine Viertelstunde später hatte ich meinen Wagen vor Rudolphs Haus und meinen Hintern auf Rudolphs Fauteuil geparkt. Der Doktor entschuldigte seine Frau, die die Praxis hüten musste.

»Schießen Sie los, Herr Nannen, die Patienten rufen.«

Gernot zündete sich eine Zigarette an und bemerkte meinen verdutzten Gesichtsausdruck.

»Ich hoffe, es macht Ihnen nichts aus, dass ich rauche. Seit Barbaras Tod fröne ich wieder dem alten Laster. Die nervliche Belastung in der letzten Zeit war zu groß für mich«, seufzte er niedergeschlagen.

»Ich habe eine viel versprechende Spur. Zuerst hatte ich Frau Zollner-Knittel im Verdacht, doch für den Mord an Jens Kofler, der zweifellos mit dem an Ihrer Tochter in Zusammenhang steht, hat sie ein wasserdichtes Alibi ...«

»Was ist denn Ihre viel versprechende Spur?«, unterbrach er mich ungeduldig.

»Fünf Minuten müssen Sie mir schon geben.«

Rudolph blickte auf seine Armbanduhr. »Entschuldigen Sie meine Ungeduld, aber zwanzig Patienten warten darauf, von mir untersucht zu werden. Sie können besser am Wochenende vorbeikommen und ausführlich berichten. Dann habe ich mehr Zeit als im Moment. Brauchen Sie Geld? Sie hatten bestimmt Auslagen.«

Zum Glück kam er von selbst auf diesen Punkt zu sprechen. Das ersparte mir die Entwicklung einer ausgeklügelten Anpumpstrategie.

»In der Tat bin ich im Augenblick nicht so ganz flüssig. Man muss die Zeugen häufig mit einer kleinen Spende zum Sprechen bringen.«

Rudolph zückte seine Brieftasche und drückte mir einige reichlich zerknitterte Scheine in die Hand.

»Hier haben Sie dreihundert Euro. Das müsste für die nächsten Tage reichen. Und jetzt entschuldigen Sie mich bitte.«

Wir verließen das Wohnzimmer; er begab sich zur Praxis, ich mich zum Wagen. Jetzt hatte ich mir mein Bier redlich verdient. Ich sprang in die nächstbeste Kneipe, obwohl der Name Zum Goldenen Ochsen nicht gerade den Himmel auf Erden verhieß. Die drei Bierchen schmeckten trotzdem fantastisch. Ich wollte gerade Bier Nummer vier ordern, als ich zufällig einen Blick auf die Armbanduhr warf. Ich knallte einen Fünfer auf die Theke und hastete zum Auto. Den Weg nach Dülmen legte ich unter Übertretung sämtlicher Vorschriften der Straßenverkehrsordnung zurück.

Im Zielgebiet angekommen, parkte ich den Golf zwei Häuser von Stegemanns Bungalow entfernt. Ich musste nur eine Zigarettenlänge warten, bis sich ein klappriger Renault die Straße entlangschob.

Heiner stieg aus und steuerte auf Stegemanns Haustür zu. Bevor er klingeln konnte, öffnete sich diese und Andreas trat heraus. Er war vom Scheitel bis zur Sohle schwarz gekleidet. In der Dämmerung war nur sein kreidebleiches Gesicht deutlich erkennbar. Entweder verursachte panische Angst seine ungesunde Gesichtsfarbe oder er war schlau genug gewesen, sich dem Anlass entsprechend zu schminken. Wahrscheinlich traf beides zu.

Beide stiegen in den Polo und meine erste Verfolgungsjagd nahm ihren Anfang. Zum Glück waren die Straßen so gut wie leer, sonst hätte ich den schlecht beleuchteten Wagen aus den Augen verloren. Bald darauf hatten wir Dülmen hinter uns gelassen und fuhren auf eine Landstraße in Richtung Münster.

Der Tag war wohl zu anstrengend für mich gewesen, denn auf einmal war Bombecks Auto verschwunden. Wahrscheinlich war ich halb eingedöst, während der Drummer abgebogen war. Ich wendete und suchte nach potenziellen Abbiegemöglichkeiten. Bald wurde ich fündig. Nicht weit vom Wendepunkt entfernt ging ein Feldweg von der Landstraße ab, der entweder zu Hänsel und Gretels Hexenhaus oder zu konspirativen Satanistentagungen führen musste.

Oft befahren wurde diese Straße nicht; Holundersträucher wuchsen von beiden Seiten auf die Straßenmitte zu. Auch die Streuung von Schlaglöchern befand sich erheblich über dem bundesdeutschen Durchschnitt, wie die ständigen Auf-und-ab-Bewegungen meines Gesäßes bewiesen.

Mit einem Mal verbreiterte sich der Weg. Von weitem sah ich eine Lichtung, auf der eine große Scheune stand. Davor parkten einige Wagen, darunter auch der Renault. Ich fuhr rückwärts in einen schmalen Waldweg, der zum einen von der Scheune nicht eingesehen werden konnte, zum anderen eine schnelle Flucht ermöglichte. Danach schlich ich zum Gebäude. An der Scheune angekommen lehnte ich den Kopf ans Tor und lauschte. Nichts zu hören.

Als ich in Erwägung zog, die Tür leise zu öffnen, ließ ein ohrenbetäubender Lärm die Erde beben. *»In the name of Satan, we'll achieve our goal, with the blessings of Hades, we'll outlive our role.«* Das war ein Song von Venom aus ihren frühen Tagen, In Nomine Satanas. Zu der Zeit, das musste so 81/82 gewesen sein, hatten die drei Jungs aus Newcastle noch richtig gute Musik gemacht.

Plötzlich rüttelte jemand an der Innenseite der Scheunentür. Ich nahm die Beine in die Hand und versteckte mich hinter einem Auto. Eine schwarze Kutte trat ins Freie. Nachdem die Person ihre Kippe auf dem Boden ausgetreten hatte, blieb sie vor der Tür stehen. Wie es aussah, waren die Lauschversuche für den heutigen Abend beendet.

Auf dem Rückweg nahm ich mir vor, diese geglückte Aktion schnell aus dem Gedächtnis zu streichen.

26

Am nächsten Tag war ich bereits um acht Uhr unter den Lebenden. Ich hatte den Wecker am Vorabend nicht eingeschaltet, da ich hier ohnehin jeden Morgen um spätestens neun Uhr aufwachte. Bis vor genau neun Tagen – meiner Ankunft in Buldern – hatte ich nie die geringsten Probleme damit gehabt, bis mittags zu schlafen.

Heute war das frühe Erwachen doppelt unangenehm, denn mein Kopf war nicht nur unausgeschlafen, sondern auch noch vollkommen leer. Die gestrige Verfolgung hätte ich mir sparen können. Okay, ich wusste jetzt, dass die Satanssekte existierte, aber außer einer Scheunenwand und einer schwarzen Kutte hatte ich nichts gesehen.

Jetzt weiter über die Morde nachzudenken war zwecklos, denn ich war zu keinem vernünftigen Gedanken fähig. Vielleicht würde etwas körperliche Anstrengung den Geist beflügeln. Ich zog Arbeitsklamotten über, schlüpfte in Gummistiefel, krallte mir Schubkarre und Mistgabel und schuftete im Stall, um Wilpert ein sauberes Zuhause zu bereiten.

Man müsste ein Schwein sein, was bei den enormen Fortschritten in der Gentechnik doch eine Leichtigkeit sein dürfte. Die einzige Aufgabe dieser Tiere bestand in der Suche nach Essbarem. Schlafen, fressen und sonst nichts, das wäre ein Leben. Keine toten Schüler, keine Geldsorgen, keine Tritte von beförderungsgeilen grünen Affen.

Nachdem ich meinen schweißverklebten Körper mit Hilfe einer kalten Dusche wieder in den wundervoll duftenden Body eines gut aussehenden Schnüfflers verwandelt hatte, war ich für weitere Taten gerüstet. Ich düste nach Dülmen, frühstückte in einer Pommesbude Frikadelle, Kartoffelsalat und Bier und tankte den Wagen voll.

Da ich nichts Besseres zu tun hatte, fuhr ich zum Martin-Heidegger-Gymnasium. Meinen Golf stellte ich auf dem Lehrerparkplatz ab. »Reserviert für Dr. Grimme« war auf einem Schild zu lesen. Wenn er bis jetzt nicht aufgetaucht war, würde er wohl auch nicht mehr erscheinen.

Um auf den Pausenhof zu gelangen, musste ich das Schulgebäude durchqueren. Es handelte sich um einen neumodischen Betonklotz mit zwei Stockwerken, in dem sich Klassenzimmer an Klassenzimmer reihte. Die Flure rochen nach Bohnerwachs und dem Angstschweiß gepeinigter Eleven, auf dem Schulhof hielten sich nur einige Pausenbrotreste vertilgende Spatzen auf. Eine schrille Klingel ertönte. Innerhalb kürzester Zeit bevölkerten Heerscharen von Akademikern in spe das Gelände. Spektakuläre Sätze wie »Die Susanne hat die Eins nur gekriegt, weil sie die Bluse so weit aufgeknöpft hat« oder »Warum musste er gerade mich erwischen, der Rolf hat viel mehr abgeschrieben« drangen an meine Ohren.

Während ich angestrengt nach Andreas Ausschau hielt, tippte mir jemand von hinten auf die Schulter. Ich drehte mich um und erblickte ein brünettes Mädchen mit Girlie-Look und nicht zu verachtender Figur. Wenn ich Lehrer wäre und sie säße in der ersten Reihe und verhielte sich wie die eben beschriebene Susanne, würde ich auch nur Einser in ihr Notenheft schreiben.

»Sind Sie der neue Englischlehrer?«

»Ja. Nächsten Monat fange ich an und will mir vorab einen Überblick verschaffen.«

»Bei Ihren Unterrichtsstunden werde ich nie fehlen. Geben Sie private Nachhilfe, wenn einer Ihrer Schüler Probleme mit der englischen Sprache hat?«

»Kommt auf den Schüler an.«

»Und in meinem Fall?«

Ich musterte sie von oben bis unten in eindeutiger Art und Weise. Zweifellos war sie das gewohnt.

»Das ließe sich einrichten, aber ich gebe Nachhilfeunterricht prinzipiell nur abends.«

»Genau meine Zeit. Ich heiße Eva Öhlens.«

»Ich suche einen gewissen Andreas Stegemann. Weißt du, wo er sich aufhält?«

»Na klar, in der Raucherecke.« Sie deutete mit dem Zeigefinger auf eine Gruppe von Leuten, die in ihrer gemeinsamen Rauchwolke eingehüllt waren.

Ich ließ sie stehen und kämpfte mich durch die Nebelwand.

»Guten Tag, Herr Stegemann. Zeit für ein kurzes Gespräch?«

Andreas schaute mich verdutzt an. Ich zog ihn aus der Lungenkrebskolonie.

»Hier kann ich schlecht reden.«

»Wann können wir uns treffen?«

»Wie wär's mit heute Nachmittag um vier?«

»Abgemacht. Im Café vom Samstag?«

»Einverstanden.«

Sofort war er wieder im Dunstschleier verschwunden. Ich steckte mir ebenfalls eine Zigarette an und machte mich davon. Im Gebäude wurde ich vom Hausmeister darauf hingewiesen, dass dort das Rauchen verboten war. Ich warf die Zigarette auf den Boden, zermalmte sie mit dem Absatz und verließ die Stätte des Wissens.

Zu Hause haute ich mich aufs Ohr. Wenn ich schon morgens nicht schlafen konnte, klappte es vielleicht um diese Zeit. Tat es nicht. Eine Stunde wälzte ich mich vergeblich im Bett herum. Gegen zwei verließ ich die zerwühlte Schlafstätte, feuerte den Ofen an und brühte einen Kaffee auf, in dem der Löffel stecken blieb. Beim Genuss der schwarzen Suppe ging ich noch einmal die Polizeiprotokolle durch, entdeckte aber nichts Neues. Endlich hatte sich der Minutenzeiger auf der Uhr so weit vorgearbeitet, dass ich aufbrechen konnte.

Als ich das Café betrat, saß Andreas bereits an einem Tisch. Wir waren die einzigen Gäste. Stegemann hatte ein Mineralwasser vor sich stehen, ich orderte einen Espresso.

»Du lieber Himmel, was ist denn mit deinem Gesicht passiert?«

»Nicht der Rede wert. Mich hat eine Kuh getreten, als ich ihr Milch abzapfen wollte. Kommen wir zur Sache. Was hat sich gestern Abend ereignet? Das ist zwar dein Teil der Story, aber ich muss mich mit dir abstimmen, damit wir doppelte Recherchen vermeiden.«

»Ich hatte bisher noch keine Zeit, an der Reportage zu arbeiten.«

»Nicht tragisch. Erzähl einfach, was vorgefallen ist.«

»Heiner hat mich abgeholt und wir sind zu einer Scheune gefahren. Ich hab gar nicht bemerkt, dass du hinter uns warst.«

»So muss es auch sein. Was geschah danach?«

»Wir sind in die Scheune gegangen. In einem Vorraum musste ich mich bis auf die Unterhose ausziehen und eine schwarze Kutte umhängen. Dann haben wir die eigentliche Halle betreten. Das war vielleicht unheimlich, kann ich dir sagen. Die Wände waren pechschwarz, der Boden auch, eigentlich war alles schwarz. Die einzige Lichtquelle bildeten etwa dreißig Kerzen. Die Mitglieder, die wie ich eine Kutte trugen, saßen im Kreis und starrten mich an.

Keiner hat gegrüßt, obwohl ich die meisten aus der Schule kenne. Ich selbst hab auch keinen Ton rausgekriegt.«

»Kannst du mir ein paar Namen nennen?«

»Na klar. Heiner Bombeck natürlich, dann Frank Dohlen, Markus Relinghaus, Torsten Heinze, Jochen Thomzik, Bernhard Rüter und Benedikt Weimann. Außerdem waren drei Mädchen und ein Junge dabei, die ich nicht kannte.«

Ich notierte die Namen auf einer Getränkekarte.

»Sonst keiner?«

»Außer mir waren zwölf Leute da. Ach ja, den Boss hab ich vergessen, aber er hatte eine Kapuze über dem Kopf. An der Stimme konnte ich ihn auch nicht erkennen, er hat irgendwie so dumpf gesprochen. Er saß auf einer Art Thron, die anderen hockten auf dem Boden. Der Typ hat mir befohlen, ebenfalls Platz zu nehmen, was ich ohne Widerrede tat. Plötzlich senkten alle den Kopf. Dann ertönte die grässlichste Musik, die ich je gehört habe. Die war nicht nur schlecht, sondern auch noch ultralaut.«

»Das hat man bis draußen gehört. Black Metal.«

»Nach dem Lied herrschte wieder völlige Stille. Die anderen glotzten immer noch den Boden an. Der Boss hat mit dem Finger auf mich gezeigt und gefragt, wer ich bin und was ich will. Ich hab ihm meinen Namen gesagt und dass ich Mitglied werden will. Dann hat er mich gefragt, ob ich überzeugter Satanist bin und an die Schriften eines gewissen Crowley glaube. Kennst du den?«

»Aleister Crowley. Das große Vorbild aller Teufelsbeschwörer. Die Meinungen über ihn sind geteilt. Viele sehen in ihm nur einen heroinsüchtigen Schwarzmagier und einen sexuell degenerierten Sadisten schlimmsten Ausmaßes. Andere halten ihn für den bedeutendsten Satanisten des Jahrhunderts.«

»Na großartig. Ich hab jedenfalls noch nie von ihm gehört, geschweige denn gelesen. Dem Boss hab ich natürlich gesagt, dass ich an Crowley glaube. Darauf meinte er, dass die Gruppe keine halbherzigen Mitglieder brauchen kann. Entweder man ist eine tiefschwarze Seele oder man hat dort nichts verloren. Lügen oder Verrat würden nicht geduldet und schwer bestraft. Mein Gott, ich hab mir vor Angst fast in die Hose gemacht.«

»Was geschah weiter?«, unterbrach ich ihn, bevor er zu heulen anfing.

»Erst mal nichts. Alle saßen nur mit gesenktem Kopf da und haben kein Wort geredet. Dann klatschte der Boss dreimal in die Hände und alle gingen nacheinander zu ihm. Sie haben sich vor ihn gekniet, seine Hand geküsst, als wär er der Papst, ihm fünfzig Euro gegeben und dafür irgendwelche Pillen gekriegt. Als jeder sein Quantum hatte, hat er mich zu sich herübergewunken. Er hat mir einen Zettel in die Hand gedrückt und mir mitgeteilt, dass Freitagnacht die Aufnahmezeremonie stattfindet. Dazu müsste ich diesen Text auswendig lernen.«

Andreas zog ein maschinenbeschriebenes Blatt Papier aus der Tasche und reichte es mir. Ich fing an zu lesen. Das typische 666-Gesülze: Ich glaube an Satan, ich hasse Gott und alle Christen und so weiter. Ich gab ihm den Wisch zurück.

»Dann hat er mir befohlen zu gehen, da ich erst ab Freitag Teil der Gruppe sein würde und an der jetzt folgenden Beschwörung nicht teilnehmen dürfte. War mir ganz Recht. Bombeck ist dageblieben. Also bin ich raus, hab gemacht, dass ich in meine normalen Klamotten komme, und durfte dann zu Fuß zurück. Dich oder deinen Wagen habe ich nicht gesehen. Du hast dich gut versteckt.«

»Gelernt ist gelernt. Du bist also direkt nach Hause gegangen?«

»Na klar. Für den Abend hat's mir gereicht!«

»Hervorragende Arbeit«, schmierte ich ihm Honig ums Maul. »Wann beginnt die Zeremonie?«

»Mitternacht.«

»Viel Glück.«

»Danke, das kann ich brauchen. Jetzt muss ich aber los, ich ruf Samstag wieder an.«

Stegemann stand auf und kramte in seiner Hosentasche nach Geld. Ich bedeutete ihm, dass ich die Zeche übernehmen würde. Er bedankte sich, bildete mit den Fingern ein V und verließ das Lokal. Ich blieb sitzen und bestellte noch einen Espresso; der erste hatte mich auf den Geschmack gebracht. Nachdem ich eine Zigarette gedreht und angezündet hatte, dachte ich über die neuen Infos nach.

Alles deutete zunächst auf eine harmlose Vereinigung gelangweilter Dorfteenies hin: die Kutten, Black-Metal-Musik und das Auswendiglernen von Crowley-Texten. Überhaupt nicht ins Bild passten die fünfzig Euro, die jedes Mitglied dem Kapuzenmann gegeben hatte. Wenn man davon ausging, dass sich die Satansjünger etwa sechs- bis siebenmal im Monat trafen und dabei Pillen einwarfen, die mit Sicherheit kein Arzt verschreibt, käme für den Boss eine ganze Stange Geld zusammen, pro Treffen über fünfhundert Schleifen. Da die Herstellung synthetischer Drogen spottbillig war, blieb für den Fürsten der Dunkelheit ganz schön was hängen.

Gelangweilte Dorfjugendliche waren für ein solches Geschäft sicher eine dankbare Zielgruppe. Vielleicht waren Barbara und Jens hinter die wahren Absichten des Meisters gekommen. Er fürchtete das Versiegen seiner profitablen Geldquelle und beförderte sie ins Jenseits.

Wenn meine Vermutungen nur annähernd der Realität entsprachen, war der Sektenführer zum einen ein gerissener Hund und zum anderen gefährlich. Meine Theorie stand zwar auf wackligen Füßen, aber es konnte nicht schaden, diese Spur zu verfolgen.

Ich kippte den letzten Schluck Espresso hinunter und beschloss, heute Nacht die Scheune unter die Lupe zu nehmen. Wenn ich es geschafft hatte, in eine Polizeiwache einzubrechen, war eine leer stehende Scheune ein Kinderspiel. Ich zahlte und jettete heimwärts.

27

Nachdem ich das Getier versorgt hatte, tauschte ich meine Schnüfflerkluft gegen Sportklamotten und ging eine halbe Stunde joggen. Ich wunderte mich über meine Kondition, denn bei meiner Qualmerei hatte ich mir keine zehn Minuten gegeben. Ausgepumpt und schweißverklebt machte ich fünfzig Liegestütze auf der Wiese hinter dem Haus und zwanzig Klimmzüge an der Teppichstange, beides mit reichlich Pausen zwischendurch. Dann vertrieb ich den Schweiß mit einer Dusche. Jetzt konnte ich ruhigen Gewissens die Flasche Bier köpfen, die ich vor dem Wald- und Wiesenlauf in kaltes Wasser gelegt hatte. Nachdem der Gerstensaft innerhalb von zwanzig Sekunden im Innern meines Körpers verschwunden war, schlüpfte ich in das einladend aussehende Bett und stellte den Wecker auf Mitternacht.

Ich war von mehreren hundert Leuten umringt, die

mir zujubelten, und wollte gerade dem vermummten Satanistenkönig die Kapuze vom Kopf reißen, als der Wecker läutete. Nachdem mir klar geworden war, dass ich im Bett lag und nicht inmitten einer tobenden Menge stand, sprang ich aus den Federn.

Ich traf die gleichen Vorbereitungen wie beim letzten Einbruch. Ich meisterte den Waldweg erneut ohne Achsenbruch, versteckte den Wagen an derselben Stelle und schlich zur Scheune. Sie präsentierte sich so, wie ich es erwartet hatte: dunkel und verlassen. Nachdem ich mich überzeugt hatte, dass mich diesmal kein Penner überraschen konnte, knackte ich das Schloss in gewohnt souveräner Manier. Die Scheune hatte im Gegensatz zur Bullenwache den Vorteil, dass sie über keine Fenster verfügte. So konnte ich das Gebäudeinnere ungeniert mit der Taschenlampe erkunden.

Der Vorraum bot nichts Aufsehenerregendes. Die Kutten waren sorgfältig auf Kleiderbügel gehängt. Ich durchforstete die Taschen; sie waren alle leer. Mir gegenüber lag die Tür, die in den Hauptsaal führen musste. Beim Öffnen knarrte sie leicht. Als ich in die heilige Stätte der Teufelsbeschwörer eindrang, schlug mir der Geruch von abgebrannten Kerzen entgegen. Der etwa hundert Quadratmeter große Versammlungsraum entsprach Stegemanns Beschreibung. Die Wände waren schwarz gestrichen und der Boden von billigen Teppichstücken bedeckt. Die einzigen Einrichtungsgegenstände waren die Kerzen und ein Stuhl, über den eine rote Decke drapiert war. Der Thron des Meisters.

Ich leuchtete nach oben. Über diesem Saal musste sich ein weiterer Raum befinden, denn die Decke war eben, wohingegen die Scheune ein Giebeldach hatte. Ich ließ den Strahl der Taschenlampe über die gesamte Fläche streifen, konnte aber keine Luke entdecken. Ich ging nach draußen und um die Scheune herum. Auf der Rückseite des Gebäudes wurde ich fündig; sogar eine Leiter lehnte an der Wand. Ich erklomm die Sprossen, öffnete eine kleine Tür und kroch vorsichtig in die Dachkammer. Als ich hineinleuchtete, traten einige Ratten und Mäuse ihre Flucht an. Außer Kondomen und Bierdosen war nichts zu sehen. Mit etwas mehr Pech wäre ich auf ein Liebespaar gestoßen. Wer sich dieses Loch zum Bumsen aussuchte, musste es wirklich nötig haben. Der ganze Raum stank vor Dreck und das Stroh war mindestens hundert Jahre alt. Außerdem konnte ich mir ein erotisches Hocherlebnis zu Rattengequieke nur schwer vorstellen. Aber das sollte mir egal sein, denn das romantische Liebesnest bot mir die Chance, das morgige Treffen zu belauschen.

Ich kehrte zu Mutter Erde zurück und verschloss das Scheunentor von außen.

Den nächsten Tag nutzte ich zum Faulenzen und Einkaufen. Ich schnappte mir einen klapprigen Liegestuhl und döste den Vormittag über im Garten. Am Nachmittag besorgte ich Essbares für mich und Wilpert. Außerdem fuhr ich zum Waschsalon, da mein Vorrat an sauberen Anziehsachen beträchtlich geschrumpft war. Gegen Abend überlegte ich, ob ich bei Karin vorbeischauen sollte, entschied mich aber dagegen. Heute Nacht benötigte ich meine volle Konzentration, und niemand wusste, was bei Schumann passieren konnte. Stattdessen kramte ich in Onkel Hugos Bücherregal. Entsetzt musste ich feststellen, dass er sogar Krimis von Agatha Christie besaß!

»Wer ist der Mörder, Miss Marple?« – »Charles McIntre natürlich!« Entsetzen lähmte die Runde, jeder hatte mit John Fitzgerald gerechnet. »Wer soll das denn sein?« – »Der tauchte

am Anfang des Buches auf und kaufte Blumen.« – »Und daher wussten Sie, Miss Marple, dass er der Mörder ist?« – »Na klar, sonst hätte er Nelken und keine Tulpen gewählt.« – »Ja sicher, warum bin ich nicht selbst darauf gekommen.«

Wenn schon Krimi, dann lieber Chandler oder Burke.

Schließlich wählte ich den Steppenwolf von Hermann Hesse und ließ mich damit vor dem kalten Kamin nieder.

Um acht Uhr stand ich auf und machte mich reisefertig. Das Treffen sollte zwar erst um Mitternacht stattfinden, aber vielleicht gab's ja auch überpünktliche Satansbrüder.

An der Scheune begegnete ich weder einem Kuttenträger, noch flogen Hexen auf Besen durch die Lüfte. Ich erklomm die Leiter, erschreckte zum zweiten Mal innerhalb vierundzwanzig Stunden die Ratten und machte es mir auf einer spermafreien Stelle bequem. Dann passierte lange Zeit gar nichts.

Ich war halb eingedöst, als mich Motorengeräusche hochschrecken ließen. Die Brut traf ein und einige der Teufelsanbeter schienen betrunken zu sein. Kurze Zeit darauf konnte ich durch die Balkenritzen erkennen, dass die Kerzen angesteckt wurden. Jetzt bekam ich auch Satzfetzen mit: »Ist Stegemann noch nicht da?« – »Der Blödmann. Ich weiß gar nicht, was der hier will. Ich glaube, der rennt noch jeden Sonntag in die Kirche.« – »Der Boss wird schon wissen, was richtig ist, meinst du nicht?« – »Ja sicher, aber den doofen Stegemann hätte er nun wirklich nicht …« – »Psst, da kommt der Scheißer.« Ich schaute auf die Uhr, es war kurz nach halb zwölf. Jetzt war alles ruhig. Nur ab und zu hörte ich ein Husten und Räuspern. Sie mussten gehörigen Respekt vor ihrem Herrscher haben.

Der große Nachteil meines Stützpunktes war, dass ich zwar alles hören, aber fast nichts sehen konnte. Blieb mir nur zu hoffen, dass das momentan vorherrschende Schweigen nicht bis zum Ende des Treffens beibehalten wurde. Kaum hatte ich diesen Gedanken zu Ende gesponnen, hörte ich eine laute Stimme »Hail Satan!« rufen und alle Anwesenden spielten lauthals Echo. Der Boss war eingetroffen. Kurz darauf ließ Lärm nach Noten das Gebäude erzittern. Diesmal erkannte ich den Song, ein Stück von der ersten Marduk.

Plötzlich stoppte die Musik und der Chef verkündete, dass die Einweihungszeremonie begänne. Er befahl Andreas, sich vollständig zu entkleiden und den Crowley-Text herunterzubeten. Es dauerte eine ganze Weile, bis Stegemann loslegte, woraus ich messerscharf schloss, dass er sich wohl zuerst geziert hatte, die Hüllen fallen zu lassen. Den Text rezitierte er ohne Probleme, wenn auch mit zittriger Stimme. Dann hörte ich, wie der Boss nach einem Messer fragte. Danach standen Leute auf und setzten sich wieder. »Du heißt fortan nicht mehr Andreas, sondern Hades. Der allmächtige Satan begrüßt seinen neuen Gefolgsmann. Du bist verpflichtet, ihm bis an dein Lebensende zu dienen und seine Gesetze zu befolgen. Verrat wird mit dem Tode bestraft. Du darfst kein Wort darüber verlieren, dass du zu seiner Gefolgschaft gehörst, kein Wort, verstehst du. Auch nicht über die Treffen!« Entweder antwortete Andreas beziehungsweise Hades nicht, oder er sprach so leise, dass ich ihn nicht hören konnte. Zu gern hätte ich gewusst, was die Satanisten da mit ihm anstellten.

Nachdem der Boss seinen Sermon abgelassen hatte, wurde dreimal in die Hände geklatscht, und wieder standen Leute auf und setzten sich. Jetzt war wohl der Zeitpunkt gekommen, seinen Obolus zu entrichten. Nach einer Viertelstunde wurde erneut die Musik eingeschaltet und erstarb erst um halb drei. Danach war offenbar Aufbruch angesagt, denn Türen wurden auf- und zugeschlagen; bald darauf schien auch das Kerzenlicht nicht mehr durch die Bretterspalten. Ich hörte die Autos wegfahren, wartete eine halbe Stunde und verließ meinen Lauschposten.

Unten war alles verlassen. Der Rückweg gestaltete sich ereignislos, und ich war froh, als ich endlich im Bett lag. Mit der deprimierenden Erkenntnis, dass sowohl der erste als auch der zweite Besuch der Scheune nichts eingebracht hatten, schlief ich ein.

28

Die zwei nächtlichen Expeditionen hatten das Unmögliche eintreten lassen: Ich schlummerte bis um elf. Nachdem ich in frisch gewaschene Sachen geschlüpft war, trat ich ins Freie, um den Tag zu begrüßen. Wenn ich die Wolken am Himmel richtig interpretierte, würde es heute regnen. Ich fuhr nach Buldern. Es konnte nicht schaden, eine Mahlzeit einzuwerfen, denn fett geworden war ich hier beileibe nicht. Ganz im Gegenteil: Wenn die Waage im Badezimmer nicht nachging, hatte ich drei Kilo abgenommen.

In der Frittenbude des Ortes genehmigte ich mir ein Jägerschnitzel mit Pommes frites und Krautsalat. Dann fuhr ich zu dem kleinen Park nahe der Kirche und schaute den Spatzen und Amseln zu. Der Glockenschlag des Bulderner Doms rief mir ins Gedächtnis, dass ich morgen einen Auftritt im Gottesdienst hatte, auf den ich mich ungemein freute.

Nach einer Zeit der Muße erinnerte ich mich wieder an meine Pflichten. Ich besuchte eine Telefonzelle und rief bei Stegemann an. Er war sofort am Apparat.

»Ich mach nicht mehr mit!«

Auf meine Frage nach dem Grund antwortete er, dass die gestrige Aufnahmezeremonie das Schlimmste gewesen sei, was ihm bisher widerfahren war. Zuerst hatte er sich nackt ausziehen müssen, dann den blöden Text aufsagen – so viel wusste ich ja schon –, und zum Schluss hatte ihm jedes Mitglied per Messer eine Wunde zugefügt.

Das also hatte ich nicht mitbekommen.

»Mir tut alles weh. An sämtlichen Körperteilen haben die mit dem Messer rumgewerkelt.«

»Wenn du jetzt abspringst, verzichtest du auf die Chance, in einer überregionalen Zeitung Artikel zu veröffentlichen.«

»Ist mir egal. Ich geh da nicht mehr hin.«

Dieser kleine Hosenscheißer. Wahrscheinlich hatte er sich schon bei Mama ausgeweint. Ich konnte mir nicht vorstellen, dass die Satansjünger ihm ernsthafte Verletzungen zugefügt hatten. Aber es half alles nichts, ich hatte meinen Spitzel verloren.

Mit dem Befehl, niemandem von unserer Verbindung zu erzählen, hängte ich ein.

Jetzt war guter Rat teuer. Andreas war mein einziger Trumpf gewesen, wenn auch ein schlechter.

Das Einzige, was Stegemann mir vermacht hatte, waren die Namen einiger Mitglieder. Um zu brauchbaren Ergebnissen zu gelangen, musste ich mir die Leute selbst vorknöpfen.

Ich trug das gleiche Sakko wie beim Gespräch mit

Andreas im Café, ergo steckte die Getränkekarte in der Innentasche. Mit Hilfe des Dülmener Telefonbuchs versuchte ich, die Rufnummern und Adressen der gesuchten Personen herauszufinden. Frank Dohlen, Markus Relinghaus und Jochen Thomzik stellten kein Problem dar; es gab nur jeweils eine Familie mit diesem Nachnamen. Unter »Heinze« waren vier, unter »Rüter« sieben Familien verzeichnet. Heiner und Benedikt ließ ich außen vor, da sie meine Stimme erkennen würden. Nachdem ich alle Angaben notiert hatte, kramte ich Kleingeld aus dem Portemonnaie und fütterte den Kasten.

»Johannes Dohlen am Apparat.«

»Entschuldigen Sie bitte die Störung, Herr Dohlen, hier spricht Dr. Grimme vom Martin-Heidegger-Gymnasium. Könnte ich bitte Ihren Sohn Frank sprechen?«

»Einen Moment bitte, er mäht gerade den Rasen.«

Nach wenigen Sekunden vernahm ich, wie der Hörer wieder aufgehoben wurde.

»Frank Dohlen hier, Herr Direktor.«

»Halt's Maul, du Wichser, und pass gut auf! Wenn du nicht als Satanist geoutet werden willst, wird's teuer für dich. Ich ruf wieder an!«

Ich hängte ein. Das gleiche Spiel wiederholte ich bei Thomzik und Relinghaus. Auf die Suche nach dem richtigen Heinze und Rüter machte ich mich nicht, zum einen, weil die anderen drei sowieso allen Bescheid geben würden, zum anderen, weil ich keine Münzen mehr hatte.

Als ich aus der Telefonzelle trat, war ich überzeugt, das Richtige getan zu haben. Mit diesen Anrufen hatte ich die Satansbrüder aufgescheucht. Ich fuhr nach Hause.

Dann kam der große Regen. Ich saß über einer Tasse Instantkaffee und übertrug die Namen und Adressen fein säuberlich von der Getränkekarte ins Notizbuch.

Anschließend ging ich alle bisherigen Eintragungen, die Zeitungsausschnitte und auch die Polizeiprotokolle noch einmal durch. Das Resultat war ernüchternd. Ich konnte nur beten, dass der Mörder tatsächlich in der Teufelstruppe zu finden war, denn sonst sah es finster aus.

Ich schnappte mir das Handy. Vielleicht hatte die Lottogesellschaft angerufen, um mir mitzuteilen, dass ich drei Millionen Euro gewonnen hatte. Das war unwahrscheinlich, da ich kein Lotto spielte. Vielleicht hatte Gurkennase angerufen, um zu berichten, dass er die Schulden zurückzahlen würde. Das war genauso unwahrscheinlich, da auch er kein Lotto spielte. Vielleicht hatte Rudolph angerufen, um mir vorzuschlagen, den Tagessatz auf zehntausend Euro zu erhöhen. Er spielte bestimmt Lotto. Leider war kein Anruf in Abwesenheit verzeichnet.

Als es gegen halb neun zu regnen aufhörte, holte ich aus Langeweile den Drahtesel aus dem Schuppen und radelte zum Schumann'schen Biohof.

Karin war nicht zu Hause. Also kein Geld und keine Frau. Auf der Rückfahrt überlegte ich, ob ich nicht in ein Kloster wechseln sollte. Dort gab es warmes Wasser, Strom, Mahlzeiten und auch keine Frauen. Außerdem hätte ich sofort ein Aufgabengebiet als Dämonenjäger. Bei den Mitgliedern der Dülmener Satansenklave konnte ich meine Fähigkeiten als Exorzist unter Beweis stellen.

Zu Hause stellte ich die vier letzten vollen Bierflaschen auf den Küchentisch und füllte sie nacheinander mit frischer Landluft. Anschließend legte ich mich mit der nötigen Bettschwere zur Nachtruhe.

29

Mitten in der Nacht wurde ich durch ein außerplanmäßiges Geräusch geweckt. Ich rieb mir den Schlaf aus den Augen und lauschte angestrengt. Völlige Stille. Doch da ich jetzt schon mal wach war, konnte ich auch aufstehen und nachsehen. Leise kleidete ich mich an und schlich Richtung Küche. Draußen pfiff der Wind. Wahrscheinlich war dies der Grund für die Geräusche. Ich verfluchte meine Stromlosigkeit, wegen der ich kein Licht machen konnte, angelte mir eine Kerze und zündete sie an.

Plötzlich wurde die Tür aufgerissen und zwei vermummte Gestalten stürmten herein. Eine der beiden hatte ein Messer in der Hand.

»Du wirst sterben, Elender. Satan nimmt Rache!«

Entschlossen schritt ich rückwärts zum Kamin, während der Bewaffnete auf mich zustürzte und das Messer mit einer weit ausholenden Bewegung in meine Richtung stieß. Instinktiv sprang ich zur Seite. Ein jäher Schmerz durchzuckte meine linke Schulter und ließ mich aufschreien. Auf einmal war es unmöglich, den Arm zu bewegen, er hing nur noch schlaff am Körper herab. Das Schwein hatte mich voll erwischt.

Während der Messerstecher ausholte, um meinen Kopf vom Rumpf zu trennen, ergriff ich den Schürhaken, der am Kamin lehnte. Im Augenwinkel sah ich, wie sich sein Kumpan von der Seite an mich heranschlich, aber anscheinend hatte in dem Halbdunkel keiner bemerkt, dass ich jetzt ebenfalls bewaffnet war. Als die Klinge zum zweiten Mal auf mich zusauste, riss ich blitzschnell den Feuerhaken hoch und blockte den Stoß ab.

Damit hatte der Angreifer nicht gerechnet. Ich nutzte die Schrecksekunde und hämmerte das Kaminwerkzeug mit voller Wucht auf den Unterarm des Kontrahenten. Das Messer fiel zu Boden, und mein Gegner starrte ungläubig auf seinen Arm. Vor Schmerzen schreiend versuchte er das Messer aufzuheben. Aus verständlichen Gründen hatte ich etwas dagegen und trat ihm gegen die Kehle. Die Wucht des Trittes riss ihn herum und schleuderte ihn einen Meter nach hinten.

Da ich nur einen Arm benutzen konnte und den Feuerhaken als effektivere Waffe ansah, ließ ich das Messer auf dem Boden liegen. Niemand bewegte sich. Nach einigen Sekunden, die mir wie eine Ewigkeit vorkamen, beschloss ich zu handeln, da ich immer mehr Blut verlor. Ich behielt den Wimmernden im Auge und schritt auf den zweiten Kapuzenmann zu, der durch die Geschehnisse anscheinend paralysiert war.

Ich ließ die Eisenstange gegen seinen Schädel krachen, allerdings nur mit halber Kraft, denn töten wollte ich ihn nicht. Der Haken musste seine Wange aufgerissen haben, denn der Stoff färbte sich dunkelrot.

Als ich ihm den endgültigen Knockout verpassen wollte, sprang mich der andere von hinten an und versuchte seinen gesunden Arm um meinen Hals zu legen. Dabei stieß er gegen die verletzte Schulter, was noch stärkere Schmerzwellen durch meinen Körper jagte. Bevor er mich erwürgen konnte, duckte ich mich, ließ den Schürhaken fallen, ergriff das Messer, das zu meinen Füßen lag, drehte mich blitzschnell um und rammte das Metall in seinen Oberschenkel. Sofort ließ er los, schrie wie am Spieß und humpelte Richtung Tür.

Der andere war schon vorgekrochen und zog sich an der Türklinke hoch.

»Komm, Armageddon, wir hauen ab!«, schrie er seinem Kumpan zu.

Sie stolperten auf den Hof. Ich biss die Zähne zusammen und folgte ihnen. Wenn ich schon getötet werden sollte, dann wollte ich wenigstens wissen, von wem. Ich kam zu spät. Ein dritter Vermummter beförderte die wimmernden Verletzten in einen Ford Fiesta und raste mit heulendem Motor davon. Dabei hinterließen die Reifen tiefe Spuren auf dem regennassen Hof.

Ich inspizierte die Schulter und stellte fest, dass ich blutete wie ein Schwein. Der Arm baumelte nach wie vor ziellos herab. Ich durfte keine Zeit verlieren. Zum Glück hatte ich die Wagenschlüssel in der Hosentasche. Ich aktivierte die letzten Reserven, um zum Golf zu gelangen, schloss auf und ließ mich in den Sitz fallen. Kurz davor, ohnmächtig zu werden, startete ich den Motor, legte den Gang ein und rollte los. Gott sei Dank war der rechte Arm unversehrt geblieben, ansonsten hätte ich die Bedienungselemente per Telekinese bewegen müssen. Ich ließ meine Hand zwischen Lenkrad und Gangschaltung hin und her pendeln und raste mit Höchstgeschwindigkeit Richtung Brücken. Hätte ich unterwegs Leute überfahren, es wäre mir nicht aufgefallen.

Wie in Trance erreichte ich Rudolphs Praxis. Mit allerletzter Kraft schleppte ich mich zur Haustür und klingelte. Dann brach ich zusammen.

30

Als ich das Bewusstsein wiedererlangte, fand ich mich auf einer mit Folie überzogenen Liege wieder. Die Wände der schmalen Kammer waren weiß gestrichen. Ein Schreibtisch und zwei Stühle bildeten den Rest der Einrichtung. Plötzlich öffnete sich die Tür.

»Er ist wach.«

Das hatte ich auch schon festgestellt. Leider enthielt man sich weiterer Erklärungen. Wenig später betrat ein Mann in einem weißen Kittel das Zimmer.

»Sie machen Geschichten.«

»Helfen Sie mir. Ich weiß grad nicht, wer Sie sind.«

»Das ist nur verständlich, Sie haben eine Menge Blut verloren. Zum Glück war die Verletzung an Ihrer Schulter nicht allzu schwer. In einer Woche werden Sie wieder Hanteln stemmen können.«

Langsam kam die Erinnerung zurück. Nach dem unerwünschten Besuch in der letzten Nacht war ich zu Dr. Rudolph gefahren.

Die labilen Satansbraten hatten schnell auf meine Anrufe reagiert, allerdings nicht auf die gewünschte Art und Weise. Stellte sich nur die Frage, woher sie wussten, dass ich der geheimnisvolle Anrufer war.

Ich blickte auf meine Schulter. Sie war bandagiert und schmerzte nicht im Geringsten.

Rudolph hatte meinen Blick bemerkt.

»Ich habe Ihnen ein Schmerzmittel verabreicht. Doch ich warne Sie: In ein paar Stunden ist die Wirkung verflogen. Ich wollte Sie nicht unnötig mit Medikamenten vollpumpen. Sie sollten die nächsten Tage im Bett verbringen. Aber erzählen Sie doch erst einmal, was geschehen ist.«

Ich berichtete von dem unerfreulichen Ereignis.

»Meinen Sie nicht, dass es Zeit wird, zur Polizei zu gehen? Mit diesen Leuten ist anscheinend nicht zu spaßen. Dieser Mordanschlag ist misslungen, aber vielleicht sind sie beim nächsten Mal erfolgreicher.«

Ich sah mein Geld langsam, aber sicher den Bach herunterschwimmen.

»Ich bin der Situation vollkommen gewachsen und werde unverzüglich Präventivmaßnahmen einleiten.«

»Nun ja, wenn Sie meinen. Schließlich geht es um Ihre Haut. Wenn Sie einverstanden sind, fahre ich Sie jetzt nach Hause. Meine Frau und ich wollen in die Kirche.«

Kirche … Kirche … Kirche … Das weckte Assoziationen in mir.

»Können Sie Pfarrer Wilpert ausrichten, dass ich meinen Dienst heute nicht antreten kann? Normalerweise müsste ich gleich Orgel spielen, aber Sie wissen selbst, dass ich das kaum schaffen dürfte.«

Er versprach es. Eine Viertelstunde später fuhren wir mit zwei Autos – Gernot und ich im Golf; seine Frau in der Rudolph'schen Bonzenschaukel – zu meiner Behausung. Nach wiederholter eindringlicher Ermahnung, mich sofort hinzulegen, ließen sie mich allein. Nachdem ich das durch die Schlägerei verursachte Chaos als nicht allzu tragisch eingestuft hatte, beschloss ich, alle Sekten dieser Welt Sekten sein zu lassen, und legte mich ins Bett.

Um drei Uhr weckten mich die Schmerzen. Ich durchwühlte das Medizinschränkchen aus ehemals weißem Plastik. Es beherbergte einen Haufen alter Pillenschachteln. Hugo musste ein Hypochonder gewesen sein, der bei jedem Husten gleich Lungenkrebs vermutet hatte, denn die Menge der vorhandenen Mittel hätte ausgereicht, den Jahresbedarf der Essener Universitätsklinik abzudecken.

Ich schluckte zwei Kapseln Togal und wartete, dass die Wirkung einsetzte. Währenddessen plante ich die weiteren Schritte. Zunächst schien es ratsam, Stegemann anzurufen. Wahrscheinlich hatte dieser Waschlappen seinen Ausstiegswunsch geäußert und dabei meinen Namen ausgeplappert. Ein Anruf würde mir Klarheit verschaffen.

Nach einer halben Stunde hatten die Tabletten die Schmerzen auf ein erträgliches Maß reduziert und ich konnte aufbrechen. Den Weg zur Telefonzelle konnte ich inzwischen mit verbundenen Augen fahren. Auch Stegemanns Nummer war mir in Fleisch und Blut übergegangen.

»Stegemann.«

»Kann ich bitte Andreas sprechen?«

»Sie wissen nichts davon?«

Die Frau konnte einem den letzten Nerv rauben. Wenn ich Lust auf gepflegte Konversation hätte, würde ich weder die lebende Sirene noch ihren langweiligen Sprössling anrufen. Bei dem Gedanken fiel mir auf, dass die Sirene heute ungewöhnlich leise tönte. Eine defekte Sirene. Das alarmierte mich.

»Was?«

»Man hat ihn heute gefunden. Er ist ermordet worden. Mein Andreas …« Und damit gab die Sirene endgültig ihren Geist auf. Ich hatte den Hörer schneller auf die Gabel gelegt, als Mutter Stegemann den dritten Satz zu Ende sprechen konnte, was allerdings vermutlich noch eine ganze Weile gedauert hätte.

Meine Befürchtung hatte sich bestätigt. Andreas hatte geplaudert und sofort hatte man ihn über die Klinge springen lassen. Ich hoffte nur, dass sich niemand erinnerte, Andreas und mich zusammen gesehen zu haben. Was konnte ich dafür, dass dieser Stümper so wenig Intelligenz besaß wie ein Kaninchen, das sich freiwillig in den Kochtopf setzt.

Mir gingen Rudolphs Worte durch den Kopf. Ich sollte mich mehr um mein Wohlergehen sorgen, denn anscheinend stellte für meine maskierten Freunde ein Mord keine größere Unannehmlichkeit dar als für unsereins eine Familienfeier. Ich brauchte Schutz. Mit der Polizei stand ich nicht auf bestem Fuße. Blieb nur Grabowski. Der war zwar ein Schwächling, wie er im Buche stand, aber sein Anblick konnte jemanden, der ihn nicht kannte, schon erschrecken. Ich nahm den Hörer wieder von der Gabel.

»Grabowski, Heiratsvermittlung.«

»Wie bitte?«

»Du? Vom Streit mit dem Riesenbaby brummt mir immer noch der Schädel«, fauchte Peter.

»Du verhökerst jetzt Schnepfen?«

»Du kennst mich doch. Ich brauche einen Job, bei dem ich so wenig wie möglich tun muss. Der Detektivjob war viel zu stressig. Ich hab die Knarre und das Auto vertickt und von dem Geld Anzeigen aufgegeben. Gut aussehende Auslandsdeutsche sucht lieben Mann zwecks Heirat. Falls sich einer meldet, muss er zwei Riesen Vermittlungsgebühr auf mein Konto einzahlen und bekommt dafür drei Treffen mit potenziellen Ehefrauen vermittelt.«

»Und wo nimmst du die Frauen her?«

»Was für Frauen? Die Treffen platzen. Ich wechsle die Bank und ziehe um. Keiner wird mir auf die Schliche kommen.«

Eine so abstruse Idee konnte nur dem Spatzenhirn eines Peter Grabowski entstammen.

»Und, schon Millionär?«

»Bis jetzt ist noch Flaute.«

»Hast du Lust, ein oder zwei Tage auf dem Land zu verbringen? Für Getränke ist gesorgt.«

»Ist dein Kumpel Stefan auch da?«

»Der ist heute nach Essen gefahren. Hat gemeint, er will dich besuchen. Nein, im Ernst. Wenn du Stefan nicht wieder ärgerst, könnt ihr die besten Freunde werden. Du musst aber sofort losfahren. Ich kann die Arbeit nicht länger als bis Dienstag ruhen lassen.«

»In Ordnung. Wenn du für meine Sicherheit bürgst, will ich deinem Schwarzenegger eine Chance geben. Spätestens um sechs bin ich da«, versprach Gurkennase bereitwillig.

»Soll ich dich vom Bahnhof abholen?«

»Wieso Bahnhof? Ich leih mir den Ford von Franz Gulloschek. Der ist Gebrauchtwagenhändler und will mir schon lange die alte Möhre andrehen. Ich sag einfach, ich will eine Probefahrt machen.«

Mir sollte es recht sein. Hauptsache, ich musste die heutige Nacht nicht allein verbringen. Ich gab Gurkennase eine genaue Wegbeschreibung und legte auf.

Grabowski hatte mich auf eine Idee gebracht. Zwei Beschützer waren mit Sicherheit besser als einer. Ich zückte mein Handy – endlich konnte ich es mal benutzen – und rief bei Stefan an. Seine Mutter nahm ab. Ich sagte ihr, dass Stefan gegen acht Uhr bei mir vorbeikommen und gute Laune mitbringen solle; ich hätte heute Geburtstag. Nachdem sie mir überschwänglich gratuliert hatte, bat sie mich eindringlich, darauf aufzupassen, dass Stefan nicht wieder so viel Alkohol trinkt. Ich versicherte ihr, dass wir nur Fruchtsaft konsumieren würden, und bestellte dem Gatten herzliche Grüße.

Danach machte ich mich auf den Heimweg. Der gestrige Tag steckte mir doch ziemlich in den Knochen. Bevor ich mir ein Gelage mit Stefan und Grabowski und eine eventuelle Schlacht mit den Satanisten leistete, musste ich unbedingt an der Matratze horchen. Auf meinem Landsitz schluckte ich zwei Schmerztöter und warf mich in voller Montur aufs Bett.

Stunden später weckte mich ein lautes Poltern, gefolgt von gottlosen Flüchen.

»Verdammt. Kann der alte Hurenbock seine Möbel nicht an vernünftigen Plätzen postieren.«

Ich setzte mich auf und rieb mir den Schlaf aus den Augen. Peter Grabowski saß auf dem Boden neben einem umgekippten Stuhl und rieb sich das Knie.

Ich stieg aus dem Bett und zündete eine Kerze an, während Gurkennase sich behäbig aufrichtete.

»Fängt gut an, der Abend. Wo ist das Bier?«

Ich beschrieb ihm den Weg zur nächsten Trinkhalle und drückte ihm einen Zwanzigeuroschein in die Hand. Er murmelte irgendetwas von Freunden, die einen nur ausnutzten, und verzog sich. Ich steuerte das Badezimmer an, hielt den Kopf unter den Wasserhahn und fühlte mich sofort frischer.

Im Grunde brauchte ich mir über den Verlauf des Abends keine großen Sorgen zu machen. Wenn unsere traute Dreisamkeit sich zu einer Fünf- oder Sechssamkeit erweitern sollte, war mir das recht. Ich musste nur aufpassen, dass Stefan und Grabowski einigermaßen nüchtern blieben. Andernfalls konnte die Geschichte übel ausgehen.

Es klopfte.

»Bleib draußen. Die Tür ist offen.«

Ich wartete. Nichts passierte. Nach einer Minute klopfte es erneut.

»Komm rein.«

Stefan schob sich breit grinsend durch die Tür.

»Herzlichen Glückwunsch zu Geburtstag!«

Seine Hände waren hinter dem Rücken versteckt. Mir schwante Böses. Er kam näher und holte einen Karton hervor, der in rotes, mit Maikäfern verziertes Geschenkpapier eingewickelt war.

»Für dir zu Geburtstag mit Wünsche von Stefan und Mama.«

Ich packte das Präsent aus.

»Eine Kaffeemaschine. Schenk mir eine Stromleitung dazu, und ich springe vor Freude in die Luft.«

Damit war der Gesprächsstoff erschöpft. Wir schwiegen uns an, wobei die Stille nur durch tiefsinnige Beobachtungen wie »Da ist Fliege auf dein Knie« unterbrochen wurde.

Endlich kehrte Gurkennase zurück. Seinem missgelaunten Gesichtsausdruck nach hatte er schlechte Nachrichten.

»Selbst die Trinkhallen machen hier um sieben Uhr dicht. Wo sollen wir jetzt Alk herkriegen? Ich hab keine Lust, mit weniger als eineinhalb Promille ins Bett zu fallen.«

Erst jetzt fiel sein Blick auf Stefan.

»Oh, auch hier. Haben die Mutanten heute Ausgang?«

»Ruhig bleiben, Grabowski. Um auf die Getränke zurückzukommen: Ich habe eine Flasche Wein, die wir uns teilen können.«

»Na gut, besser als nichts.«

Auch wenn der Mangel an hochprozentigen Getränken meinen Zwecken diente, drückte er doch mächtig auf die Stimmung. Grabowski starrte die ganze Zeit auf sein Glas, Stefan war eingeschlummert, und auch ich hatte keine

Lust, die weltpolitische Lage zu erörtern. Um elf Uhr sagte Grabowski schließlich, dass er zum Umfallen müde sei, nahm zwei Decken und legte sich vor den Kamin. Nachdem die Kerzen gelöscht und die Tür verriegelt war, begab auch ich mich in die Waagerechte.

An Schlaf war nicht zu denken, denn meine Gäste fochten einen Wettstreit aus, wer am lautesten schnarchte. Glücklicherweise fühlte ich in der Schulter keine Schmerzen mehr. Wahrscheinlich hatte mich Rudolph mit seiner Warnung nur von riskanten Unternehmungen abhalten wollen. Ging es hier um seine oder meine Tochter? Persönlich war es mir ziemlich egal, wer Babsi auf dem Gewissen hatte.

Schließlich musste ich doch eingeschlafen sein, denn als ich meine Augen wieder öffnete, beugte sich Grabowski über mich. Er rüttelte an mir, als müsste er einen Bewusstlosen wiederbeleben.

»Bist du vollkommen taub, Mann?«

Zwei Personen machten sich an der Haustür zu schaffen, und das keineswegs leise. Während sie mit einem Brecheisen oder sonstigem Handwerkszeug die Tür bearbeiteten, stießen sie unentwegt Drohungen gegen mich aus. Kein Wunder, dass Grabowski aufgewacht war. Ich dankte dem Trinkhallenbesitzer, dass er schon um sieben Feierabend gemacht hatte, denn im Suff wäre Peter ungefähr so leicht zu wecken gewesen wie eine Leiche.

»Jetzt kriegen wir dich!«

»Du bist reif, du Schwein!«

Die Auseinandersetzung mit gewalttätigen Irren schien für mich zur allabendlichen Beschäftigung zu werden. Zum Glück verfügten die Irren über einen breit gefächerten Wortschatz, um ihre Absichten kundzutun.

»Sieh nach, wer an der Tür ist, Grabowski.«

»Willst du mich verarschen? So stark war der Rotwein nicht, dass ich nichts mehr checke. Was sollen wir machen? Ich glaub kaum, dass sich deine Kollegen freiwillig verziehen«, schlotterte der Dämonenjäger vor Angst.

Ich unterrichtete Gurkennase in aller Kürze über den Grund des für ihn unerwarteten Besuches. Dann weckten wir Stefan, der offenbar komplett lärmresistent war. Wir bewaffneten uns mit den am gefährlichsten aussehenden Messern, die wir in der Küche finden konnten. Wenn sich meine Gegner schon die Mühe machten, mich jede Nacht aufzusuchen, sollten sie wenigstens ein bleibendes Gastgeschenk erhalten.

Ich wies Grabowski an, sich hinter die Tür zu stellen. Wenn Peter sie beim Betreten des Hauses attackierte, hatten wir den Überraschungseffekt auf unserer Seite.

Anscheinend war es mit dem handwerklichen Können unserer Freunde nicht allzu weit her. Ich hörte, wie sie sich entfernten und in raschem Tempo wieder näherten. Die Tür und mit ihr das ganze Haus erbebten.

»Dein Ende ist nahe! Komm freiwillig raus, dann wird dein Tod nicht ganz so grausam sein!«

Kleine Geister schienen eine Vorliebe für große Worte zu haben. Sie nahmen wieder Anlauf. Dieser zweite Versuch war von Erfolg gekrönt. Die Tür und zwei maskierte Gestalten lagen auf dem Boden. Peter reagierte geistesgegenwärtig. Ehe sich die beiden aufrappeln und ihre Waffen zücken konnten, kniete er auf dem einen und bedrohte den anderen mit dem Messer.

»Stefan, komm her und übernimm. Ich hol inzwischen was, womit ich diese Früchtchen fesseln kann.«

Das Gefühl des sicheren Sieges hatte Gurkennase unvorsichtig werden lassen. Als er sich zu Stefan umdrehte, zog einer der Kapuzenmänner ein Springmesser. Er ließ die Klinge hinausschnappen und stach Grabowski in den Arm. Ein schmerzerfüllter Schrei erklang. Stefan sah Peters blutgetränkten Hemdsärmel und wollte ihm zur Hilfe eilen. Dies erwies sich jedoch als unnötig. Grabowski holte aus und rammte das Küchenmesser mit voller Wucht in den Bauch des Angreifers. Das Resultat: Eine Fontäne aus Blut, ein kurzes Aufbäumen, dann Feierabend. Bei diesem Anblick verlor der zweite Angreifer jede Lust auf Gegenwehr. Er hob die Hand zum Zeichen der Aufgabe.

Jetzt kam ich endlich dazu, die Rolle Paketkordel zu holen, während Stefan die Stellung hielt. Als ich zurückkam, lag Grabowski neben seinem röchelnden Opfer auf dem Boden. Peters Verletzung schien schlimmer zu sein, als ich zunächst angenommen hatte. Bevor ich jedoch Grabowski verarzten konnte, musste ich mich um meine eigene Sicherheit kümmern. Ich fesselte den vor Angst schlotternden unverletzten Teufelsanbeter und zog ihm dann die Maske vom Kopf.

»Geht man so mit Musikerkollegen um, Bombeck? Ich bin schwer enttäuscht.« Ich gab mir alle Mühe, das dazu passende Gesicht zu machen.

»Ich kann nichts dafür. Du hast uns hinterhergeschnüffelt. Satan fordert deine Liquidierung«, fauchte Heiner hasserfüllt.

»Willst du mich verbluten lassen?«, jammerte es aus der anderen Ecke.

Gurkennase hatte sich mit großer Anstrengung aufgesetzt. Ich holte den Verbandskasten aus dem Wagen und bandagierte provisorisch seinen Arm. Dann wandte ich mich dem verletzten Satansbraten zu. Er gab keinen Laut von sich. Ich befreite ihn von seiner Maske, stellte aber fest, dass ich ihn noch nie zuvor gesehen hatte. Er war höchstens zwanzig Jahre alt. Sein blasses Gesicht war mit

Pickeln übersät. Heiner antwortete auf meine Frage, dass er Frank Dohlen heiße. Dohlens Bauch sah nicht appetitlich aus. Peter hatte ganze Arbeit geleistet. Wenn er nicht schnellstens medizinische Hilfe bekam, würde er bald krepieren. Ich gab Stefan den Auftrag, zu Karin zu laufen und von dort aus Notarzt und Polizei zu verständigen.

Nachdem Stefan von der Bildfläche verschwunden war, widmete ich mich wieder Heiner.

»So, jetzt reden wir mal Tacheles. Hat dir mein Keyboardspiel nicht gefallen?«

»Ich hab nichts gegen dich, ehrlich. Persönlich, mein ich. Aber einer von uns hat am Mittwoch einen Golf von unserer Scheune wegfahren sehen. Da Stegemann der einzige Neue war, haben wir ihn beobachtet und gemerkt, dass er sich mit dir getroffen hat. Und dann sind noch einige von uns am Telefon bedroht worden, seit Andreas dabei war. Da wussten wir, dass Stegemann uns verraten hatte.«

»Und deswegen musste er sterben?«

Der Drummer schwieg. Wahrscheinlich fürchtete er, das gleiche Schicksal wie Andreas zu erleiden, wenn er uns das Herz ausschüttete.

»Siehst du das, Grabowski? Herr Bombeck will sich nicht weiter mit uns unterhalten. Ich fürchte, ich selbst werde mein Messer heute auch noch benutzen müssen. Auf einen Toten mehr oder weniger kommt es jetzt auch nicht mehr an.«

Zur Untermalung meiner Worte streichelte ich die Messerklinge. Das verfehlte nicht die beabsichtigte Wirkung.

»Ich geb alles zu. Aber du musst versprechen, dass der Boss nichts erfährt. Der bringt mich um.« Ganz so hartgesotten war mein Gegenüber wohl doch nicht.

»Keine Angst. Wenn du brav plauderst, lasse ich ihn hochgehen.«

Heiner blickte mich zweifelnd an, schien mich aber nicht durch Schweigen provozieren zu wollen.

»Also gut. Wir haben dem Chef von Stegemanns Verrat berichtet. Der hat dann den Befehl gegeben, den Verräter umzubringen. Noch am selben Abend sind wir bei Stegemann vorbeigefahren.«

»Sprich deutlicher«, herrschte ich ihn an, denn er war immer mehr ins Nuscheln verfallen.

»Wir haben behauptet, es würde ein außerplanmäßiges Treffen stattfinden. Der Scheißer hatte zwar keine Lust, ist aber mitgekommen. Auf einem menschenleeren Straßenstück bin ich dann rechts rangefahren, hab gesagt, ich muss das Rücklicht überprüfen.«

Bombeck sah mich an, als müsste ich ihm für diese tolle Idee Beifall klatschen.

»Stegemann ist mit mir ausgestiegen und ich hab zugestochen, einfach so. Die Leiche habe ich am Straßenrand liegen lassen. Das soll jedem, der uns verraten will, eine Warnung sein.«

»Was ist mit Jens Kofler? Wollte der auch plaudern?«

»Ganz genau. Meinte, er hätte keine Zeit mehr für solche Kindereien, und wollte sich lieber seinem Schmierenblatt widmen. Negative Publicity konnten wir uns nicht leisten.« Bombeck schien wirklich nicht mehr alle auf dem Zaun zu haben. »Der Chef meinte, wir dürften keine Zeit verlieren. Also haben wir Kofler auf der Straße abgegriffen und ebenfalls erstochen.«

»Jetzt zum dritten Mord.«

»Hä? Kofler und Stegemann waren die einzigen Verräter.«

»Und Barbara Rudolph? War sie etwa kein Mitglied in eurem Trachtenverein?«

»Schon. Aber die hat nie an Verrat gedacht. Warum sollten wir sie umbringen? Wir sind schließlich keine Mörder!«

Der Schlagzeuger verfügte offenbar über ein sehr individuelles Moralverständnis. Trotzdem glaubte ich ihm, dass er bei Barbaras Abgang nicht die Finger im Spiel gehabt hatte. Er hatte viel zu viel Angst, um mich anzulügen.

Der Lärm von Martinshörnern unterbrach unsere nette Plauderstunde. Türen wurden auf- und zugeschlagen, Stiefel trampelten über den Kies und vier Sanitäter brachten zwei Tragen ins Haus.

»Guten Abend. Das ist ja eine schöne Bescherung«, übernahm der größte unter ihnen, der leider stark nach Knoblauch stank, die Begrüßung. Er und sein Kollege, der einen gelangweilten Eindruck machte – wahrscheinlich betreute er sonst nur Busunfälle mit mindestens dreißig Verstümmelten und vierzig verbrannten Leichen –, unterzogen Grabowski und Dohlen einer kurzen Untersuchung. Die Knoblauchzehe zeigte auf Dohlen.

»Für den kommt jede Hilfe zu spät. Der andere wird wieder.«

»Was heißt hier ›wird wieder‹? Ihr habt euch ja massig Zeit gelassen. Inzwischen hätte ich dreimal krepieren können.«

Peter würde nie lernen, wann man am besten seine Klappe hielt. Die beiden Sanitäter grinsten sich an. Ein dritter Sani, der maximal fünfzig Kilo wog, wovon allein die zotteligen Haare zehn Prozent ausmachten, zog eine überdimensionale Spritze aus der Tasche.

»Sie haben einen Schock erlitten. Ich verabreiche Ihnen jetzt ein Mittel zur Beruhigung.«

»Ich will keine Spritze!«

Zu spät. Zwei hielten den wild um sich schlagenden

Grabowski fest, ein dritter injizierte ihm eine durchsichtige Flüssigkeit. Kurz darauf schlummerte Gurkennase wie ein Baby.

Nachdem man sich verabschiedet hatte, wurden Grabowski und Dohlens Überreste ins Dülmener Krankenhaus transportiert.

Auch danach bekam ich keine Gelegenheit, Bombeck auszuquetschen. Gerade als sich die Wohnung geleert hatte, betraten Reichert und ein Kollege, wahrscheinlich Theo Hartmann persönlich, den Tatort. Bei diesem Kollegen handelte es sich um den sportlichen Bullentyp. Trotz seines fortgeschrittenen Alters – ich schätzte ihn auf über vierzig – konnte man bei ihm keine Spur eines Bauchansatzes erkennen. Bestimmt lief er die hundert Meter unter dreizehn Sekunden.

»Mein Name ist Hartmann. Herrn Reichert kennen Sie bereits.«

Reichert erblickte Heiner, der sich am liebsten unsichtbar gemacht hätte.

»Den haben Sie also übrig gelassen. Sie stehen immer auf der Sonnenseite des Lebens. Statt zweimal lebenslänglich kommen Sie mit der halben Strafe davon.«

In Begleitung des Oberbullen blühte Reichert zu alter Großkotzigkeit auf. Wahrscheinlich hätte er mich am liebsten mit Tunten und Rockern in eine Fünfquadratmeterzelle gepfercht.

»Moment. Meine Freunde und ich haben friedlich geschlafen, als uns dieser feine Herr und sein Komplize massakrieren wollten.«

Reichert grinste. »Die Sanitäter haben uns gewarnt, dass es bei Ihnen aussieht wie im Schlachthof.«

»Immer mit der Ruhe, Ludger. Lass ihn seine Geschichte erzählen«, zischte Hartmann mit genervtem Blick. Anscheinend hatte auch er vom Gewäsch seines Untergebenen die Nase voll. »Wir hören.«

Ich hatte mir alles gut überlegt. Die Sekte konnte ich unmöglich allein ausheben. Warum sollte ich auch? Also sprach nichts dagegen, Hartmann und Hinkebein reinen Wein einzuschenken. Nach halbstündiger Plauderei war die Neugier der Beamten befriedigt.

Hartmann wendete sich Heiner zu: »Können Sie die Angaben von Herrn Nannen bestätigen? Bevor Sie antworten, muss ich Sie darauf hinweisen, dass alles, was Sie sagen, gegen Sie verwendet werden kann.«

»Es stimmt alles, was er sagt. Bitte nehmen Sie mich in Schutzhaft. Der Boss bringt mich sonst um.«

»Wir nehmen dich nicht nur in Schutz-, sondern sogar in Untersuchungshaft«, mimte Reichert wieder den Schlauberger. »Bis du wieder an die frische Luft kommst, hat dein Boss vor Altersschwäche die Arschbacken zusammengekniffen.«

»Nervt es nicht, ständig mit einem Witzbold am Rockzipfel rumzulaufen?«

Hartmann warf mir einen fast verschwörerischen Blick zu.

»Das geht Sie zwar nichts an, aber im Prinzip haben Sie Recht. Ein für alle Mal, Ludger: Die Ermittlungen leite ich, daher mache auch nur ich die Witze.«

Reicherts Gesicht wechselte die Farbe und Hartmann ergriff wieder das Wort: »Eines steht fest: Wir müssen dem Treiben dieser Wahnsinnigen so schnell wie möglich ein Ende bereiten.«

Und ich wusste auch schon wie.

31

Es war fünf Uhr morgens, als Heiner und ich vor der Scheune parkten. Dabei hatte sich die Situation zu meinen Ungunsten verändert: Bombeck saß am Steuer seines Wagens, ich lag gefesselt auf der Rückbank.

Der Drummer zog mich aus dem Wagen. Auf dem Weg zur Scheune legte er ein derartiges Tempo vor, dass ich aufgrund der Fesseln kaum folgen konnte.

»Piano, Bombeck, piano.«

»Oh bitte, halt die Klappe, Nannen.«

Heiner klopfte ans Scheunentor, und wenig später wurde ein Riegel zurückgeschoben. Eine etwa einsachtzig große männliche Gestalt im obligatorischen Kapuzenoutfit winkte uns herein. Wir durchquerten den Vorraum und betraten den heiligen Ort. Außer uns dreien war niemand dort.

»Erstens habe ich dich vor zwei Stunden erwartet, zweitens solltest du den Penner eliminieren. Außerdem hat Dohlen auch hier zu sein!« Die Stimme kam mir bekannt vor.

»Tut mir Leid, Meister. Der Kerl hatte Verstärkung. Seine Kumpane haben Frank getötet. Ich konnte gerade noch mit Nannen verschwinden.«

Das schien nicht den Plänen des teuflischen Obergurus zu entsprechen, denn er begann planlos im Raum herumzumaschieren.

»Pech für Frankie.«

Er zog eine Pistole aus der Tasche und entsicherte sie. Ich warf mich auf den Boden. Bruchteile einer Sekunde später ertönte ein ohrenbetäubender Knall. Der Schuss hatte mich verfehlt.

Zeitgleich flog die Scheunentür auf.

»Hände hoch und die Waffe auf den Boden fallen lassen!«

Ich blickte hoch. Aus der Ameisenperspektive wirkte die Situation fast komisch. Rechts von mir standen fünf Polizisten breitbeinig in der Tür und zielten auf Heiner und seinen Meister, die links von mir um ihr Leben bangten. Augenblicklich ließ der Vermummte die Waffe fallen. Hartmann gab seinen Kollegen ein Handzeichen, woraufhin diese sich auf die beiden Satanisten stürzten. Währenddessen löste er meine Fesseln.

»Dann wollen wir mal sehen, wer sich hinter der Maske verbirgt.«

Hartmann riss dem Boss die Kapuze vom Kopf.

Julius Koppe!

Das hatte ich nicht erwartet.

»Sieh einer an! Fred Koppes Ältester! Alle Autos voll getankt?« Schienen sich ja alle gut zu kennen auf dem Land.

»Ich weiß gar nicht, was Sie wollen! Dieser Kerl ist einfach reingestürmt und hat uns bedroht. Zum Glück konnten wir ihn überwältigen.«

»Lüg uns nicht an! Wir haben euer Gespräch mitgeschnitten.«

Um Hartmanns Worte zu untermauern, zog ich das Tonbandgerät aus der Tasche. Es war so klischeehaft wie bei *Derrick*.

»Und was noch schöner ist: Bei dem Mordversuch bleibt es nicht. Wir werden dich außerdem wegen Anstiftung zum Mord in drei Fällen anklagen.«

»Wieso drei? Es waren doch nur …«

Erschrocken hielt sich Julius die Hand vor den Mund.

Hartmann grinste. »Das kommt einem Geständnis

gleich.« Jetzt war es wie bei *Derrick*, *Siska* und *Ein Fall für Zwei* zusammen.

»Tja, Luzifer, deinen Proberaum im katholischen Gemeindekeller bist du damit wohl los«, schaltete Reichert sich endlich ein.

Statt zu antworten machte Julius vom Schweigerecht Gebrauch und starrte Löcher in den Boden. Gleiches hätte ich gerne Reichert empfohlen.

»Auch wenn du das Maul nicht aufmachst«, Hartmann blickte auf Heiner, der den Tränen nahe schien, »dein Kumpel wird erzählen, was wir wissen wollen.«

Plötzlich drehte Julius sich um, sprintete auf die Rückwand der Scheune zu und verschwand hinter einem Stapel Strohballen. Ich schaltete am schnellsten und rannte hinterher. Koppes Keuchen machte es mir nicht schwer, ihn zu orten, auch wenn ich ihn nicht sehen konnte. Ich hörte, wie eine Tür geöffnet wurde. Den Hinterausgang hatte ich bei meinen Erkundungsgängen übersehen. Klasse, Nannen!

Sekunden später stand ich im Freien. Im Morgengrauen konnte ich Julius etwa fünfzig Meter vor mir erkennen. Jetzt hieß es: Wer hat die bessere Kondition?

Nach einer anstrengenden Verfolgungsjagd durch den Wald konnte ich die Frage zu meinen Gunsten beantworten. In vollem Lauf trat ich dem langsamer gewordenen Flüchtling in die Beine. Mit einem kurzen Schrei fiel Julius auf den Moosboden.

Ich zog ihn hoch und verpasste ihm ein paar kräftige Ohrfeigen.

»Ich habe doch nur meine Befehle ausgeführt«, jammerte er, »die beiden Verräter mussten sterben.«

»Was sagst du da? Komm, spuck's aus.« Als zusätzliche Motivationshilfe scheuerte ich ihm noch ein paar.

Und Koppe spuckte tatsächlich interessante Sachen aus. Auf meinen ungläubigen Blick hin griff er in seine Hosentasche. Da fiel ein Schuss. Ich ließ mich fallen, ebenso Julius.

Als ich aus den Augenwinkeln erkannte, dass sich zwei Polizisten näherten, stand ich wieder auf.

»Los, Koppe, aufstehen. Unser Gespräch ist noch nicht beendet.« Doch Julius blieb bäuchlings liegen. Ich drehte ihn um. Aus seinem Mund drang Blut. Meine Hand, mit der ich an seine Brust gefasst hatte, war ebenfalls blutverschmiert. Schnell griff ich in seine Hosentasche und förderte einen rostigen Schlüssel zutage, den ich sofort einsteckte.

Endlich hatten uns die Polizisten erreicht. Mit gezückter Waffe standen sie vor mir.

»Alles klar mit Ihnen?«, fragte der Jüngere der beiden, dessen Hände zitterten.

»Was soll der Scheiß? Er war unbewaffnet«, fuhr ich ihn an, während ich mit einem Taschentuch meine Hand säuberte.

»Aber er hat in seine Tasche gegriffen.« Dem Bullen traten die Tränen in die Augen.

»Na und? Ihr habt ihn doch in der Scheune entwaffnet.« Das war zu viel für den Schützen. Er schlug die Hände vors Gesicht und sackte langsam zu Boden. Der andere Cop starrte nur auf Koppes Leiche, unfähig, etwas zu sagen.

»Was ist hier los?«, fragte Hartmann, der zusammen mit Reichert die traute Runde komplettierte. Hartmann blickte auf den toten Koppe, dann auf den höchst lebendig zitternden Polizisten und dann zu mir: »Würden Sie bitte zurück zur Scheune gehen und dort auf mich warten? Ich muss kurz mit meinen Leuten reden, allein.«

Ich verkniff mir weitere Kommentare, marschierte von dannen und steckte mir vor der Treckergarage eine Zigarette an. Einige Minuten später kamen die vier aus dem Wald getrottet. Reichert geleitete den jungen Burschen, der Koppe auf dem Gewissen hatte, zu einem Streifenwagen und fuhr mit ihm davon. Hartmann wandte sich mir zu.

»Wie geht es Ihnen?«

»Bestens. Es gibt mir einen richtigen Kick, wenn Kinder abgeknallt werden.«

»Herr Nannen. Glauben Sie mir bitte, dass das Verhalten meines Kollegen Konsequenzen haben wird. Lassen Sie mich aber zunächst mit allen Beteiligten reden. Ich bin selbst noch viel zu schockiert, um einen klaren Gedanken fassen zu können.«

Ich versprach, im Laufe des Tages bei ihm vorbeizuschauen und meine Aussage zu machen.

Zehn Minuten später war ich allein. Nachdem ich eine weitere Zigarette gequalmt hatte, ging ich noch einmal in die Scheune.

32

Zu Hause legte ich mich drei Stunden aufs Ohr. Danach war verschärfte Hirntätigkeit angesagt. Warum hatten Heiner und Julius den Mord an Babsi geleugnet? Es sprach einiges dafür, dass die drei Morde auf die Kappe der Dämonentruppe gingen. Damit war der Fall abgeschlossen. Ich würde zu Rudolph fahren, meinen Bericht vorlegen und den Bonus einfahren. Nichts einfacher als das. Doch was hätten die beiden für einen Grund gehabt, mich anzulügen? Für sie war es egal, ob sie zwei oder drei Morde gestanden.

Es half alles nichts; ich musste davon ausgehen, dass die Explodierenden Tränen die Wahrheit gesagt hatten.

Ich gondelte nach Buldern und frequentierte die Pommesbude, um das Gericht des Tages auszuprobieren: Linsensuppe mit Mettwurst. Gaumen und Magen teilten mir mit, dass die Mahlzeit zum einen schmackhaft, zum anderen überfällig war. Ich ließ mir für drei Euro Kleingeld geben und machte meiner Freundin, der Bulderner Telefonzelle, die Aufwartung. Von dort aus führte ich einige Gespräche. Anschließend fuhr ich mit einem schlechten Gewissen meinem Handy gegenüber zur Dülmener Polizeistation.

In der Wache kam mir Hartmann entgegen und geleitete mich in sein Büro. Reichert stand am Fenster und suchte wahrscheinlich einen coolen Spruch.

»Guten Tag«, legte Theo Hartmann los. »Herr Reichert und ich sind immer noch geschockt von den Geschehnissen, die sich heute Morgen ereignet haben. Zunächst möchte ich mich aufrichtig bei Ihnen entschuldigen.«

»Entschuldigen Sie sich nicht bei mir, sondern bei Koppes Angehörigen. Ich werde drüber hinwegkommen.«

»Der Kollege, der Herrn Koppe erschossen hat, ist erst seit zwei Monaten bei uns«, schaltete sich Reichert ungewohnt zurückhaltend ein. »Der arme Kerl wird seines Lebens nicht mehr froh.«

»Der Fall ist damit abgeschlossen, oder?«, lenkte ich das Gespräch weg von dem leidigen Thema. Mit Laberei war Julius und dem Bullen sowieso nicht zu helfen.

»Ja. Wir haben in den Körpern von Frank Dohlen und

Heiner Bombeck genug synthetische Drogen gefunden, um eine ganze Armee zu betäuben. Auch Julius war damit voll gepumpt.«

»Hätten Sie gestern Nacht auf die Augen der Kerle geachtet, wäre Ihnen das schon vorher aufgegangen. Darf ich jetzt bitte meine Aussage machen? Ich bin nämlich hundemüde.«

Gegen zwei war alles zu Papier gebracht. Ich verabschiedete mich und machte einen Abstecher zum Bulderner Bahnhof. Anschließend tippte ich Biogemüsehof Schumann in mein nicht vorhandenes Navigationssystem und ließ mich vom ebenfalls nicht vorhandenen Autopiloten dorthin bringen.

Als ich auf Karins Hof fuhr, fegte sie gerade den Hundestall. Glücklicherweise war der Rottweiler angeleint, denn er machte nicht gerade einen vertrauenerweckenden Eindruck. Das fiese Knurren war gar nicht nötig.

»Hallo, Karin.«

»Hallo, Dieter.« Oha, ein Satz ohne bissigen Unterton. Wenn sie jetzt auch noch aufgeschaut hätte, wäre mein Glück perfekt gewesen.

»Ich wollte nur vorbeischauen, um mich für den schönen Abend zu bedanken.«

»Und?« Noch immer blickte sie nicht hoch.

»Was ist mit dir? Warum so kratzbürstig?«

Mit dieser charmanten Frage hatte ich Schumanns Herz offenbar erweicht, denn sie sah mich tatsächlich an.

»Ich hasse Hundescheiße. Meinst du, diese Töle schafft es, draußen ihr Geschäft zu verrichten?« Bei diesen Worten landete ein besonders schönes Exemplar im Eimer. »Sorry, du kannst ja nichts dafür.«

»Dürfte ich mal kurz deinen Videorekorder benutzen? Ich muss was überprüfen.«

»Ja ja, aber nur, weil ich dich so angeraunzt habe. Du weißt ja, wo er steht.«

Ich eilte ins Wohnzimmer, schmiss Fernseher und Videogerät an und legte das Tape ein, das ich am Bahnhof für hundert Euro erworben hatte. Was ich zu sehen bekam, ließ mich fast von der Sofalehne kippen.

»Sie perverses Schwein! Kommen zu mir ins Haus und ziehen sich dreckige Pornos rein. Raus hier, aber schnell!« Ich hatte gar nicht registriert, dass Karin den Raum betreten hatte.

»Aber Karin …«

»Nix aber Karin. Verlassen Sie sofort mein Haus, und nehmen Sie den Dreck mit!«, schrie sie mich an. Mit dem Duzen schien es auch vorbei zu sein.

»Lass es mich doch mal erklären«, bat ich, während ich das Band aus dem Schacht fummelte.

»Da gibt es nichts zu erklären. Seien Sie froh, dass ich nicht die Polizei rufe.«

Es war zwecklos. Karin war dermaßen in Rage, dass sich ihre Stimme überschlug. Deswegen trat ich den strategischen Rückzug an.

Zurück in meiner Klause, rief ich Gernot an. Ich hatte einen Plan, und der Arzt spielte dabei eine wichtige Rolle. Ich erklärte ihm kurz, was er zu tun hatte, und obwohl ich ihm die Begründung vorenthielt, versprach er, sich an die Anweisungen zu halten. Zum Schluss vereinbarten wir, dass ich morgen bei ihm vorbeischauen würde.

Anschließend funkte ich Hannes Dregger an und bestellte ihn ebenfalls für den morgigen Tag zu mir. Ich schilderte genau, was er mitzubringen hatte.

Den Rest des Tages hatte ich frei. Um jeglichen Anflug von Einsamkeit im Keim zu ersticken, begab ich mich zum Schweinekoben.

»Na, Wilpert, noch unter den Lebenden? Die Hälfte der Bulderner Bevölkerung ist dahingerafft, aber du grunzt immer noch fröhlich vor dich hin. Aber sei auf der Hut: Wenn das so weitergeht, wird auch dich bald ein Querschläger erwischen.«

Die Sau schien die Warnung nicht ernst zu nehmen, denn sie schenkte mir ein warmes Lächeln. Konnte aber auch an dem Schepper Mehl liegen, den ich in der Hand hielt. Ich ließ das Futter in den Trog fallen und ging ein Gehege weiter. Der Kaninchenstall machte einen leicht verwahrlosten Eindruck.

»Könnt ihr euer Drecksloch nicht vernünftig sauber halten? Was soll Karin denken, wenn ich sie zur Hofbesichtigung einlade, um alles wieder einzurenken? Wenn ihr nicht ein bisschen mehr auf Reinlichkeit achtet, werdet ihr trotz Hugos Erbschaftsklausel im Kochtopf landen.«

Die ganze Sippe schien sich abgesprochen zu haben, denn auch die Langohren schlugen meine Warnungen in den Wind und zeigten mir ihr Hinterteil. Nun gut, ich durfte nicht zu streng mit ihnen sein, schließlich trauerten sie noch um Onkel Hugo. Als Zeichen guten Willens mistete ich den Stall aus, allein, denn weder durch gutes Zureden noch durch Drohungen ließen sie sich zur Mithilfe bewegen. Zur Strafe gab es nur Trockenfutter.

»Gute Nacht zusammen«, rief ich den Bestien bei Verlassen des Stalls zu. Aufgrund des lauten Schmatzens konnte ich ihre Antwort nicht verstehen.

Nachdem ich im Haus etwas aufgeräumt hatte, ging ich früh zu Bett. Die letzten Tage hatte ich nun wahrlich nicht unter der Schlafkrankheit gelitten.

Satte dreizehn Stunden später erwachte ich aus einem traumlosen Schlaf. Ich holte Kohlen und Anmachholz aus dem Keller und brachte den Ofen zum Glühen. Dieser alte Kohleherd hatte zwei Vorteile: Ich brauchte auf meinen Kaffee nicht zu verzichten und meine Villa wurde mit einer wohligen Wärme geheizt. Trotzdem musste der stromlose Zustand zügig beendet werden.

Aber noch nicht heute.

Nach einem anständigen Pumpernickelfrühstück für mich und einer diätetischen Mahlzeit für das Viehzeug – die Futterkisten waren schon wieder fast leer – schnappte ich mir das Handy und rief bei den Rudolphs an. Gernot hatte seinen Auftrag ausgeführt, wie ich zufrieden feststellte. Gut gelaunt kletterte ich in meine Kutsche und ließ mich von sechzig Pferden nach Dülmen ziehen.

Inge öffnete die Tür, bekleidet mit einer weißen Rüschenbluse und einer dunklen Stoffhose. Schwarze Collegeschuhe komplettierten das schmucke Outfit. Ihre roten Augen bezeugten, dass sie geweint hatte.

»Guten Tag, Fräulein Zollner-Knittel.«

»Sie?«, giftete Madame.

»Wie geht es Ihrem Bein?«

»Wollen wir uns über meinen Gesundheitszustand unterhalten?«

»Sollten wir?« Ich merkte, wie Inge schluckte.

»Ist Ihr Mann zu Hause oder können wir ungestört reden?«

»Martin kommt heute Abend von einer dreitägigen Klassenfahrt zurück. Aber worüber sollten wir uns unterhalten?«

Inge ließ völlig den taffen Eindruck vermissen, der sie sonst immer so sympathisch gemacht hatte. Vielmehr sprach sie ruhig und leise, fast schon ängstlich.

»Sie könnten mir zum Beispiel erklären, warum Sie Barbara Rudolph ermordet haben«, schlug ich vor. Inge wich zurück und hielt sich an der gleichen Kommode fest wie ihr Gatte einige Tage zuvor.

»Soviel ich weiß, wurde Barbara von drogensüchtigen Jugendlichen getötet.«

Ich ging nicht auf ihre lahmen Ausflüchte ein. »Sie müssen aufgeatmet haben, als Sie im Krankenhaus vom zweiten Mord erfuhren. Sogar ich bin zunächst darauf hereingefallen, aber meine Nachforschungen haben dann doch die Wahrheit ans Licht gebracht.«

»Sie sind völlig übergeschnappt! Verschwinden Sie!« Dieser Äußerung ließ sie noch ein »Arschloch!« folgen, um den Satz nicht zu gestelzt klingen zu lassen. Augenscheinlich hatte Inge sich wieder gefangen.

»Diese Ausdrucksweise ziemt sich nicht für eine Lehrersgattin. Oder haben Sie die Kraftausdrücke von den Schülerinnen, die mit Ihrem Mann schlafen?«

Bei diesen Worten zuckte Inge merklich zusammen, hatte sich aber schnell wieder im Griff. »Ich glaube, Sie sind schon ganz verwirrt vom vielen Schlüssellochgeschiele.«

»Sie hätten mich nicht das Licht an Ihrem Wagen ausschalten lassen dürfen. Dabei habe ich interessante Sachen entdeckt«, erzählte ich munter.

»Sie bluffen, Nannen. Sie haben nichts gegen mich in der Hand.« Zumindest war dies der erste Satz ohne Beleidigungen, wenn man von der nicht korrekten Anrede absah.

»Zum Beispiel die Musikkassette. Sie hören nur Klassik und Schlager der akademischen Sorte, wie die Tapes in Ihrem Auto beweisen. Doch an dem Abend, als Sie Barbara in Ihrem Wagen mitgenommen haben, hat sie ihre eigene Kassette eingelegt. Leider haben Sie vergessen, dieses Beweisstück zu vernichten.«

Jetzt wurde Zollner-Knittel unruhig.

»Das soll der Beweis sein, dass ich Barbara umgebracht habe? Sie haben einen seltsamen Sinn für Humor.«

»Das allein reicht nicht aus, aber es kommt einiges hinzu. Ihr fehlendes Alibi zum Beispiel und der Zettel, den ich ebenfalls im Auto gefunden habe.«

»Was für einen Zettel?«

»Ein Zettel mit einer vierstelligen Nummer. Er lag im Handschuhfach. Zuerst dachte ich, es wäre eine Telefonnummer. Der einzige Ort in der Umgebung, der vierstellige Nummern hat, ist Dülmen. Bei meinem Anruf meldete sich der Veterinär.«

»Das kann ich erklären: Nach unserem Zusammentreffen musste ich mich erkundigen, ob Tollwut auch auf Menschen übertragbar ist«, machte Inge einen auf schlagfertig.

»Die Zeit der Witze ist vorbei, Knittel. Nach kurzem Überlegen kam mir der Gedanke, dass es sich gar nicht um eine Telefonnummer handelt. Und siehe da: Es ist die Nummer eines Schließfachs, genauer gesagt, eines Schließfachs im Bulderner Bahnhof.«

Inge hielt den Atem an. Lange konnte es nicht mehr dauern, bis sie zusammenbrechen und alles gestehen würde. Dass die Nummer zu einem Bahnhofsschließfach gehörte, hatte ich durch die gestrigen Telefonate herausgefunden. Ebenfalls hatte ich erfahren, dass eine B. Rudolph als Mieterin eingetragen war.

»Zuerst wollte der Beamte das Fach nicht aufschließen. Hat was von Privateigentum und Datenschutz gefaselt. Aber der arme Schlucker brauchte dringend Geld, und ich hatte zufällig etwas zur Hand, und da Barbara sowieso tot war, wurde sein Gewissen nicht allzu sehr belastet.« Gut gelaunt schaute ich Inge in die roten Augen. »Nettes

Video. Ich muss sagen, Ihr Mann hat Talent. Einer Karriere in Hollywood steht nichts mehr im Wege. Er muss sich nur eine neue Partnerin suchen.«

Während der letzten Sätze war sie immer mehr zusammengesunken. Ich wollte die Gunst der Stunde nutzen.

»Nur wegen dieses lächerlichen Streifens musste Barbara sterben?«

»Ich habe sie gehasst!«, zischte sie. »Nicht nur, dass sie meinen Mann verführt hat, nein, sie hat auch noch alles gefilmt und uns damit erpresst. Um diese Schlampe tut es mir wirklich nicht Leid.«

Inge zog ein Taschentuch hervor und schnäuzte sich die Nase.

»An dem Abend, an dem Sie mich haben wegfahren sehen, habe ich mich mit Barbara auf einem Feldweg getroffen. Als sie sich zu mir ins Auto gesetzt hatte, zog sie sofort über Martin und mich her.«

»Und dann haben Sie sie kaltblütig ermordet.«

»Kaltblütig ermordet? Dass ich nicht lache. Ich hab ihr das Geld gegeben und sie aufgefordert, uns in Ruhe zu lassen. Höhnisch gelacht hat sie. Immer, wenn sie Geld bräuchte, würde sie anrufen. Da bin ich ausgerastet. Auf der Rückbank lagen ein paar Küchenmesser, die ich nachmittags gekauft hatte. Ich habe mir das nächstbeste geschnappt, es an ihre Kehle gehalten und sie aus dem Wagen gezogen. Da hat die Schlampe aber um ihr verkommenes Leben gefleht. Doch ich war nicht mehr Herr meiner Sinne. Ich hab auf sie eingestochen, ich weiß nicht wie oft. Dann hab ich sie auf das Feld geschleppt und dort liegen lassen.«

»Und die Schließfachnummer und die Kassette?«

»Die Nummer habe ich mir natürlich geben lassen. Das mit der Kassette hatte ich gar nicht bemerkt.«

»Okay, das reicht. Wollen Sie mich zur Polizei begleiten?«

»Nannen, es gibt zwei Gründe, warum ich Ihnen das erzählt habe und trotzdem nicht zur Polizei gehen werde: Zum einen können Sie nichts beweisen« – damit hatte sie Recht –, »zum anderen habe ich heute Morgen erfahren, dass ich nur noch wenige Wochen zu leben habe« – damit hatte sie nicht Recht –, »und das pikanterweise von Dr. Rudolph. Ich bin unheilbar an Blutkrebs erkrankt.« Eine Träne kullerte ihre Wange herunter.

»Das tut mir Leid«, heuchelte ich Anteilnahme.

»Ich habe diese Nachricht noch gar nicht verarbeitet, möchte Sie aber bitten, mich die wenigen Tage, die mir noch bleiben, in Frieden zu lassen.«

Da hatte mein Plan ja fantastisch funktioniert. Aber Inge hatte Recht: Der Grund für die Lüge mit der unheilbaren Krankheit war ja, dass mir die Beweise fehlten. Ich konnte sie zwar bis ans Ende ihrer Tage nerven – und das war länger, als sie dachte –, aber unterm Strich hatte ich nur eine Musikkassette und ein Video, worüber sich jeder Richter kaputtlachen würde.

»Ich möchte nicht taktlos erscheinen, aber wenn ich erfahre, dass Sie mich angelogen haben, werde ich mich wie eine Zecke in Ihnen festbeißen.« Das war natürlich nicht wörtlich gemeint, denn auch meine Leidensfähigkeit hatte ihre Grenzen.

»Sie haben kein Herz, Sie Scheißkerl.«

»Dann wäre ich Sozialarbeiter geworden«, zischte ich humorlos, immer noch verärgert, dass mein Plan so gründlich in die Hose gegangen war. Ich musste an die Worte meines Großvaters mütterlicherseits denken: »Junge, das Schlimmste ist, wenn die Dummen fleißig werden.«

Ich verabschiedete mich wortlos mit einem kurzen Nicken und zog die Tür von außen zu.

Auf dem Weg zu den Rudolphs machte ich an der Tankstelle Halt, wo Julius bis vor kurzem noch Autos gewaschen hatte. Ich tankte voll und nahm eine Stange Camel mit. Hier auf dem Land gab es wenigstens noch ein Gratisfeuerzeug dazu.

Als ich in Brücken eintraf, saß Familie Rudolph am Mittagstisch und vertilgte Sauerbraten mit Klößen und Rotkohl. Dieses Gericht gab es bei uns früher nur zu Ostern und Weihnachten.

»Darf ich Ihnen etwas anbieten?«, fragte Frau Rudolph. Ich hatte keine Chance zu antworten, denn ruckzuck stand ein voll gepackter Teller vor mir. Bevor ich mich schlagen ließ …

»Und, hat Zollner-Knittel gestanden?«

Ich blickte ihn fragend an.

»War nicht schwer, draufzukommen. Zuerst finden Sie heraus, dass Zollner ein Verhältnis mit unserer Barbara hatte, dann schicken Sie seine Frau vorbei, der ich eine abenteuerliche Diagnose stellen soll.«

Stimmte wohl, allzu schwierig dürfte es nicht gewesen sein, eins und eins zusammenzuzählen. »Sie haben Recht: Inge Zollner-Knittel hat Wind von der Affäre ihres Mannes bekommen. An dem besagten Abend hat sie Barbara zur Rede gestellt und dabei im Affekt getötet. Ich habe zwar den Beweis, dass Ihre Tochter in Inges Auto gewesen ist, aber das reicht nicht, um sie verhaften zu lassen.« Das Video verschwieg ich lieber.

»Hat sie vorhin gestanden?«

»Ja, aber wie gesagt fehlen mir die Beweise. Trotz des beträchtlichen Drucks, den wir durch Ihre Diagnose aufgebaut haben, wird Inge sich nicht der Polizei stellen. Darf ich fragen, wie Inge die Nachricht aufgenommen hat, dass sie unheilbar an Leukämie erkrankt ist?«

»Sie ist zusammengebrochen, beinahe hätte ich sogar Mitleid mit ihr gehabt. Aber dann fiel mir wieder ein, warum ich ihr diese Lügengeschichte überhaupt aufgetischt habe.« Grimmig spießte Gernot einen Kartoffelkloß auf die Gabel und biss hinein, als wäre es Inges Kopf.

»Es muss schwer für Sie gewesen sein, der Mörderin Ihrer Tochter gegenüberzutreten?«, sagte ich in gebotenem Ernst zwischen einem Stück Pferd und einem Happen Rotkohl.

»Mein Mann war fix und fertig, nicht wahr?«, schaltete Irene sich ein.

»Ja, mein Liebling, das war ich. Bin ich noch immer.« Er ergriff ihre Hände und beide schauten sich lange und tief in die Augen. Eine dramatische Szene, die mir an die Substanz ging.

»Ich verspreche Ihnen«, stieß ich nur leicht übertrieben hervor, »ich bleibe so lange dran, bis sie verurteilt ist und im Gefängnis sitzt.«

»Ach, wissen Sie: Gott wird es schon richten. Am Ende aller Tage erhält jeder seine gerechte Strafe.«

Ich verstand die Welt nicht mehr. Anstatt mich zusammenzustauchen, weil ich auf ganzer Linie versagt hatte, wurde auf einmal Gott bemüht. Nun, der Allmächtige war sicherlich ein besserer Detektiv als ich, allein schon aufgrund seiner Übersicht, trotzdem kam mir das Verhalten spanisch vor. Andererseits: Was wusste ich denn schon? Vielleicht war dies die einzige Chance, mit der Trauer fertig zu werden.

Ich hatte aufgegessen, die Rudolphs hatten ohnehin schon die Mahlzeit beendet.

»Noch Nachtisch?«, fragte Irene lächelnd.

»Nein danke. Ich muss los.«

Mit diesen Worten erhob ich mich. Gernot wischte mit einer Serviette seinen Mund ab und stand ebenfalls auf. »Kommen Sie bitte morgen vorbei. Dann regeln wir das Finanzielle. Und vielen Dank noch mal für die gute Arbeit und den großen Einsatz. Ich werde Sie weiterempfehlen.« Dabei klopfte mir der Arzt väterlich auf den Rücken.

Nachdem wir weitere Nettigkeiten ausgetauscht hatten, verabschiedete ich mich. Trotz Rudolphs lobender Worte fühlte ich mich als Versager. Niedergeschlagen erreichte ich mein Anwesen. Vor dem Haus parkte Dreggers Lieferwagen. Sein Besitzer trat gerade aus dem Stall.

»Hannes, alter Schwede. Alles fit im Schritt?«, gab ich den Munteren.

»Mann, Dieter. Du bist ja tatsächlich unter die Großgrundbesitzer gegangen. Respekt, Alter.« Hannes schaute mich an, als ob er mich wirklich beneiden würde.

»Für dich wär das aber nichts. Es gibt hier nämlich keinen Strom.«

»Wo soll ich loslegen?«, fragte der Elektronikexperte mit nun leicht angewidertem Ausdruck in den Augen.

»Nicht hier, wir müssen ein Stück fahren.«

»Ach so, bevor ich es vergesse: Ich soll dich ganz lieb von Bettina grüßen. Zufällig hattest du mich genau an unserem Kegelabend angerufen, da habe ich gleich erzählt, dass ich dich heute besuchen würde.«

Stimmt, ich hatte ganz vergessen, dass Hannes und Tine einmal im Monat mit dem Kegelclub Jagd auf alle neune machten. Ich war nur ab und zu mitgegangen, Tine zuliebe. Kegeln war mir einfach zu spießig.

»Und, was macht sie so?«

»Man munkelt, dass sie was mit einem Kerl aus der Firma laufen hat. Lamy oder Mailey.«

»Doch nicht etwa Lacey?«, unterbrach ich ihn.

»Kann sein.«

Dave Lacey, unser Quotenbrite. Da wir auch Geschäfte mit internationalen Firmen machten und der alte August sich nicht auf das Schulenglisch seiner Mitarbeiter verlassen wollte, hatte er einen waschechten Engländer eingestellt. Der war zwar stocksteif und sein IQ blieb zweistellig, selbst wenn man ihn mit fünf multiplizierte, aber sein fließendes Englisch war Qualifikation genug. Ich hatte schon länger geargwöhnt, dass Dave eines seiner schielenden Augen auf Bettina geworfen hatte.

»Das ist aber ein ganz steiler Abstieg«, beendete ich dieses Thema. »Sollen wir los oder möchtest du vorher noch was trinken?«

»Abfahrt. Ich bin schon ganz aufgeregt.«

Wir schwangen unser Hinterteil in den Golf respektive Lieferwagen. Ich fuhr vor, Hannes folgte.

Unterwegs klingelte mein Handy. Hannes: »Wann sind wir endlich da?«

»An der übernächsten Milchkanne links, nach vierzehn Kuhfladen wieder links und dann nur noch geradeaus.« Ich klickte das Gespräch weg.

Fünf Minuten später hatten wir unser Ziel erreicht. Die nächsten zwei Stunden war Dregger vollauf beschäftigt, während ich die Gegend inspizierte und meinen Wagen so gut es ging versteckte.

Als Hannes fertig war und ich alles begutachtet hatte, verabschiedete er sich.

Seit sechs Stunden saß ich mittlerweile herum; die Armbanduhr zeigte dreiundzwanzig Uhr fünfzehn. Es wurde immer kälter und ich langweilte mich, und das seit bereits fünf Stunden und fünfundvierzig Minuten. Ich hatte noch eine Weile über Bettina nachgedacht, was mir aber nicht mehr als einen schalen Nachgeschmack eingebracht hatte. Das alte Leben war passé, nun galt es, das neue zu genießen. Wenn ich Tine mit Karin verglich, hatte die Biobäuerin eindeutig die Nase vorn. Sie kleidete sich zwar fürchterlich, aber die inneren Werte, beziehungsweise die mittleren, um genau zu sein, sprachen eindeutig für Karin.

Ich wollte gerade meine leere Camelschachtel zusammendrücken und in die Ecke werfen, als ich ein Geräusch vernahm. Leise legte ich das Päckchen zur Seite und holte den Apparat hervor, den ich von Dregger erhalten hatte.

Ich hatte mich nicht getäuscht: Die Tür wurde geöffnet und jemand betrat die Scheune. Ab und zu erkannte ich einen Lichtstrahl, der von den Wänden zurückgeworfen wurde. Viel interessanter war jedoch, was ich auf dem Display in meiner Hand erkannte. Die Überraschungen nahmen kein Ende.

Als ich hörte, wie eine Luke geöffnet wurde, trat ich hinter den Strohballen hervor. Den Hightech-Kasten ließ ich zurück.

»Von der Klassenfahrt zurück?«

Sofort schwenkte der Strahl der Taschenlampe in meine Richtung und blendete mich für einen kurzen Moment. Zollner kniete über einem Loch in der Scheunenmitte.

»Nannen?«

»In voller Pracht«, antwortete der Privatdetektiv, der nie um eine Antwort verlegen war.

»Was wollen Sie hier?«, fragte er mich das Offensichtliche.

»Einen Mörder überführen.«

Blitzschnell griff der Jahrgangsstufenleiter in den Hohlraum und hatte plötzlich eine hässliche Waffe in der Hand. Ich zuckte zusammen.

»Dann plauder mal, Schnüffler.« Ich bewegte mich einige Schritte rückwärts, gefolgt vom Schein der Lampe.

»Stehen bleiben, und zieh dein Sakko aus.« Ich folgte seiner Anweisung und ließ das Jackett auf den Boden fallen.

»Ich muss gestehen«, begann ich zu erzählen, »dass die Idee mit der Satanssekte genial war. Sie haben Ihren gelangweilten Schülern echte Action geboten, und die haben nicht mal gemerkt, dass sie drogenabhängig wurden, von dem Schweinegeld für das Ecstasy mal ganz abgesehen. Das gehörte einfach dazu.« Ich wartete auf eine Antwort, aber Zollner schwieg.

»Da Sie zudem den meisten tagtäglich in der Schule begegneten, konnten Sie immer den Daumen draufhalten, wenn etwas aus dem Ruder zu laufen drohte. Der Clou war jedoch, dass Sie noch nicht mal selbst in Erscheinung treten mussten. Sie schalteten einfach Koppe als Sektenfürsten dazwischen, was für Julius eine Ehre war. Er war ja schon früher durch seinen Hang zum Okkultismus aufgefallen. Natürlich wusste Koppe nicht, dass Sie dahinter steckten. So weit korrekt?«

»Mach weiter. Hört sich bisher plausibel an.«

»Nach und nach bröckelte aber die Fassade. Ich weiß nicht, was die drei toten Schüler entdeckt hatten – bei Babsi kann ich mir zum Beispiel vorstellen, dass Sie im Bett gequatscht haben –, aber die Schüler mussten getötet werden.«

»Fast richtig.«

Ich ließ mich nicht beirren. »Und auch hier haben Sie sich nicht selbst die Hände schmutzig gemacht. Die eigenen Mitschüler haben die Drecksarbeit für Sie erledigt, nachdem Sie sie mit Drogen voll gepumpt und aufgestachelt hatten. Drei Morde, und Sie mussten nicht einen Finger krümmen.«

»Gut kombiniert, aber mit Babsis Tod hatte ich nichts zu tun, obwohl sie es am meisten verdient hatte. Sie konnte Männer in den Wahnsinn treiben, eine Zeit lang war ich von ihr fasziniert, die Bumserei war fantastisch. Aber ich weiß nicht, wer sie getötet hat.«

Zollner machte eine kurze Pause und kratzte sich mit der Knarre an der Schläfe.

»Aber dieser Mord war für mich ideal, da ich ein Alibi hatte, und zwar durch Sie. Und dadurch, dass ich für den ersten Mord ein Alibi hatte, konnte man mich mit dem zweiten und dritten auch nicht in Verbindung bringen, wenn ich sie auf dieselbe Weise durchführen ließ.«

»Warum musste Kofler sterben?«

»Komm, Nannen, ich werde dich sowieso gleich erschießen. Warum soll ich mir die Mühe machen, dir das alles zu erzählen?« Martin sah richtig gelangweilt aus. Fühlte sich wohl ziemlich sicher mit der Knarre.

»Mein letzter Wille.«

»Kofler war krankhaft eifersüchtig und ist Babsi gefolgt. Als er erkannt hat, mit wem seine Freundin in die Federn hüpft, hat er mich beobachtet und dabei wohl rausgefunden, dass ich irgendwas mit dem Satanszeug zu tun hatte. Eines Abends kam er vorbei und stellte mich vor die Wahl: Entweder ich lasse sein Flittchen in Ruhe oder er lässt alles auffliegen.« Zollner zuckte mit den Schultern. »Das war sein Todesurteil.«

»Und Stegemann?«

»Du langweilst mich. Was hältst du davon, wenn ich dich jetzt gleich erschieße? Dann kann ich mich wieder um die wirklich wichtigen Sachen kümmern.«

Der Bursche hatte einen netten Humor, das musste ich zugeben.

»Eine Frage habe ich noch: Warum haben Sie nach Barbaras Tod den Teufelsclub nicht für eine Zeit auf Eis gelegt? Sie mussten doch wissen, dass die Bullen und meine Wenigkeit herumschnüffeln würden.«

»Du gehst mir auf den Sack. Das ist jetzt der letzte Einblick, den ich dir Möchtegernermittler in mein Leben gewähre: Die Geschäfte mussten weiterlaufen, weil ich leider eine kleine Spielschwäche habe. Und wie du weißt, übersteigen die Verluste meist die Gewinne. Außerdem bestand für mich keine Gefahr, weil ich stets im Hintergrund agierte.«

Urplötzlich hob Zollner die Pistole und schoss. Er verfeuerte das ganze Magazin. Getroffen stürzte ich zu Boden.

33

Stehen bleiben!«

Martin blickte über die Schulter, und ihm traten fast die Augen aus den Höhlen, als er mich erkannte.

»Nannen, was …?« Blitzschnell drehte er sich wieder um und rannte los. Das konnte ich ihm nicht durchgehen lassen; ich schoss ihm ins Bein. Zollner stieß einen Schrei aus, strauchelte und ging zu Boden. Dabei fielen ihm die Taschenlampe und eine Aktentasche aus den Händen.

Während ich langsam zu ihm trottete, zog ich mein Handy aus der Hosentasche, rief Hartmann an und bestellte ihn zur Scheune.

»Sie leben?«, presste der Stufenleiter zwischen den Zähnen hervor. Sieh mal einer an: Kaum bin ich von den Toten auferstanden, findet der Herr Zollner zum höflichen Sie zurück. Ich hatte ihm einen sauberen Beinschuss verpasst. Keine schlechte Leistung für einen, der zuletzt als Cowboy beim Grundschulkarneval eine Waffe getragen hatte.

»Natürlich lebe ich. Für wie bescheuert hältst du mich?« Jetzt war ich dran mit Duzen.

Nachdem Zollner über den toten Nannen gestiegen und nach draußen getreten war, war ich sofort aufgestanden und ihm gefolgt. Hinter der Scheunentür hatte ich eine Pistole versteckt, die Hannes mir über Ali Strutzmanns dunkle Kanäle besorgt hatte. Es war eine Freude gewesen, sie so prompt am lebenden Objekt zu testen.

»Sie müssen tot sein. Ich habe sechs Kugeln in Sie hineingepumpt.«

»Platzpatronen. Koppe hat mir vom Versteck in der Scheune erzählt, in das Sie vor den schwarzen Messen das Ecstasy und er nachher das Drogengeld deponiert hatten. Er hat mir sogar den Schlüssel gegeben. Mehr so nebenbei hat er mir auch von dem Colt berichtet, worauf ich eine kleine Tauschaktion durchgeführt habe. Ihre Geschäfte müssen ja echt wichtig sein, wenn Sie vor lauter Aufregung nicht merken, dass ich die echte Waffe in eine Schreckschusspistole verwandelt habe.« Die falschen Geschosse hatte mir ebenfalls Dregger verschafft.

»Mach's Maul zu, es zieht.« Der Jahrgangsstufenleiter bot ein jämmerliches Bild, wie er mich so anstarrte.

»Aber wieso die ganze Show?«

»Ich brauchte entweder ein Geständnis oder musste dich auf frischer Tat ertappen. Ich wusste zwar, dass du der große Zampano im Hintergrund warst« – das war gelogen, denn ich war von Zollners Auftritt genauso überrascht wie er von meinem –, »aber ich konnte nichts beweisen.«

»Sie sind wirklich verrückt oder ein totaler Stümper«, fand Zollner zu alter Selbstsicherheit zurück. »Was nützt Ihnen eine Aktion, an der nur wir beide beteiligt sind? Ihr Wort wird gegen meins stehen.«

»Kennst du Hannes?«

»Hä?«

»Hannes Dregger, ein Elektrofreak aus Essen. Er hat heute Nachmittag den kompletten Raum mit Infrarotkameras ausgestattet. Ton gibt es natürlich auch. Und alles batteriebetrieben.«

Das hatte gesessen. Zollner erinnerte sich wieder, dass er verletzt war, und presste beide Hände um seinen linken Oberschenkel. Dann blickte er mich mit schmerzverzerrter Miene an.

»Woher wussten Sie, dass ich unbewaffnet bin? Hätte ich eine Waffe dabei gehabt, würden Sie jetzt tatsächlich tot in der Scheune liegen.«

»Wusste ich nicht. Aus diesem Grund habe ich Hannes gebeten, am Eingang einen Metalldetektor anzubringen. Auf dem Display konnte ich erkennen, dass Sie unbewaffnet waren. Andernfalls hätte ich umdisponieren müssen.«

Von weitem näherte sich Blaulicht. Mit Zollner war ich sowieso fertig. Er ekelte mich an.

Hartmann und ein Polizist, den ich noch nicht kannte, kamen sofort zu mir gelaufen. Zwei Sanitäter, die zeitgleich eingetroffen waren, kümmerten sich um den Verletzten.

»So, Nannen, dann schießen Sie mal los.«

Ich erzählte Theo alles, was er wissen musste. In der Zwischenzeit holte sein Kollege das Überwachungstape aus der Scheune.

»Wieso wussten Sie, wann Zollner kommt?«, wollte Hartmann wissen, nachdem ich geendet hatte.

»Reines Glück. Schlimmstenfalls wäre er erst in ein paar Tagen aufgelaufen. Dass er kommen würde, war klar, schließlich lag ein Haufen Geld in dem ehemaligen Viehhotel.«

»Eine letzte Frage: Besitzen Sie einen Waffenschein?«

»Nein. Den brauche ich auch nicht. Die Pistole lag zufällig vor der Scheune und ich musste mich verteidigen.«

»Dann will ich das mal gelten lassen, schließlich haben Sie uns sehr geholfen. Beim nächsten Mal informieren Sie uns aber, bevor Sie derartige Aktionen starten, ist das klar? Des Weiteren möchte ich Sie bitten, morgen aufs Revier zu kommen.«

»Gern. Den Weg kenn ich ja.«

Nachdem ich Hartmann das Versprechen abgenommen hatte, die Scheune wegen Dreggers Elektronikkrempel vernünftig zu verriegeln, ließ ich die Uniformierten ihren Job machen und suchte meinen Wagen. Gut gelaunt fuhr ich zum Kastanienweg fünfundvierzig. Diese Nacht würde mir nur angenehme Träume bescheren.

Über Nacht war's verdammt eisig geworden, wie ich morgens fröstelnd feststellen musste. Ich entfachte den Ofen, um die Kälte aus der Bude zu vertreiben. Noch vor dem Frühstück verteilte ich die letzte Futterration ans Getier und notierte im Geiste einen Termin bei Bauer Steinmann. Ich selbst verzichtete auf ein Frühstück und begnügte mich mit zwei Tassen Kaffee und einigen Zigaretten.

Nachdem ich ausgiebig geduscht – mittlerweile hatte ich mich ans kalte Wasser gewöhnt – und mich in Schale geworfen hatte, war ich bereit.

Der Triumphzug konnte beginnen.

Als Erstes fuhr ich zur Polizeiwache, um die versprochene Aussage zu machen. Hartmann war nicht da, deswegen übernahm der Beamte, den ich gestern kennen gelernt hatte, diese Aufgabe. Als ich nach getaner Arbeit schon fast das Gebäude verlassen hatte, rief Reichert meinen Namen und bat mich in sein Büro.

»Frau Zollner-Knittel ist tot.«

»Wie bitte?« Nahm das denn überhaupt kein Ende?

»Machen Sie sich keine falschen Hoffnungen. Es wird kein neuer Auftrag für Sie herausspringen. Die Lady hat Selbstmord begangen. Tabletten.«

»Hat Sie einen Abschiedsbrief hinterlassen?«, fragte ich den Schnauzbart.

»Die Untersuchungen sind noch nicht abgeschlossen, aber bisher wurde keiner gefunden.«

»Mir reicht's an Leichen. Ich werde jetzt nach Hause fahren und mich mindestens einen Monat lang nur noch meinem Gutshof widmen.«

Ich hatte schon die Klinke in der Hand, als mir noch etwas einfiel: »Wie spät hat Inge den Stecker gezogen?«

»Gestern Abend so gegen zweiundzwanzig Uhr, plus minus eine halbe Stunde. Wieso?«

»Danke.«

Und weg war ich.

Die nächste Station war Brücken. In trauter Runde saßen wir bei Kaffee und selbst gebackenen Plätzchen im Wohnzimmer, und ich erstattete den Rudolphs einen Bericht, der sich gewaschen hatte. Gernot und Irene hielten mehrmals den Atem an, obwohl ich die Geschichte nur unwesentlich ausschmückte.

Zum Schluss ließ ich die Katze aus dem Sack: »Frau Zollner-Knittel hat sich gestern das Leben genommen.«

Das Ehepaar schaute sich an. Dann wandte sich Dr.

Rudolph an mich: »Das war wohl doch zu viel für sie. Erst die Last, einen Mord begangen zu haben, dann die Nachricht von der Krankheit und zu guter Letzt auch noch die Verhaftung ihres Ehemanns.«

»Von der Verhaftung konnte sie zum Zeitpunkt des Selbstmords noch nichts wissen. Hinzu kommt, dass sie bei meinem Besuch zwar sehr niedergeschlagen war, aber nicht den Eindruck machte, als ob sie sich das Leben nehmen wollte.«

»Tatsächlich?«, zeigte Irene sich interessiert.

»Außerdem hat sie keinen Abschiedsbrief hinterlassen. Ich würde mir die Last von der Seele schreiben, bevor ich mich selbst töte.«

»Dann hat sie wohl das Medikament überdosiert, das ich ihr gegeben hatte«, sagte Gernot eine Spur zu gleichgültig.

Ich wusste es: Inge hatte keinen Suizid begangen. Jetzt war mir auch klar, warum die beiden gestern so seltsam reagiert hatten. Sie hatten längst selbst Schicksal gespielt.

»Aber das lassen wir die Polizei klären, nicht wahr?«

Was für eine Scheiße war das denn? War ich jetzt etwa gefordert? War es meine Pflicht, das leidende Ehepaar auch noch in den Knast zu bringen?

Das wurde mir moralisch zu heikel. Ich war kein Verfechter von Selbstjustiz, aber ich hatte auch keine Kinder, erst recht keine, die gerade jemand umgebracht hatte. Also beschloss ich, die Grübelei augenblicklich zu beenden und mich an die Devise aller Privatdetektive zu halten: Auftrag ausführen und fertig. Rudolph hatte Recht: Für alles andere war die Polizei zuständig. Sollte die sich doch der Sache annehmen.

»Selbstverständlich. Meine Arbeit ist beendet«, antwortete ich ohne übertrieben schlechtes Gewissen.

»Dann lassen Sie uns das Finanzielle regeln«, folgte prompt die Belohnung.

Endlich kam der wichtige Teil! Zusätzlich zu den bereits geleisteten Zahlungen erhielt ich dank einer dicken Spesenabrechnung tausendfünfhundert Euro, die er mir bar auf die Hand blätterte. Dann griff er erneut in seine Brieftasche, zog acht Fünfhunderter heraus und gab sie mir.

»Wofür, Herr Doktor?«, fragte ich erstaunt.

»Nennen wir es eine Prämie für besondere Diskretion.« Alle im Raum wussten natürlich, in welcher Angelegenheit ich mich diskret verhalten sollte.

Zudem sollte ich den Golf behalten, da sie keine Verwendung für ihn hatten. Beim Abschied bedankte ich mich für die Großzügigkeit, schlug aber ihre Einladung, nächste Woche zum Essen zu kommen, lieber aus. Ein bisschen Sicherheitsabstand konnte nicht schaden.

Als nächste Station hatte ich die Dülmener Lokalzeitung auserkoren, denn ich hatte den starken Verdacht, dass sich mit der Geschichte noch mehr Geld machen ließ.

Unterwegs änderte ich meinen Plan leicht ab und besuchte Grabowski im Krankenhaus. Er musste noch zwei Tage dort bleiben, was ihm durchaus gefiel. Als ich die Krankenschwester sah, wusste ich auch, warum. Zum Abschied steckte ich ihm eine Flasche Whiskey zu, die ich am Kiosk gegenüber erstanden hatte. Dann ging es weiter.

Als ich die Geschäftsstelle des *Dülmener Kuriers* betrat, musste ich leider feststellen, dass man mir keinen roten Teppich ausgerollt hatte. Ich fragte mich zum Redaktionsleiter durch. Er schien nicht unter Überbeschäftigung zu leiden, denn ich durfte sein Büro ohne Wartezeit betreten. Hinter dem Schreibtisch saß ein etwa dreißigjähriger Typ, der mir sofort unsympathisch war. Die Designerklamotten – blauer Nadelstreifenanzug mit weißem Hemd und karierter Krawatte – passten hervorragend zu der arroganten Art, mit der er mich anblickte. Sein von Narben entstelltes schmales Gesicht gab ihm zusätzlich einen gewalttätigen Anstrich. Die halblangen Haare waren nach hinten gegelt und am Ringfinger der rechten Hand steckte ein fetter Goldring mit eingefassten Brillies. Ekelhaft.

»Guten Tag. Nannen ist mein Name. Sind Sie an Mord und Totschlag interessiert?«

»Tilke, Gerhard Tilke. Welche Zeitung sollte daran nicht interessiert sein?« Er zauberte sich ein schmieriges Grinsen ins Gesicht.

»Sie haben doch ausführlich über die Schülermorde berichtet. Ich biete Ihnen ein Exklusivinterview mit dem Privatdetektiv an, der diese Mordserie aufgeklärt hat.«

»Ich vermute, Sie sind der Privatdetektiv?«

»Richtig vermutet. Und?«

»Sie kommen zu spät. Der Fall ist längst von der Polizei aufgeklärt.« Zum ersten Mal lächelte er. Vielleicht zuckten aber auch nur die Narben.

»Die Bullen werden aber sicher nicht alle Details geliefert haben. Die erhalten Sie exklusiv von mir.« Ich merkte, wie sich bei ihm die Rädchen drehten.

»Dann lassen Sie mal hören.« Tilke lehnte sich zurück und kratzte sich dabei am Ohr.

»Nur gegen Bares.«

»Habe ich Sie richtig verstanden?«

»Das kann ich nicht beurteilen. Ich bin Privatdetektiv und kein Ohrenarzt. Aber lassen wir für einen Moment Ihre Probleme mit den Lauschern außer Acht. Wenn ich mich nicht täusche, ist für eine Zeitung, deren Berichte hauptsächlich von umgekippten Schubkarren und undichten Kuheutern handeln, die von mir angebotene Story ein Jahrhundertereignis. Die Exemplare werden Ihnen förmlich aus der Hand gerissen werden. Wenn Sie jedoch Ihre provinzielle Kleinkariertheit nicht abstreifen wollen und mit mir jetzt um Münzgeld feilschen, wende ich mich an eine professionelle Zeitung.«

»Okay, ich gebe Ihnen zehn Euro, wenn ich von der Geschichte überzeugt bin.« Wollte dieser schmierige Drecksack mich verarschen?

Exakt diese Frage stellte ich ihm.

»Verehrter Herr Nannen. Wir sind nicht die *Welt am Sonntag*. Wir haben kein Budget für Exklusivinterviews oder Enthüllungsreportagen. Aber wenn ich Sie richtig verstanden habe, sind Sie Privatdetektiv. Sie sollten sich also überlegen, wem ein Zeitungsbericht mehr nützt – Ihnen oder uns.«

Der Kerl war nicht schlecht. Augenblicklich fragte ich mich, was er bei einem Kuhblättchen wie diesem verloren hatte.

»Sie haben mich überzeugt, Tilke.« Gute Publicity war vielleicht wirklich mehr wert als ein paar mickrige Kröten. Also erzählte ich dem Redaktionsleiter, was ich heute schon mehrfach geübt hatte. Inge ließ ich natürlich außen vor.

Als ich fast durch war, klopfte es und die Tür wurde geöffnet: Karin!

»Hallo, Karin.«

»Hallo, Herr Nannen.«

»Hallo, Karin.«

»Hallo, Bruderherz.«

»Bruderherz?«

»Was ist, Gerdi, wollte Herr Nannen ein paar Pornokassetten an dich verticken?«

Nach diesen Verwirrungen musste ich erst einmal Luft holen. Schumann und Tilke waren Geschwister?

»Warum hast du mir nicht erzählt, dass du einen Bruder hast?«, wandte ich mich an die Biobäuerin. Kleidungsmäßig konnten sie nicht verwandt sein, denn die Kleine hatte sich bei der Klamottenwahl wieder selbst übertroffen: Orangenes Batik-Shirt, dazu eine hellgraue Jeans mit ausgefransten Hosenbeinen und an den Füßen gelbe Sandalen, was angesichts der heutigen Außentemperaturen auf eine gute Durchblutung schließen ließ.

»Ihr kennt euch?«, schaltete Tilke sich ein.

»Ja.«

»Nein.«

»Dann ist das zumindest geklärt. Herr Nannen, wenn Sie wieder einen interessanten Fall gelöst haben, kommen Sie vorbei. Meine Tür steht Ihnen jederzeit offen.« Das hörte sich nach Rauswurf an.

Ich ließ die Familienbande allein und machte es mir im Flur auf einem wackligen Stuhl bequem. Anschließend war erst mal Warten angesagt, denn Karin trat erst nach einer halben Stunde aus dem Redaktionsleiterbüro.

»Darf ich Sie auf einen Kaffee einladen, Frau Schumann, um gewisse Missverständnisse aus der Welt zu schaffen?«

Mir war bewusst, dass ich bei Karin wieder ganz von vorne anfangen musste, was hieß: beim Siezen.

»Wenn es sich nicht vermeiden lässt.«

Ließ sich doch gut an, immerhin hatte ich mit einer erbosten Absage gerechnet. Karin führte mich in ein italienisches Restaurant um die Ecke, das angeblich für seinen traumhaften Latte Macchiato bekannt war. Untergebracht war es im Keller eines zweigeschossigen Hauses und hieß folgerichtig *La Grotta.* Schumann wurde überschwänglich vom Kellner begrüßt und auch mir wurde der nötige Respekt erwiesen. Giuseppe wusste offenbar, was sich gehört.

»Auch ein Bruder von Ihnen?«, fragte ich meine Nachbarin, nachdem Jupp uns die Karte gebracht hatte. Ich war einigermaßen überrascht, dass Karin ihren Zeigefinger über die Speisen fahren ließ, denn eigentlich wollte ich nur ein Getränk spendieren. Angesichts meines prall gefüllten Portemonnaies ließ sich das aber verschmerzen, vorausgesetzt, das Ergebnis war entsprechend.

»Ich wähle als Vorspeise das Carpaccio di Manzo, bei der Prima Piatti schwanke ich noch zwischen Gnocchi al Buongustaio und Orecchiette Broccoli e Salmone, aber als Secondi Piatti nehme ich auf jeden Fall die Scaloppine di Vittello ai Porcini e Mascarpone. Das Dessert werde ich nachher bestellen. Wären Sie so freundlich, den Wein für uns auszusuchen?«

Nachdem ich flott überschlagen hatte, dass Karins Bestellung um die fünfundfünfzig Euro kostete – und zwar ohne Wein –, entschied ich mich für eine Minestrone und eine Thunfischpizza. Beim Wein folgte ich der Empfehlung des Hauses und entschied mich für einen trockenen Roten aus Umbrien.

Bis zur Vorspeise schauten wir uns verliebt in die Augen. Na ja, ehrlich gesagt schaute ich Karin zu, während sie sich angeregt mit Giuseppe unterhielt – auf Neulatein.

»Sie sprechen Italienisch?«, fragte ich die hübsche Bäuerin, als die Vorspeise vor uns stand und Giuseppe verschwunden war.

»Ich habe nach dem Abitur ein Jahr als Kindermädchen in Italien gearbeitet, da habe ich den einen oder anderen Brocken aufgeschnappt.« Endlich hatte sich Karin dazu herabgelassen, mit mir zu sprechen.

»Da haben Sie mir ja einiges verschwiegen an unserem Columbo-Abend. Dass Sie einen Bruder haben, war mir auch neu.«

»Jetzt wissen Sie es«, schüttete Schumann ein Füllhorn an Freundlichkeit aus.

»Waren Sie denn verheiratet? Ich meine, wegen der unterschiedlichen Nachnamen.«

»Das ist wieder Nannen, wie wir ihn kennen und lieben. Auf die Idee, dass Gerhard vielleicht bei der Hochzeit den Namen seiner Frau angenommen hat, kommen Sie gar nicht.«

»Hat er?«

»Ich war zwei Jahre verheiratet. Ein Rechtsanwalt aus Münster. Leider hat ihn ein unzufriedener Mandant umgebracht. Einfach überfahren. Holger hat im Krankenhaus noch vier Monate um sein Leben gekämpft, bevor er starb.«

»Das tut mir Leid«, stammelte ich aufrichtig.

Giuseppe holte die leeren Teller ab und stellte die Gnocchi vor Karin auf den Tisch. Karin spießte voller Genuss einen auf und biss herzhaft hinein.

»Bevor Sie sich die Augen ausheulen, sollte ich Ihnen lieber mitteilen, dass Gerhard tatsächlich den Namen seiner Frau angenommen hat. Ich war niemals verheiratet.«

Miststück!

»Wann wollen Sie sich eigentlich dafür entschuldigen, dass Sie es gewagt haben, sich in meinem Haus Pornos reinzuziehen?«

»Ich brauche mich nicht zu entschuldigen, kann aber alles erklären.« Daraufhin erzählte ich zum dritten Mal die komplette Geschichte.

»Dann will ich das mal durchgehen lassen«, sprach Karin die erlösenden Worte – ungefähr fünf Minuten nachdem ich geendet hatte. »Gerdi hat mir die gleiche Geschichte erzählt.«

»Sie lassen mich das alles erzählen, obwohl Sie schon alles wussten?«

»Nachdem Sie mich so schockiert haben, musste ich Sie doch ein bisschen zappeln lassen, oder?«, begründete sie ihr niederträchtiges Handeln mit einem strahlenden Lächeln. Giuseppe bewahrte mich vor einer Antwort, indem er Pizza und Kalbsschnitzel servierte. In der Folgezeit beschränkten wir uns auf schweigendes Genießen. Auf den Nachtisch verzichtete Schumann gnädigerweise, stattdessen bestellten wir beide einen Espresso. Bei dem, was Schumann gefuttert hatte, hätte ein Latte Macchiato sie bestimmt zum Platzen gebracht.

»Dann ist zwischen uns wieder alles im grünen Bereich?«, fragte ich, während ich mir eine Zigarette ansteckte.

»Bis zum nächsten Fauxpas«, kam die nette Antwort, die mich aber nicht wirklich überraschte.

Ich winkte Josef herbei und verlangte die Rechnung.

»Kann ich dich irgendwohin mitnehmen?«, versuchte ich wieder etwas Intimität in unsere Beziehung zu bringen.

»Nein, ich bin selber mit dem Wagen hier, aber danke für das Angebot. Du scheinst ja doch kein so übler Kerl zu sein.«

Ja!

Ich hatte es geschafft!

Karin duzte mich wieder.

Nach diesem erfreulichen Ereignis fuhr ich zur Sparkasse, um die wenigen Mücken, die Schumann mir gelassen hatte, loszuwerden. Unter dem staunenden Blick von Herrn

Stenner transferierte ich fünftausend Euro auf mein Konto. Noch einige Aufträge dieser Art und ich konnte für den Rest des Lebens von den Zinsen leben.

Als ich die Bank verließ, fiel mein Blick auf eine Uhr in Form eines Schweins, die über einer Metzgerei angebracht war. Das erinnerte mich daran, dass Wilpert und die Kaninchen bestimmt schon Kohldampf schoben.

Um die Tiere nicht zu verprellen, fuhr ich bei Bauer Steinmann vorbei. Stefan half mir, zwei Säcke Schweinefutter ins Auto zu laden. Maiskolben und Kohlblätter landeten ebenso im Kofferraum. Ich bezahlte meine Schulden und zockelte nach Hause.

Zurück in meiner Hütte, entzündete ich den Kamin und legte mich auf die Couch. Als ich eine bequeme Position gefunden hatte, rief ich die Auskunft an und ließ mir verschiedene Nummern geben. Dann tippte ich die erste von sechs Ziffernfolgen in die Tasten. Nach etlichen Minuten hatte ich den zuständigen Sachbearbeiter an der Strippe.

»Guten Tag. Nannen mein Name. Ich möchte Stromleitungen verlegen lassen.«

Ende